# GATOS GUERREIROS

## A HORA MAIS SOMBRIA

ERIN HUNTER

# GATOS GUERREIROS

## A HORA MAIS SOMBRIA

Tradução
MARILENA MORAES

*Esta obra foi publicada originalmente em inglês com o título*
*WARRIORS SERIES 6: THE DARKEST HOUR*
*por HarperCollins Children Books (USA) e em paperback por HarperCollins Children Books na Inglaterra.*


**1ª edição** *2014*
**5ª tiragem** *2024*

**Tradução**
*MARILENA MORAES*

**Acompanhamento editorial**
*Márcia Leme*
**Preparação**
*Miguel Facchini*
**Revisões**
*Malu Favret*
*Ana Paula Luccisano*
**Edição de arte**
*Katia Harumi Terasaka*
**Produção gráfica**
*Geraldo Alves*
**Paginação**
*Studio 3 Desenvolvimento Editorial*
**Arte e design da capa**
*© Hauptmann & Kompanie, Zurique.*

**Dados Internacionais de Catalogação na Publicação (CIP)**
**(Câmara Brasileira do Livro, SP, Brasil)**

Hunter, Erin
Gatos guerreiros : a hora mais sombria / Erin Hunter ; tradução Marilena Moraes. – São Paulo : Editora WMF Martins Fontes, 2014. – (Série gatos guerreiros)

Título original: Warriors series 6 : the darkest hour.
ISBN 978-85-7827-868-7

1. Literatura infantojuvenil I. Título. II. Série.

14-05540 CDD-028.5

**Índices para catálogo sistemático:**
1. Literatura infantojuvenil 028.5
2. Literatura juvenil 028.5


***Editora WMF Martins Fontes Ltda.***
*Rua Prof. Laerte Ramos de Carvalho, 133 01325-030 São Paulo SP Brasil*
*Tel. (11) 3293.8150 e-mail: info@wmfmartinsfontes.com.br*
*http://www.wmfmartinsfontes.com.br*

*Este livro é para Vicky Holes e Matt Haslum, que ajudaram a encontrar o destino de Coração de Fogo. Muito obrigada.*

*Um agradecimento especial a Cherith Baldry.*

# AS ALIANÇAS

## clã do trovão

| | |
|---|---|
| LÍDER | ESTRELA DE FOGO – belo gato de pelo avermelhado.<br>APRENDIZ, PATA DE AMORA DOCE |
| REPRESENTANTE | NEVASCA – gatão branco. |
| CURANDEIRA | MANTO DE CINZA – gata de pelo cinza-escuro. |
| GUERREIROS | (gatos e gatas sem filhotes)<br>RISCA DE CARVÃO – gato de pelo macio, malhado de pret e cinza.<br>APRENDIZ, PATA DE AVENCA<br><br>RABO LONGO – gato de pelo desbotado com listras pretas.<br><br>PELO DE RATO – pequena gata de pelo marrom-escuro.<br>APRENDIZ, PATA DE ESPINHO<br><br>PELO DE MUSGO-RENDA – gato malhado de marrom--dourado.<br>APRENDIZ, PATA DE AÇAFRÃO<br><br>PELAGEM DE POEIRA – gato malhado em tons de marrom-escuro.<br>APRENDIZ, PATA GRIS<br><br>TEMPESTADE DE AREIA – gata de pelo alaranjado.<br><br>LISTRA CINZENTA – gato de longo pelo cinza-chumbo.<br><br>PELE DE GEADA – gata com belíssimo pelo branco e olhos azuis.<br><br>FLOR DOURADA – gata de pelo alaranjado claro.<br><br>CAUDA DE NUVEM – gato branco, de pelo longo. |
| APRENDIZES | (com idade superior a seis luas, em treinamento para se tornarem guerreiros)<br>PATA DE ESPINHO – gato malhado em tons castanhos.<br><br>PATA DE AVENCA – gata cinza-claro, com pintas mais escuras, olhos verde-claros. |

**PATA GRIS** – gato cinza-claro com manchas mais escuras, olhos azul-escuros.

**PATA DE AMORA DOCE** – gato malhado de marrom-escuro, olhos cor de âmbar.

**PATA DE AÇAFRÃO** – gata atartarugada, olhos verdes.

**ROSTO PERDIDO** – gata branca, com manchas alaranjadas.

RAINHAS

(gatas que estão grávidas ou amamentando)

**PELE DE SALGUEIRO** – gata de pelo cinza-claro, com excepcionais olhos azuis.

ANCIÃOS

(antigos guerreiros e rainhas, agora aposentados)

**CAOLHA** – gata cinza-claro, membro mais antigo do Clã do Trovão, praticamente cega e surda.

**ORELHINHA** – gato cinza, de orelhas muito pequenas; o gato mais velho do Clã do Trovão.

**CAUDA MOSQUEADA** – gata atartarugada, belíssima em outros tempos, com bonito pelo sarapintado.

**CAUDA SARAPINTADA** – malhada, cores pálidas, a rainha mais velha do berçário.

## clã das sombras

LÍDER

**ESTRELA TIGRADA** – gatão marrom-escuro, de pelo malhado, com garras dianteiras excepcionalmente longas, que antes fazia parte do Clã do Trovão.

REPRESENTANTE

**PÉ PRETO** – gato grande branco, com enormes patas pretas retintas, antes um vilão.

CURANDEIRO

**NARIZ MOLHADO** – pequeno gato de pelo cinza e branco.

GUERREIROS

**PELAGEM DE CARVALHO** – gato pequeno e marrom.

**NUVENZINHA** – gato bem pequeno, malhado.

| | |
|---|---|
| | **ROCHEDO** – gato prateado e magro, antes um vilão. |
| | **PELAGEM RUÇA** – gata de pelo escuro alaranjado, antes uma vilã.<br>**APRENDIZ, PATA DE CEDRO** |
| | **ZIGUE-ZAGUE** – enorme gato malhado, antes um vilão.<br>**APRENDIZ, PATA DE SORVEIRA.** |
| RAINHA | **PAPOULA ALTA** – gata malhada em tons de marrom-claro, de longas pernas. |

## clã do vento

| | |
|---|---|
| LÍDER | **ESTRELA ALTA** – gato branco e preto, de cauda muito longa |
| REPRESENTANTE | **PÉ MORTO** – gato preto com uma pata torta. |
| CURANDEIRO | **CASCA DE ÁRVORE** – gato marrom, de cauda curta. |
| GUERREIROS | **GARRA DE LAMA** – gato malhado, marrom-escuro. |
| | **PERNA DE TEIA** – gato malhado em cinza-escuro. |
| | **ORELHA RASGADA** – gato malhado. |
| | **BIGODE RALO** – jovem gato malhado, marrom.<br>**APRENDIZ, PATA DE TOJO** |
| | **ÁGUA FUGAZ** – gata com manchas cinza-claro. |
| RAINHAS | **PÉ DE CINZAS** – gata de pelo cinza. |
| | **FLOR DA MANHÃ** – gata atartarugada. |
| | **CAUDA BRANCA** – gata pequena e branca. |

## clã do rio

| | |
|---|---|
| LÍDER | **ESTRELA DE LEOPARDO** – gata de pelo dourado e manchas incomuns. |

REPRESENTANTE **PELO DE PEDRA** – gato cinza com cicatrizes de batalhas nas orelhas.
**APRENDIZ, PATA DE TEMPESTADE**

CURANDEIRO **PELO DE LAMA** – gato de pelo longo, cinza-claro.

GUERREIROS **GARRA NEGRA** – gato negro-acinzentado.

**PASSO PESADO** – gato malhado e de pelo espesso.
**APRENDIZ, PATA DA AURORA**

**PELUGEM DE SOMBRA** – gata de pelo cinza muito escuro.

**PÉ DE BRUMA** – gata de pelo cinza-escuro, olhos azuis.
**APRENDIZ, PATA DE PLUMA**

**VENTRE RUIDOSO** – gato marrom-escuro.

RAINHA **PELE DE MUSGO** – gata atartarugada.

## clã do sangue

LÍDER **FLAGELO** – gato pequeno e preto, com uma pata branca.

REPRESENTANTE **OSSO** – gato grande, preto e branco.

## gatos que não pertencem a clãs

**CEVADA** – gato preto e branco que mora em uma fazenda perto da floresta.

**PATA NEGRA** – gato negro, magro, com cauda de ponta branca; vive na fazenda com Cevada.

**PRINCESA** – gata malhada em tons de marrom-claro, com peito e patas brancas – gatinha de gente.

**BORRÃO** – gatinho roliço e simpático, de pelo preto e branco, que mora numa casa à beira da floresta.

Pedras Altas
Fazenda
do Cevada
Acampamento do
Clã do Vento
Quatro Árvores
Queda-d'Água
Árvore da
Coruja
Rio
Rochas
Ensolaradas
Acampamento do
Clã do Rio

Ponto da Carniça
Acampamento do Clã das Sombras
vão
Acampamento do Clã do Trovão
Grande Plátano
Rochas das Cobras
Pinheiros Altos
Ponto de Corte de Árvores
Lugar dos Duas--Pernas
Clã do Trovão
Clã do Rio
Clã das Sombras
Clã do Vento
Clã das Estrelas

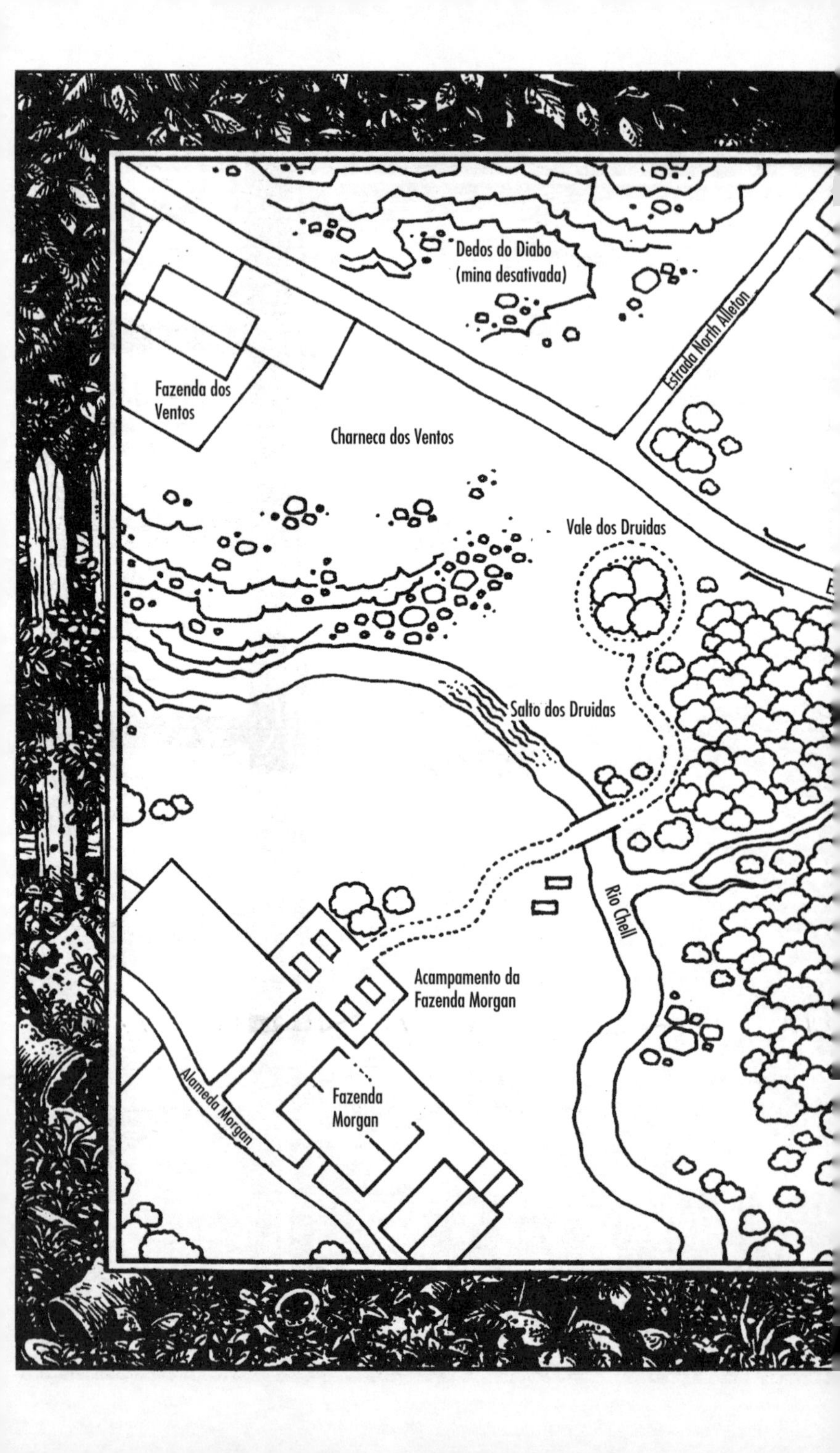
Dedos do Diabo
(mina desativada)
Estrada North Alleton
Fazenda dos
Ventos
Charneca dos Ventos
Vale dos Druidas
Salto dos Druidas
Rio Chell
Acampamento da
Fazenda Morgan
Fazenda
Morgan
Alameda Morgan

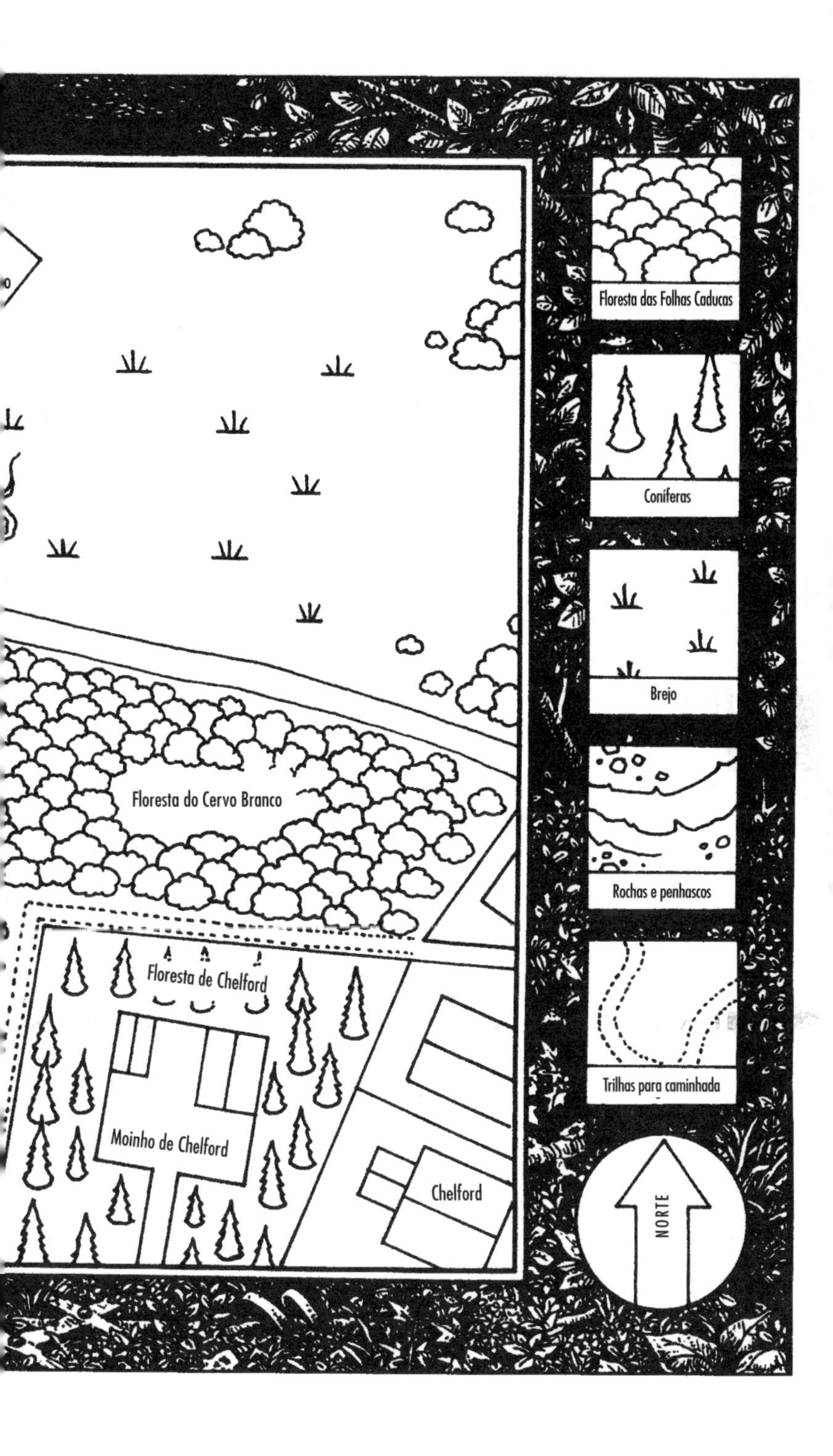
Floresta das Folhas Caducas
Coníferas
Brejo
Rochas e penhascos
Trilhas para caminhada
NORTE
Floresta do Cervo Branco
Floresta de Chelford
Moinho de Chelford
Chelford

# PRÓLOGO

A CHUVA CAÍA INSISTENTE, TAMBORILANDO NO SOLO negro e rijo do Caminho do Trovão, que percorria infindáveis fileiras de ninhos de pedra dos Duas-Pernas. De vez em quando um monstro passava rosnando, olhos em chama, e um Duas-Pernas lá ia sozinho, aconchegado na pele reluzente.

Dois gatos se esgueiravam em patas de veludo entre os ninhos, sem se afastar dos muros, onde as sombras eram maiores. Um felino magro e cinza, com uma orelha rasgada e olhos brilhantes e atentos, ia à frente, tendo todos os pelos do corpo escurecidos e lustrosos de tão molhados.

Atrás dele rondava um enorme gato malhado de marrom com ombros maciços e músculos que se encaixavam suavemente sob a pelagem encharcada. Os olhos cor de âmbar faiscavam à luz desagradável, e seu olhar ia de um lado para o outro, como se ele estivesse prevendo um ataque.

O gato malhado parou onde a entrada escura de um ninho dos Duas-Pernas oferecia algum abrigo e grunhiu:
– Falta muito? Este lugar fede.

O gato cinza olhou para ele e respondeu: – Agora falta pouco.

– É melhor mesmo. – Com uma careta, o gato malhado continuou a caminhar, irritado, mexendo as orelhas para se livrar das gotas de chuva. A luz amarela e forte o atingiu, e ele se encolheu quando ouviu um monstro rugir ao fazer a curva, cuspindo uma onda de água suja e fedorenta que vinha do lixo dos Duas-Pernas. O gato soltou um rosnado quando a água esguichou em suas patas e o borrifo desceu pelagem abaixo.

Ele não gostava de nada relacionado ao lugar dos Duas-Pernas: o chão duro sob suas patas, o fedor dos monstros e dos Duas-Pernas que levavam na barriga, os barulhos estranhos e, principalmente, o fato de depender de um guia para sobreviver ali. Não estava acostumado a depender de outro gato para nada. Na floresta, ele conhecia cada árvore, cada riacho, todo buraco de coelho. Era considerado o guerreiro mais forte e perigoso de todos os clãs. Ali suas extremas habilidades e sentidos de nada serviam. Era como se estivesse surdo, cego e manco, obrigado a seguir o companheiro como um filhote indefeso atrás da mãe.

Mas ia valer a pena. Os bigodes do felino estavam inquietos pela expectativa. Ele já dera início a um plano que faria dos seus mais odiados inimigos presas indefesas no próprio território. Quando os cachorros atacassem, nenhum gato suspeitaria ter sido enganado e guiado em cada passo do caminho. E então, se tudo acontecesse conforme o planejado, essa expedição ao Lugar dos Duas-Pernas o compensaria com tudo o que ele mais desejava.

O gato cinza seguiu em frente através de um espaço aberto fedendo a monstros dos Duas-Pernas, onde um redemoinho de cores vindas de luzes alaranjadas e estranhas pairava nas poças. Ele parou na entrada de uma passagem estreita e abriu a boca para sorver o odor do ar.

O gato malhado parou e fez o mesmo, passando, com nojo, a língua nos lábios ao sentir o fedor da comida podre dos Duas-Pernas. – É aqui? – perguntou.

– É, sim – foi a resposta tensa do guerreiro cinza. – Agora, lembre-se do que eu disse. O gato que vamos encontrar tem autoridade sobre muitos felinos. Devemos tratá-lo com todo respeito.

– Rochedo, você se esqueceu de quem eu sou? – O gato malhado deu um passo à frente, agigantando-se, fazendo o companheiro parecer pequeno.

As orelhas do gato magrela se achataram. – Não, Estrela Tigrada, não me esqueci. Mas aqui você não é líder de clã.

Estrela Tigrada grunhiu. – Vamos logo com isso – rosnou.

Rochedo virou-se para a passagem. Parou logo depois, quando uma enorme sombra apareceu na frente deles.

– Quem vem lá? – Um gato preto e branco, de ombros largos, saiu do meio da sombra. Viam-se seus músculos fortes delineados sob a pelagem grudada no corpo por causa da chuva. – Identifiquem-se. Não gostamos de estranhos por aqui.

– Saudações, Osso – o guerreiro cinza miou com a voz firme. – Lembra-se de mim?

O gato preto e branco estreitou os olhos e fez silêncio por uns momentos. – Então você está de volta, Rochedo? – miou, afinal. – Você nos disse que ia atrás de uma vida melhor na floresta. O que veio fazer aqui?

Ele deu um passo adiante, mas Rochedo não se moveu, desembainhando as garras no chão irregular. – Queremos ver Flagelo.

Osso soltou um rosnado, meio desprezo, meio escárnio. – Duvido que ele queira ver você. E quem é esse do seu lado? Não *o* reconheço.

– Meu nome é Estrela Tigrada. Vim da floresta para falar com seu líder.

Os olhos verdes de Osso se alternavam entre Estrela Tigrada e Rochedo. – O que você quer com ele?

O olhar cor de âmbar de Estrela Tigrada queimava como a luz dos Duas-Pernas refletida nas pedras molhadas à volta deles. – Vou discutir a situação com seu líder, não com um gato da patrulha da fronteira.

O pelo de Osso se eriçou, e ele estendeu as garras, mas Rochedo rapidamente deslizou entre ele e Estrela Tigrada. – Flagelo precisa ouvir isso – ele insistiu. – Pode ser bom para todos.

Por alguns tique-taques de coração, Osso hesitou, até dar um passo atrás, deixando Rochedo e Estrela Tigrada passarem. Seu olhar hostil queimava a pelagem dos felinos, mas ele nada disse.

Agora Estrela Tigrada ia à frente, pisando com cuidado porque, atrás deles, a luz se esvaía. De cada lado, felinos esquálidos se escondiam atrás de pilhas de lixo, os olhos brilhando ao seguirem o avanço dos dois intrusos. Os músculos de Estrela Tigrada se retesaram. Se a reunião desse errado, ele poderia ter de lutar para escapar dali.

Um muro fechava a saída da passagem. Estrela Tigrada olhou à volta, procurando o líder desses gatos do Lugar dos Duas-Pernas. Esperava que fosse ainda maior que o espadaúdo Osso, e primeiro seu olhar bateu no pequeno gato preto agachado num vão de porta coberto pela sombra.

Rochedo o cutucou e, com a cabeça, apontou na direção do gato preto. – Esse é o Flagelo.

– *Isso* é o Flagelo? – A exclamação de Estrela Tigrada soou com descrença acima do ruído da chuva. – Mas é menor que um aprendiz!

– Shh! – O pânico queimava os olhos de Rochedo. – Isso pode não ser um clã como conhecemos, mas esses gatos seriam capazes de matar se o líder ordenasse.

– Parece que tenho visitas. – A voz era tensa, aguda, como fragmentos de gelo. – Não esperava vê-lo novamente, Rochedo. Soube que você foi viver na floresta.

– É verdade, Flagelo.

– Então, o que você está fazendo aqui? – A voz do felino negro sugeria vagamente um rosnado. – Mudou de ideia e voltou de gatinhas? Pensa que vou saudar a sua volta?

– Não, Flagelo. – Rochedo não fugiu do olhar azul como gelo. – É bom viver na floresta. Há muita presa fresca, nenhum Duas-Pernas...

– Você não veio louvar as virtudes da vida na floresta – Flagelo o interrompeu com um rápido movimento de cauda. – Esquilos é que vivem em árvores, não gatos. – Seus olhos se estreitaram, com um fraco cintilar. – Então, o que você quer?

Estrela Tigrada deu um passo à frente, ficando ombro a ombro com o guerreiro cinza. – Sou Estrela Tigrada, o líder do Clã das Sombras – rosnou. – E tenho uma proposta a fazer.

# CAPÍTULO 1

Raios fluidos cortavam as árvores sem folhas quando Coração de Fogo levou sua líder à última morada. Com os dentes, segurando-a firme pelo cangote, refez a rota que a matilha tomara quando os bravos guerreiros do Clã do Trovão atraíram os cachorros para o desfiladeiro, onde os derrotaram. Seu corpo estava anestesiado, a cabeça girava com a terrível constatação de que Estrela Azul estava morta.

Sem a líder, a floresta em si lhe parecia diferente, ainda mais estranha do que no primeiro dia em que ali se aventurou, ainda gatinho de gente. Nada era real; ele sentia como se as árvores e rochas pudessem se dissolver como a bruma, a qualquer momento. Um silêncio profundo e estranho envolvia tudo. Com a parte racional do cérebro, Coração de Fogo percebeu que todas as presas tinham sido espantadas pela violenta matilha, mas, tomado pela tristeza, parecia-lhe que até a floresta estava em choque, pranteando Estrela Azul.

A cena do desfiladeiro se repetia em sua mente sem parar. Revia a mandíbula do líder da matilha subjugando-o, e ainda sentia no cangote seus dentes afiados. Lembrou como Estrela Azul surgira de repente, atirando-se sobre o cachorro, forçando-o, junto com ela, a tomar a direção da beira do precipício até caírem no rio. Ele se encolheu de novo ao pensar no choque da água gelada que o atingiu quando pulou para salvar a líder, que se afogava; travaram uma luta inútil pela sobrevivência, até que dois guerreiros do Clã do Rio, Pé de Bruma e Pelo de Pedra, chegaram para ajudar.

Coração de Fogo se lembrava sobretudo de seu desânimo e de sua descrença ao se agachar ao lado da líder na margem do rio, percebendo que ela sacrificara sua última vida para salvar da matilha a ele e a todo o Clã do Trovão.

Ao levar para casa o corpo de Estrela Azul, com a ajuda de Pé de Bruma e de Pelo de Pedra, ele parava a todo instante para procurar no ar o cheiro de vestígios frescos de cachorro. Já tinha enviado o amigo Listra Cinzenta para examinar o território dos dois lados da trilha deixada por eles, procurando sinais de que algum gato do Clã do Trovão tivesse sido apanhado pelos cães na corrida desesperada para o desfiladeiro. Até então, para alívio de Coração de Fogo, nada tinham encontrado.

Agora, passando ao largo de um grupo de amoreiras, Coração de Fogo deitou o corpo sem vida de sua líder mais uma vez e levantou a cabeça para sorver o ar, agradecido por sentir apenas o frescor dos cheiros da floresta. Um momento depois, Listra Cinzenta apareceu perto de um monte de samambaias mortas.

– Está tudo bem, Coração de Fogo – ele disse. – Muita vegetação rasteira destruída, mas só isso.

– Ótimo – miou o gato de pelo vermelho. Aumentou sua esperança de que os cachorros que haviam escapado da queda no desfiladeiro tivessem fugido em pânico e que a floresta voltasse a pertencer aos quatro clãs de gatos selvagens. Seu clã tinha enfrentado três terríveis luas, quando eles se viram presos no próprio território, mas sobreviveram. – Vamos adiante. Quero confirmar se o acampamento é um local seguro antes de o clã voltar.

Ele e os guerreiros do Clã do Rio mais uma vez tomaram o corpo de Estrela Azul, carregando-o entre as árvores. No alto da ravina que levava à entrada do acampamento, Estrela de Fogo parou. Por um instante se lembrou do início da manhã, quando ele e seus guerreiros tinham seguido a trilha de coelhos mortos deixada por Estrela Tigrada para atrair a matilha ao acampamento do Clã do Trovão. No final da trilha tinham achado o corpo da delicada rainha Cara Rajada, morta para dar aos cachorros selvagens um gosto de sangue de gato. Mas agora tudo parecia em paz, e, quando Coração de Fogo sorveu o ar novamente, apenas o odor de gato vinha do acampamento.

– Espere aqui – ele miou. – Vou dar uma olhada.

– Vou com você – Listra Cinzenta logo se ofereceu.

– Não – disse Pelo de Pedra, abanando a cauda para impedir a passagem do guerreiro cinza. – Acho que Coração de Fogo precisa fazer isso sozinho.

Lançando um olhar agradecido ao representante do Clã do Rio, o gato de pelo avermelhado começou a descer a ravina, orelhas em pé para captar qualquer sinal de problema adiante. Mas o estranho silêncio ainda reinava na floresta.

Ao sair do túnel de tojo e dar na clareira, ele parou para olhar à volta com cuidado. Talvez um ou mais cachorros nunca tivessem chegado ao desfiladeiro, ou Estrela Tigrada tivesse mandado guerreiros do Clã das Sombras tomar o acampamento. Mas só havia silêncio. O pelo de Coração de Fogo se arrepiou com o sentimento de estranheza de ver o acampamento deserto, embora sem qualquer sinal de perigo, odor de cães ou do Clã das Sombras.

Para ter certeza de que o acampamento estava seguro, ele rapidamente verificou as tocas e o berçário. Foi impossível evitar as lembranças: o espanto do clã quando contou sobre a matilha, o terrível pavor da caçada pela floresta, sentindo o bafo quente do líder da matilha na pelagem do pescoço. Nos pés da Pedra Grande, prestando atenção ao vento que zunia entre as árvores, ele se lembrou de Estrela Tigrada bem ali, encarando com ousadia seu clã ao ter sua grande traição descoberta. Ele tinha jurado vingança eterna quando foi para o exílio, e Coração de Fogo estava certo de que a manobra sanguinária de jogar a matilha sobre o Clã do Trovão não seria sua última tentativa de cumprir o juramento.

Afinal, o guerreiro de pelo rubro espiou atentamente pelo túnel de samambaia da toca de Manto de Cinza. Pela entrada viu as ervas curativas da curandeira arrumadinhas ao lado de uma parede. Fortes lembranças ainda o dominavam, fazendo-o recordar Folha Manchada e Presa Amarela, antigas curandeiras do Clã do Trovão antes de Manto de Cinza. Coração de Fogo amava as duas, e a saudade tomou conta dele novamente, misturando-se com a dor pela perda da líder.

*Estrela Azul está morta* – ele lhes disse sem proferir palavras. – *Ela está com vocês agora, no Clã das Estrelas?*

Voltando sobre os próprios passos pelo túnel de samambaia, ele retornou ao alto da ravina. Listra Cinzenta estava de vigília, enquanto Pé de Bruma e Pelo de Pedra, com delicadeza, arrumavam o corpo da líder.

– Está tudo bem – Coração de Fogo falou. – Listra Cinzenta, quero que vá às Rochas Ensolaradas agora. Diga ao clã que Estrela Azul está morta, nada mais. Explicarei tudo quando estiver com eles. Diga-lhes que é seguro voltar para casa.

Os olhos amarelos de Listra Cinzenta faiscaram. – Já estou indo, Coração de Fogo. – Ele girou o corpo e zarpou pela floresta, na direção das Rochas Ensolaradas, onde o clã tinha se escondido enquanto os cachorros seguiam a trilha de sangue de coelho de Estrela Tigrada até o acampamento.

Pelo de Pedra, agachado ao lado de Estrela Azul, soltou um ronronar de prazer. – É fácil ver onde reside a lealdade de Listra Cinzenta – observou.

– Sim – Pé de Bruma concordou. – Nenhum gato imaginou que ele ficaria no Clã do Rio.

A mãe dos filhotes de Listra Cinzenta era uma rainha do Clã do Rio; ele foi viver no outro clã para ficar com a família, mas, no fundo, jamais deixou o Clã do Trovão.

Forçado a lutar contra o clã em que nascera, ele escolhera salvar a vida de Coração de Fogo, e a líder do Clã do Rio, Estrela de Leopardo, o baniu do clã. A sentença de exílio, refletiu Coração de Fogo, tinha liberado o guerreiro cinza para voltar ao seu lugar verdadeiro.

Com um aceno de reconhecimento aos guerreiros do Clã do Rio, Coração de Fogo pegou novamente o corpo de Estrela Azul, e os três gatos desceram pela ravina até o acampamento. Finalmente puderam colocá-la na toca sob a Pedra Grande, onde ela ficaria até que o clã se despedisse dela e a enterrasse com todas as honras que uma líder tão sábia e nobre merecia.

– Obrigado pela ajuda – Coração de Fogo miou aos guerreiros do Clã do Rio. Hesitou por um momento, sabendo bem o que significava o convite. – Gostariam de ficar para a cerimônia de despedida de Estrela Azul?

– É uma oferta generosa – Pelo de Pedra respondeu, demonstrando uma leve surpresa pelo fato de Coração de Fogo admitir membros de um clã rival em cerimônia tão particular. – Mas temos deveres com nosso clã. Devemos voltar.

– Obrigada – miou Pé de Bruma. – Isso significa muito para nós. Mas os gatos do seu clã vão estranhar nossa presença. Eles sabem que Estrela Azul era nossa mãe?

– Não – respondeu o guerreiro de pelo rubro. – Só Listra Cinzenta sabe. Mas Estrela Tigrada ouviu sua conversa com Estrela Azul na... na beira do rio. Vocês devem estar preparados, caso ele resolva revelar a verdade na próxima Assembleia.

Os irmãos se entreolharam. Foi quando Pelo de Pedra se levantou, os olhos azuis com um brilho desafiador. – Que Estrela Tigrada diga o que quiser. Eu mesmo contarei hoje ao Clã do Rio. Não temos vergonha de nossa mãe. Ela foi uma nobre líder... e nosso pai foi um grande representante.

– Sim – Pé de Bruma concordou. – Impossível contestar isso, mesmo sendo os dois de clãs diferentes.

A coragem e a determinação dos filhos da líder morta faziam Coração de Fogo lembrar-se da mãe deles. Ela os entregara ao pai, Coração de Carvalho, o representante do Clã do Rio, e os filhotes cresceram acreditando terem nascido naquele clã. No início, odiaram Estrela Azul ao saberem a verdade, mas, nessa manhã, com ela morta na beira do rio, descobriram a verdade em seus corações para poderem perdoá-la. Em meio à dor, Coração de Fogo ficou extremamente aliviado pelo fato de a líder ter se reconciliado com seus filhotes antes de partir para o Clã das Estrelas. Ele era o único felino do Clã do Trovão que sabia quanto a gata sofrera vendo os filhos crescerem em outro clã.

– Eu gostaria que a tivéssemos conhecido melhor – Pelo de Pedra miou, triste, como se pudesse ler os pensamentos de Coração de Fogo. – Você teve sorte em nascer no clã em que ela foi líder e em ser seu representante.

– Eu sei. – O gato de pelo avermelhado olhou com tristeza para a gata inerte sobre o chão arenoso da clareira. Ela parecia pequena e desamparada, agora que seu nobre espírito deixara o seu corpo para caçar com o Clã das Estrelas.

– Podemos nos despedir a sós? – Pé de Bruma perguntou, hesitante. – Apenas por alguns momentos?

– Claro – assentiu Coração de Fogo, e saiu para permitir aos dois irmãos que se abaixassem ao lado da mãe e a acariciassem pela primeira e última vez.

Ao rodear a Pedra Grande, Coração de Fogo ouviu gatos se aproximando pelo túnel de tojo. Adiantou-se e viu Pele de Geada e Cauda Sarapintada entrarem timidamente na clareira, hesitando no abrigo antes de se aventurarem de volta ao acampamento. Com o mesmo cuidado, Pelo de Musgo-Renda e Flor Dourada foram atrás.

Coração de Fogo sentiu o peito doer ao ver seus gatos cheios de cuidados em relação à própria casa, e seus olhos procuraram uma guerreira em particular... Tempestade de Areia, a gata alaranjada que ele amava. Precisava saber se *ela* estava a salvo depois de ter desempenhado o papel decisivo de enganar a matilha para afastar os cães do acampamento.

Coração de Fogo localizou o sobrinho, Cauda de Nuvem. O guerreiro branco acompanhava com cuidado Rosto Perdido, a jovem que sofrera terríveis ferimentos ao ser atacada pelos cães antes de invadirem o acampamento. Em seguida Manto de Cinza chegou, mancando, com um maço de ervas na boca; atrás dela, vinham os ansiosos irmãos Pata de Amora Doce e Pata de Açafrão, os mais novos aprendizes, também filhotes de Estrela Tigrada.

Finalmente Coração de Fogo viu Tempestade de Areia caminhando ao lado de Pelo de Salgueiro, cujos três filhos pulavam à sua volta, felizes, sem ter consciência da crise enfrentada pelo clã.

Um ronronar inflou na garganta do guerreiro de pelagem rubra quando ele correu na direção de Tempestade de Areia e apertou o focinho contra a lateral da guerreira alaranjada. Ela cobriu de lambidas a orelha do felino que, levantando o rosto, viu nos seus verdes olhos um brilho caloroso.

– Estava tão preocupada com você – ela murmurou. – Inacreditável o tamanho daqueles cachorros! Nunca tive tanto medo na vida.

– Nem eu – o felino confessou. – Pensei todo o tempo que podiam ter apanhado você.

– A mim? – A guerreira se afastou, agitando a ponta da cauda. Por um tique-taque de coração o felino de pelagem vermelha pensou tê-la ofendido, até ver que seus olhos brilhavam. – Eu estava correndo por você e pelo clã, Coração de Fogo. Parecia que eu tinha a velocidade do Clã das Estrelas!

Ela se colocou no centro da clareira e olhou à volta, com expressão sombria. – Onde está Estrela Azul? Listra Cinzenta nos disse que ela morreu.

– Sim – Coração de Fogo confirmou. – Tentei salvá-la, mas a luta no rio foi demais para ela. Está em sua toca. – Hesitou antes de dizer: – Pé de Bruma e Pelo de Pedra estão com ela.

Tempestade de Areia virou-se para ele, com a pelagem arrepiada, assustada. – Há gatos do Clã do Rio em nosso acampamento? Por quê?

– Eles me ajudaram a tirar Estrela Azul do rio – o gato rubro explicou. – E… e ela era a mãe deles.

Tempestade de Areia ficou estática, arregalou os olhos. – Estrela Azul? Mas como...

Coração de Fogo a interrompeu encostando seu focinho no dela. – Depois vou lhe contar toda a história – prometeu. – Neste momento tenho de me certificar de que o clã está bem.

Enquanto conversavam, o restante do clã surgiu do túnel de tojo e começou a se reunir à volta do casal. Coração de Fogo localizou Pata de Avenca e Pata Gris, os aprendizes que haviam iniciado a corrida para afastar os cachorros do acampamento. – Parabéns a vocês dois – ele miou.

Os jovens soltaram um ronronar. – Nós nos escondemos na aveleira que você indicou e pulamos assim que vimos os cachorros – miou Pata Gris.

– Sim, sabíamos que tínhamos de mantê-los longe do acampamento – Pata de Avenca acrescentou.

– Vocês foram muito corajosos – Coração de Fogo elogiou. Mais uma vez ele se lembrou do corpo sem vida de Cara Rajada, a mãe dos aprendizes, morta por Estrela Tigrada. – Estou orgulhoso, e sua mãe também ficaria.

Pata Gris se encolheu, de repente parecendo um frágil filhote. – Fiquei *apavorado* – admitiu. – Se soubéssemos como eram os cachorros, acho que não teríamos coragem de fazer o que fizemos.

– Todos ficamos em pânico – Pelagem de Poeira miou ao se aproximar, dando uma lambida carinhosa em Pata de Avenca. – Nunca corri tanto. Vocês dois foram brilhantes.

Embora ele também elogiasse o próprio aprendiz, o calor no olhar de Pelagem de Poeira se dirigia a Pata de Avenca. Coração de Fogo tentava disfarçar que estava se divertindo. Não era segredo a afeição que o guerreiro acastanhado sentia por ela.

– Você também foi importante, Pelagem de Poeira – Coração de Fogo miou. – O clã deve agradecimentos a todos.

Pelagem de Poeira fitou Coração de Fogo por um momento antes de agradecer-lhe com a cabeça. Ao se virar, o guerreiro de pelo rubro viu Cauda de Nuvem delicadamente ajudando Rosto Perdido a caminhar e parou os dois para perguntar: – Tudo bem com você, Rosto Perdido?

– Estou bem – a jovem respondeu, apesar de olhar à volta nervosamente com seu olho bom. – Tem certeza de que nenhum dos cachorros chegou até aqui?

– Eu mesmo procurei em todo o acampamento – disse Coração de Fogo. – Não há nenhum sinal de cachorros.

– Ela foi muito corajosa nas Rochas Ensolaradas – miou Cauda de Nuvem, tocando com o focinho o ombro de Rosto Perdido. – Do alto de uma árvore, ela me ajudou a vigiar.

Rosto Perdido se iluminou. – Não consigo ver tão bem como antes, mas posso escutar e sentir os odores.

– Muito bem – Coração de Fogo miou. – Você também, Cauda de Nuvem. Fiz bem em confiar em você.

– Todos foram ótimos! – Era a voz de Manto de Cinza. Coração de Fogo virou-se e viu a gata se aproximar com seu passo claudicante, seguida de perto por Pelo de Rato. – Não houve pânico, nem mesmo com os uivos da matilha.

– E todos os gatos estão bem? – Coração de Fogo perguntou, ansioso.

– Estão, sim. – Os olhos azuis da curandeira brilharam com alívio. – Pelo de Rato quebrou uma garra ao fugir correndo dos cachorros, mas foi só isso. Vamos, Pelo de Rato, vou lhe dar alguma coisa para melhorar isso.

Ao observá-las se afastando, Coração de Fogo percebeu Nevasca a seu lado. – Posso ter uma palavra com você?

– Claro.

– Lamento muito – disse Nevasca, com os olhos angustiados. – Sei que você me pediu para tomar conta de Estrela Azul quando estávamos fugindo da matilha. Mas ela saiu das Rochas Ensolaradas antes que eu percebesse! Ela morreu por minha culpa!

Coração de Fogo estreitou os olhos e os fixou no guerreiro mais velho. Pela primeira vez percebeu que ele parecia exausto. Embora fosse o veterano do Clã do Trovão, sempre aparentou ser forte e vigoroso, com o pelo branco brilhante e bem penteado. Agora parecia cem estações mais velho do que o felino que deixara o acampamento pela manhã.

– Isso não tem sentido! – Coração de Fogo insistiu. – Mesmo que você tivesse percebido que ela tinha saído, o que poderia fazer? Ela era sua líder... você não poderia obrigá-la a ficar.

Nevasca piscou. – Eu não ousaria mandar outro gato atrás dela... não com a matilha solta. Só nos restou sentar nas árvores em volta das Rochas Ensolaradas e ouvir os uivos... – Um arrepio percorreu seu corpo. – Mas eu devia ter feito *alguma coisa*.

– Você fez tudo o que podia. Ficou com o clã e garantiu a segurança de todos. Estrela Azul tomou sua decisão no final. Fez-se a vontade do Clã das Estrelas, ela morreu para nos salvar.

Nevasca aquiesceu com um movimento lento da cabeça, embora tivesse os olhos ainda perturbados quando murmurou: – Embora ela tivesse perdido a fé no Clã das Estrelas.

Coração de Fogo sabia do segredo que partilhavam, que em suas últimas luas a mente de Estrela Azul começara a se perder. Em choque com a descoberta da traição de Estrela Tigrada, a líder tinha começado a acreditar que estava em guerra com os ancestrais guerreiros. Coração de Fogo e Nevasca, com a ajuda de Manto de Cinza, conseguiram esconder quase totalmente a fraqueza da líder do restante do clã. Mas Coração de Fogo também sabia que os sentimentos de Estrela Azul tinham mudado em seus últimos instantes de vida.

– Não, Nevasca – Coração de Fogo falou, agradecido por poder oferecer algum alívio ao nobre e velho guerreiro. – Ela fez as pazes com o Clã das Estrelas antes de morrer. Sabia exatamente o que estava fazendo e por quê. Sua mente voltara a pensar com clareza, e sua fé era inabalável.

A alegria veio compensar a tristeza nos olhos de Nevasca, que abaixou a cabeça. Coração de Fogo percebeu que a morte da líder o tinha deixado arrasado. Haviam sido amigos por toda a vida.

Agora os demais gatos do clã rodearam Coração de Fogo. Ele ainda via nos olhos deles os traços da terrível experiência, aliados ao temor pelo futuro. Engoliu em seco, percebendo que era seu dever acalmar esses medos.

– Coração de Fogo – Pelo de Musgo-Renda perguntou, hesitante: – É verdade que Estrela Azul está morta?

O gato de pelo vermelho concordou. – Sim, é verdade. Ela... ela morreu para salvar a mim e a todos nós. – Por um momento ele pensou que ia perder a voz e fez um esforço para continuar. – Vocês todos sabem que eu era o último gato na trilha para guiar os cachorros até o desfiladeiro. Quando eu estava quase na beirada, Estrela Tigrada pulou, me imobilizando até a chegada do líder da matilha. Ele teria me matado, e os cachorros estariam ainda perdidos na floresta, não fosse por Estrela Azul. Ela se jogou sobre um cachorro, na beirada do precipício... e eles caíram.

Ele viu que uma onda de ansiedade percorreu seus companheiros de clã, como o vento balança as árvores.

– O que aconteceu, então? – Pele de Geada perguntou baixinho.

– Eu entrei no desfiladeiro atrás dela, mas não consegui salvá-la. – Por um instante Coração de Fogo fechou os olhos, lembrando a água agitada e a luta inútil para manter a líder na tona. – Pé de Bruma e Pelo de Pedra, do Clã do Rio, vieram ajudar quando saímos – ele continuou. – Estrela Azul ainda estava viva quando a tiramos da água, mas era tarde demais. Sua nona vida se acabara, e ela nos deixou para juntar-se ao Clã das Estrelas.

Um uivo de tristeza veio de algum ponto do círculo dos felinos. Coração de Fogo percebeu que muitos deles não tinham sequer nascido quando Estrela Azul tornou-se líder, e perdê-la agora era como se os grandes carvalhos de Quatro Árvores tivessem sido destruídos durante a noite.

Ele elevou a voz, tentando não tremer. – Estrela Azul não se foi. Ela cuida de nós, vocês sabem. Ela já cuida de nós do Clã das Estrelas... seu espírito está conosco agora. – *Ou em sua toca*, ele pensou com seus bigodes, *trocando lambidas com Pelo de Pedra e Pé de Bruma.*

– Eu gostaria de ver Estrela Azul agora – miou Cauda Sarapintada. – Onde ela está? Em sua toca? – Virou-se para a entrada, ladeada por Cauda Mosqueada e Orelhinha.

– Vou com vocês – Pele de Geada se ofereceu, ficando de pé nas patas.

Um sinal de alarme atravessou Coração de Fogo. Ele esperava dar a Pé de Bruma e Pelo de Pedra o máximo de tempo possível com a mãe, mas de repente percebeu que só Listra Cinzenta e Tempestade de Areia sabiam que os dois guerreiros do Clã do Rio estavam no acampamento.

– Esperem – ele começou, abrindo caminho no círculo.

Tarde demais. Cauda Sarapintada e Pele de Geada já estavam na entrada da toca de Estrela Azul, com a pelagem brilhando, as caudas infladas, com o dobro do tamanho normal, ao verem gatos estranhos. Um rosnado ameaçador veio de Pele de Geada. – O que *vocês* estão fazendo aqui?

# CAPÍTULO 2

Quando Coração de Fogo entrou correndo na toca de Estrela Azul, Cauda Sarapintada virou-se para encará-lo, os olhos queimando de raiva. – Há dois gatos do Clã do Rio aqui – ela rosnou. – Profanando o corpo da nossa líder!

– Não... não, não estão. – Coração de Fogo arfou. – Eles têm direito de estar aqui.

Ele percebeu que o restante do clã se reunira, ansioso, atrás dele. Ouvia Cauda de Nuvem uivando, desafiador, com rosnados de raiva que se espalhavam.

Coração de Fogo se virou para encará-los. – Afastem-se! – ordenou. – Está tudo certo. Pé de Bruma e Pelo de Pedra...

– *Você* sabia que eles estavam aqui? – Era a voz de Risca de Carvão. Ele abriu caminho no meio da multidão e ficou nariz com nariz com o gato rubro. – Você deixou gatos inimigos entrarem em nosso acampamento... na toca de nossa líder?

Coração de Fogo respirou fundo, para tentar ficar calmo. Ele desconfiava profundamente do gato malhado de preto. Quando o clã se preparava para escapar da matilha,

Risca de Carvão tinha tentado fugir com os filhos de Estrela Tigrada. Ele havia jurado que nada sabia da trama do líder inimigo com os cachorros para destruir o Clã do Trovão, mas Coração de Fogo hesitava em acreditar nessa história.

– Você se esqueceu do que falei? – ele perguntou. – Pé de Bruma e Pelo de Pedra me ajudaram a tirar Estrela Azul do rio.

– É o que você diz! – Risca de Carvão cuspiu. – Como sabemos se é verdade? Por que os gatos do Clã do Rio ajudariam o Clã do Trovão?

– Eles nos ajudaram bastante no passado – Coração de Fogo lembrou-lhe. – Muito mais gatos do nosso clã teriam morrido depois do incêndio se o Clã do Rio não nos tivesse dado abrigo.

– Isso é verdade – miou Pelo de Rato. Ela voltara com Manto de Cinza da toca da curandeira a tempo de ouvir a discussão, e agora se esforçava para ficar ao lado de Risca de Carvão. – Mas isso não é desculpa para deixá-los sozinhos na toca com o corpo de Estrela Azul. O que eles estão fazendo lá?

– Estamos prestando homenagem a Estrela Azul – Pelo de Pedra disse, desafiador, e Coração de Fogo se virou e viu que o representante do Clã do Rio e Pé de Bruma estavam na boca da toca. Ambos pareciam chocados com a reação dos gatos do Clã do Trovão; sua pelagem começou a arrepiar ao perceberem que estavam sendo tratados como intrusos.

– Queríamos nos despedir dela – Pé de Bruma miou.

– Por quê? – quis saber Pelo de Rato.

O estômago do gato rubro apertou quando Pé de Bruma encarou a gata marrom-clara e respondeu: – Ela era nossa mãe.

O silêncio que se seguiu foi quebrado apenas pelo canto de um melro na beirada do acampamento. Coração de Fogo pensou depressa ao deparar com os olhares chocados e hostis de seu clã. Seu olhar cruzou com o de Tempestade de Areia, que parecia desanimada, como se adivinhasse que o amigo não teria escolhido essa maneira de o Clã do Trovão saber o segredo de sua líder.

– Mãe de vocês? – rosnou Cauda Sarapintada. – Não acredito. Estrela Azul jamais permitiria que seus filhos fossem criados em outro clã.

– Acredite você ou não, é verdade – Pelo de Pedra retrucou. Coração de Fogo deu um passo adiante e, com um rápido movimento de cauda, mandou Pelo de Pedra ficar quieto. – Deixem que eu resolva. É melhor você e Pé de Bruma irem agora.

Pelo de Pedra acenou e tomou a dianteira ao sair com Pé de Bruma na direção do túnel de tojo. Coração de Fogo ouviu um ou dois silvos quando os gatos do Clã do Trovão lhes deram passagem.

– Nossos agradecimentos vão com vocês – Coração de Fogo disse em voz alta, as palavras ecoando vagamente pela Pedra Grande.

Pé de Bruma e Pelo de Pedra não responderam. Nem sequer se viraram antes de desaparecer no túnel.

Os pelos de Coração de Fogo se arrepiaram ante o desejo de sair correndo e se livrar das novas responsabilidades. O segredo que fora tão difícil guardar (que Estrela Azul abrira mão dos filhos em favor de outro clã) seria ainda mais duro de partilhar. Ele gostaria de ter tido mais tempo para pensar no que dizer, mas sabia ser melhor para seu clã ouvir a verdade da boca dele agora, e não de Estrela Tigrada na próxima Assembleia. Como líder, tinha de encarar a tarefa, por menos que lhe agradasse.

Cumprimentando Manto de Cinza com a cabeça, subiu na Pedra Grande. Não foi necessário convocar o clã, todos já o olhavam. Por um tique-taque de coração, ele ficou sem ar, incapaz de falar. Via em todos os felinos raiva e confusão, sentia neles o cheiro de medo. Risca de Carvão o observava com os olhos em fenda, como se já estivesse planejando o que dizer a Estrela Tigrada. Desolado, o gato de pelagem vermelha refletiu que Estrela Tigrada já sabia; ele ouvira o que Estrela Azul dissera a seus filhotes quando estava à morte na beira do rio. Mas o líder do Clã das Sombras certamente teria satisfação de saber da confusão no Clã do Trovão e das dificuldades de Coração de Fogo. Estrela Tigrada estava seguro de que isso o ajudaria em seu desejo de vingança contra o Clã do Trovão e seus esforços para recuperar seus filhotes, Pata de Amora Doce e Pata de Açafrão.

Coração de Fogo respirou fundo. – É verdade que Pé de Bruma e Pelo de Pedra são filhos de Estrela Azul. – Ele lutou para manter a voz firme, e orou ao Clã das Estrelas que lhe desse as palavras certas para que o seu clã não se voltasse contra a líder morta. – Eram filhos de Coração de Carvalho, do Clã do Rio. Quando nasceram, Estrela Azul os entregou ao pai, para serem educados por ele, em seu clã.

– Como você sabe? – rosnou Pele de Geada. – Nossa líder nunca faria isso! Se os gatos do Clã do Rio disseram isso, estão mentindo.

– A própria Estrela Azul me disse – Coração de Fogo respondeu.

Ele encarou a gata branca. Os olhos faiscavam de fúria, os dentes estavam à mostra, mas ela não ousou acusá-lo de mentir. – Está nos dizendo que ela era uma traidora? – sibilou.

Um ou dois gatos uivaram um protesto. Pele de Geada girou, a pelagem eriçada, e Nevasca se levantou para encará-la. Embora o guerreiro veterano se mostrasse atônito, chocado, sua voz era firme quando ele miou: – Estrela Azul *sempre* foi leal ao clã.

– Se era tão leal – Risca de Carvão acrescentou –, por que teve filhos com um gato de outro clã?

Coração de Fogo achou difícil dar uma resposta. Não fazia muito tempo, Listra Cinzenta havia se apaixonado por uma gata do Clã do Rio, e era lá que seus filhotes estavam crescendo. Os gatos do Clã do Trovão tinham ficado tão horrorizados com o gato cinza que ele não pôde continuar no grupo. Ele tinha voltado, mas alguns felinos ainda lhe eram hostis e duvidavam de sua lealdade.

– As coisas acontecem – Coração de Fogo respondeu. – Quando os filhotes nasceram, Estrela Azul os teria trazido para serem leais guerreiros do Clã do Trovão, mas...

– Lembro-me desses filhotes. – Dessa vez foi Orelhinha que interrompeu. – Eles desapareceram do berçário. Todos pensamos que uma raposa ou um texugo os tinha apanhado. Estrela Azul ficou perturbada. Você está dizendo que tudo era mentira?

Coração de Fogo olhou para o velho gato cinza. – Não – ele garantiu. – Estrela Azul ficou arrasada pela perda dos filhotes. Mas precisou abrir mão deles para ser representante do clã.

– Você está nos dizendo que a ambição dela era maior que o amor pelos filhos? – perguntou Pelagem de Poeira. O guerreiro marrom se mostrava mais confuso que zangado, pois não conseguia casar essa imagem com a da sábia líder que sempre conhecera.

– Não – disse-lhe Coração de Fogo. – Ela o fez porque o clã precisava dela, e colocou o clã em primeiro lugar, como sempre fez.

– O que é verdade – Nevasca concordou baixinho. – Nada era mais importante para ela que o Clã do Trovão.

– Pé de Bruma e Pelo de Pedra se orgulham de sua coragem... na época e agora – Coração de Fogo continuou. – Como nós devemos nos orgulhar.

Ele ficou aliviado porque não havia mais desafios, embora a tensão entre os felinos do clã não tivesse se dissipado de todo. Pelo de Rato e Pele de Geada cochichavam, olhando-o com suspeita. Cauda Sarapintada, com a ponta da cauda agitada, se aproximou com ar sinistro. Mas Nevasca foi de gato em gato, reafirmando o que dissera, e Orelhinha balançava a cabeça de maneira sábia, como se respeitasse a dura decisão de Estrela Azul.

Foi quando uma voz se elevou dentre os murmúrios. – Coração de Fogo – Pata de Açafrão se manifestou com voz aguda –, você será nosso líder agora?

Antes que o gato pudesse responder, Risca de Carvão se levantou nas patas. – Aceitar um gatinho de gente como líder de clã? Será que perdemos o juízo?

– Não há o que discutir, Risca de Carvão – Nevasca falou, elevando a voz acima das exclamações em contrário de Tempestade de Areia e Listra Cinzenta. – Ele é o representante do clã, vai suceder Estrela Azul. E assim deve ser.

Coração de Fogo o olhou com gratidão. A pelagem de seus ombros tinha começado a arrepiar e ele relaxou para fazê-la abaixar. Ele não deixaria Risca de Carvão perceber que sua provocação o abalara. Embora sem poder evitar um instante de dúvida, Estrela Azul o indicara como representante, mas sua mente estava atordoada pelo choque da traição de Estrela Tigrada, e todo o clã estava chocado porque a cerimônia atrasara. Isso poderia significar que ele não era o felino certo para comandar o Clã do Trovão?

– Mas um *gatinho de gente*! – Risca de Carvão protestou, os olhos amarelos arregalados de forma maliciosa para

Coração de Fogo. – Com o fedor dos Duas-Pernas e seus ninhos! É esse gato que queremos como líder?

Coração de Fogo sentiu seu estômago queimar com a raiva já conhecida. Embora tivesse vivido com o clã desde que tinha seis luas de idade, Risca de Carvão nunca o deixou esquecer que não nascera na floresta.

Enquanto ele lutava contra o desejo de pular e enterrar suas garras no pelo de Risca de Carvão, Flor Dourada se elevou nas patas e se adiantou para encarar o guerreiro de pelo escuro. – Você se engana, Risca de Carvão – ela rosnou. – Coração de Fogo provou sua lealdade ao clã milhares de vezes. Nenhum gato nascido no clã faria melhor.

Coração de Fogo piscou-lhe, agradecido, surpreso com o fato de que Flor Dourada, entre todos, o tivesse apoiado de forma tão incisiva. Ela sabia que o jovem líder imaginava que seu filhote, Pata de Amora Doce, acabaria se tornando tão perigoso quanto o pai, Estrela Tigrada. Embora o tivesse tomado como aprendiz, o guerreiro rubro jamais se sentira à vontade com o jovem, e Flor Dourada sabia. Ela defendera seus filhotes veementemente contra o que considerava hostilidade irracional de Coração de Fogo. Assim, era surpreendente agora que o apoiasse contra Risca de Carvão.

– Coração de Fogo, não dê atenção a Risca de Carvão – Pelo de Musgo-Renda disse, juntando-se a Flor Dourada. – Todos o querem como líder, menos ele. Você é o gato certo.

Um murmúrio de concordância irrompeu entre os gatos reunidos em volta da Pedra Grande, e o peito de Coração de Fogo se encheu de gratidão.

– E quem se opõe ao que determina o Clã das Estrelas? – Pelo de Rato acrescentou. – O representante *sempre* se torna o líder do clã, seguindo a tradição do Código dos Guerreiros.

– Que Coração de Fogo parece conhecer melhor que *você* – Listra Cinzenta sibilou, abanando a cauda, provocando Risca de Carvão. Ele sabia tanto quanto Coração de Fogo que o guerreiro de pelagem escura havia tramado com Estrela Tigrada o ataque da matilha.

Coração de Fogo fez um gesto com a pata para o amigo se calar, pois ele falaria ao clã. – Prometo a vocês que passarei o resto da vida me esforçando para me tornar o líder que o Clã do Trovão merece, o que vai acontecer com a ajuda do Clã das Estrelas.

Instintivamente, ele olhou para Tempestade de Areia e sentiu o calor se espalhar pelas suas patas e na ponta da cauda quando percebeu que a gata estava cheia de orgulho.

– Quanto a você, Risca de Carvão – Coração de Fogo cuspiu, incapaz de esconder a raiva –, se não gosta da ideia de ser liderado por um gatinho de gente, a porta é a serventia da casa.

O guerreiro de pelo escuro serpenteou a cauda. O olhar que lançou para o gato de pelo vermelho era puro ódio. *Se eu nunca tivesse vindo para a floresta*, Coração de Fogo percebeu, *Estrela Tigrada seria o líder agora, e você, o representante.*

Ele jamais quisera provocar uma confrontação pública com Risca de Carvão, mas o gato malhado de preto e cinza o levara a isso. Embora o Clã do Trovão não estivesse em condições de perder nenhum guerreiro, boa parte de Coração de Fogo desejava que Risca de Carvão cumprisse a palavra e deixasse o clã para sempre. Mas, ao mesmo tempo, ele sabia que o gato iria direto procurar o Clã das Sombras e Estrela Tigrada. Era melhor, Coração de Fogo admitiu, manter seus inimigos separados. Risca de Carvão seria menos perigoso no Clã do Trovão, onde poderia ficar de olho nele.

O guerreiro listrado de preto continuou a encará-lo ainda por mais alguns instantes, antes de se virar e partir. Mas não rumou para o túnel de tojo, foi para a toca dos guerreiros.

– Certo. – Coração de Fogo elevou a voz ao se dirigir aos demais felinos. – Hoje vamos realizar os ritos fúnebres para Estrela Azul.

– Espere! – Cauda de Nuvem subiu nas patas, com a cauda inflada. – Não vamos atacar o Clã das Sombras? Eles mataram Cara Rajada e levaram a matilha ao nosso acampamento! Vocês não querem vingança?

Sua pelagem estava eriçada, hostil. Cara Rajada fora sua mãe adotiva quando ele chegou, ainda um filhote desamparado, ao Clã do Trovão. Mas Coração de Fogo sabia que um ataque agora não era a resposta.

Com um gesto da cauda ele silenciou os uivos de concordância que se ouviram à sugestão de Cauda de Nuvem. – Não – miou –, não está na hora de atacar o Clã das Sombras.

– *O quê?* – o sobrinho o olhou, incrédulo. – Você vai deixá-los se safar?

Coração de Fogo respirou fundo. – O Clã das Sombras não matou Cara Rajada, nem preparou a trilha para os cachorros. Foi Estrela Tigrada. Todos os coelhos da trilha tinham o cheiro dele, e somente dele, de nenhum outro gato. Não temos certeza de que o Clã das Sombras sabia dos planos de seu líder.

O jovem bufou com desdém. Coração de Fogo encarou o ex-aprendiz com um olhar duro, mas não estava disposto a discutir agora. Sabia que o acontecido se deveu à inimizade de luas entre ele e Estrela Tigrada. O líder do Clã das Sombras teria tido o prazer de eliminar o Clã do Trovão e tomar seu território. Mas não era esse o verdadeiro motivo para levar a matilha ao acampamento. O que Estrela Tigrada queria mais do que tudo era destruir Coração de Fogo. Só assim se vingaria pelo fato de o gato vermelho ter revelado seu plano para matar Estrela Azul, e que resultou em seu exílio.

Mais cedo ou mais tarde, Coração de Fogo sabia que haveria um confronto final, cara a cara, com Estrela Tigrada. Apenas um sobreviveria. Ele orou ao Clã das Estrelas para que, chegada a hora, tivesse coragem e força para livrar a floresta desse gato sanguinário.

– Creiam-me – ele miou alto, dirigindo-se a todo o clã –, Estrela Tigrada vai pagar. Mas o Clã do Trovão não tem nenhuma desavença com o Clã das Sombras.

Para alívio do Coração de Fogo, Cauda de Nuvem voltou a sentar, os olhos azuis queimando de raiva, e murmurou algo para Rosto Perdido. Perto dele, Flor Dourada, agachada, protegia Pata de Amora Doce e Pata de Açafrão, com a cauda enrolada, como se fossem ainda filhotes. Ela fizera Coração de Fogo dizer pessoalmente aos jovens o que Estrela Tigrada tinha feito, e sempre temeu que o clã os julgasse com severidade por causa dos crimes do pai. Quando o gato decidiu não atacar, ela ficou visivelmente calma, e os dois aprendizes se afastaram lentamente. Amora Doce mirou Coração de Fogo com seus olhos cor de âmbar estreitados, e o líder se perguntou se não haveria ali alguma hostilidade.

Mas colocou de lado o problema de Pata de Amora Doce e, do alto, olhava os felinos reunidos. Longas sombras se espalhavam pelo acampamento, e Coração de Fogo percebeu que tinha chegado a hora de o clã se despedir para sempre da amada líder. – Devemos prestar nossas homenagens a Estrela Azul – anunciou. – Você está pronta, Manto de Cinza? A curandeira acenou que sim. – Listra Cinzenta, Tempestade de Areia – continuou –, vocês podem trazer o corpo de Estrela Azul para a clareira para podermos render-lhe as últimas homenagens à vista do Clã das Estrelas?

Os dois guerreiros se levantaram e desapareceram na toca de Estrela Azul, reaparecendo logo depois com o corpo da líder apoiado entre eles; levaram-no para o centro da clareira e colocaram-no delicadamente na areia firme.

– Tempestade de Areia, forme uma patrulha de caça – ordenou Coração de Fogo. – Depois do adeus a Estrela Azul, gostaria que estocassem uma pilha de presa fresca. E, Pelo de Rato, quando tiver terminado, você poderia levar uma patrulha em direção às Rochas das Cobras e à fronteira do Clã das Sombras? Quero ter certeza de que todos os cachorros se foram e de que não há gatos do Clã das Sombras em nosso território. Mas tenha cuidado, não corra riscos.

– Claro, Coração de Fogo. – A gata magra e malhada de marrom ficou de pé nas patas. – Flor Dourada, Rabo Longo, vocês vêm?

Os gatos que ela chamou se aproximaram e os três foram para o centro da clareira para render as últimas homenagens à líder. Tempestade de Areia seguiu com Pelagem de Poeira e Cauda de Nuvem. Manto de Cinza ficou perto da cabeça de Estrela Azul e olhou para o céu azul-escuro, onde as primeiras estrelas do Tule de Prata começavam a aparecer. De acordo com as antigas tradições dos clãs, cada estrela representa o espírito de um ancestral guerreiro. Coração de Fogo se perguntou se haveria mais uma estrela essa noite, para Estrela Azul.

Os olhos azuis de Manto de Cinza brilharam com os segredos do Clã das Estrelas. – Estrela Azul era uma nobre líder – ela miou. – Vamos dar graças ao Clã das Estrelas por sua vida. Ela foi dedicada ao seu clã, e sua lembrança nunca vai desaparecer na floresta. Agora encomendamos seu espírito ao Clã das Estrelas. Que ela cuide de nós na morte, como sempre fez em vida.

Um suave murmúrio se propagou por todo o clã quando a curandeira terminou de falar e manteve a cabeça baixa. Os guerreiros que Coração de Fogo havia escolhido para sair em patrulha agacharam ao lado do corpo de Estrela Azul, penteando sua pelagem e pressionando os narizes contra a lateral do corpo da líder. Depois eles se afastaram, outros vieram, até todo o clã ter rendido as últimas homenagens a ela no triste ritual.

As patrulhas partiram, e os outros gatos voltaram em silêncio para suas tocas. Coração de Fogo ficou observando perto da base da Pedra Grande, e, quando Pelo de Musgo-Renda afastou-se do corpo da líder, ele se adiantou para interceptar o jovem guerreiro. – Tenho uma missão para você – murmurou. – Quero que fique de olho em Risca de Carvão. Até se ele olhar para a fronteira do Clã das Sombras, eu quero saber.

O jovem dourado o fitou, arrebatado pela lealdade ao novo líder do clã. – Vou dar tudo de mim, Coração de Fogo, mas ele não vai gostar.

– Com alguma sorte, ele nem vai notar. Seja discreto e peça ajuda a um ou dois gatos. Pelo de Rato, talvez, e Pele de Geada. – Vendo que Pelo de Musgo-Renda ainda estava receoso, acrescentou: – Risca de Carvão talvez não soubesse da matilha, mas sabia que Estrela Tigrada estava tramando algo. Não podemos confiar nele.

– Entendo – miou Pelo de Musgo-Renda, com os olhos perturbados. – Mas não podemos vigiá-lo para sempre.

– É coisa temporária – Coração de Fogo assegurou. – Só até Risca de Carvão provar sua lealdade, de um jeito ou de outro.

Após concordar, Pelo de Musgo-Renda deslizou silenciosamente para a toca dos guerreiros. Sem outros problemas exigindo a sua atenção, Coração de Fogo atravessou a clareira até o corpo de Estrela Azul. Manto de Cinza ainda permanecia perto da cabeça da líder e Nevasca estava agachado ao seu lado, cabeça baixa, cheio de tristeza.

O gato de pelo vermelho cumprimentou a curandeira e se colocou ao lado de Estrela Azul, procurando reconhecer em seu rosto a líder que tanto amara. Mas seus olhos estavam fechados, jamais arderiam de novo com o fogo que inspirara o respeito dos clãs. Seu espírito foi correr alegremente pelo céu com os ancestrais guerreiros, cuidando da floresta.

Ele sentiu a suavidade da pelagem da líder e uma sensação de segurança o inundou, como se voltasse a ser um filhote, aconchegando-se na mãe. Por um momento, quase se esqueceu do terror da morte da líder e da solidão de suas novas responsabilidades.

*Recebam-na com honras*, Coração de Fogo rezou silenciosamente ao Clã das Estrelas, fechando os olhos e pressionando o nariz na pelagem de Estrela Azul. *E me ajudem a manter o clã a salvo.*

# CAPÍTULO 3

Algo cutucava a lateral de Coração de Fogo. Protestando com um miado abafado, ele abriu os olhos e viu Manto de Cinza inclinada sobre ele.

– Você cochilou – ela murmurou. – Mas vai ter de levantar agora. É hora de enterrar Estrela Azul.

Cambaleando, o gato rubro ficou de pé. Flexionou as pernas enrijecidas, uma de cada vez, e passou a língua seca sobre os lábios. Parecia ter ficado agachado na clareira por uma lua, ao menos. A sensação de conforto que sentiu durante o sono foi substituída por uma onda de culpa.

– Algum gato viu? – ele murmurou para Manto de Cinza.

Os olhos azuis da curandeira brilharam com simpatia.

– Só eu. Não se preocupe. Ninguém culparia você depois do que aconteceu ontem.

Coração de Fogo olhou ao redor da clareira. A pálida luz da aurora começava a se infiltrar entre as árvores. A algumas caudas de distância, os anciãos estavam reunidos para cumprir o seu dever de carregar o corpo de Estrela

Azul até o local do sepultamento. O restante do clã foi saindo lentamente das tocas, formando duas filas entre o corpo de Estrela Azul e a entrada para o túnel de tojo.

A um sinal de Manto de Cinza, os anciãos pegaram o corpo e o carregaram entre as fileiras dos guerreiros em luto. Quando o corpo da líder passava, os gatos abaixavam a cabeça.

– Adeus, Estrela Azul – Coração de Fogo murmurou. – Jamais vou esquecer você. – Espinhos afiados de dor perfuraram seu peito quando viu a ponta da cauda da líder deixando um sulco nas folhas enegrecidas que ainda estavam no chão após o incêndio recente.

Quando Estrela Azul desapareceu com sua escolta, os demais felinos começaram a se dispersar. Coração de Fogo examinou o acampamento, notando com satisfação que a pilha de presas frescas tinha sido abastecida. Bastava ele enviar a patrulha do amanhecer, então poderia comer e descansar. Sentia como se uma lua de sono não fosse suficiente para acabar com a exaustão de suas patas.

– Bom, Coração de Fogo – Manto de Cinza miou. – Você está pronto?

O gato rubro se virou, confuso. – Pronto?

– Para ir à Pedra da Lua receber suas nove vidas do Clã das Estrelas. – A ponta da cauda de Manto de Cinza se contraiu. – Você não se esqueceu, não é?

Sem jeito, o gato agitou nervosamente as patas. Claro que não esquecera da antiga cerimônia de iniciação dos novos líderes do clã, mas de alguma forma não tinha se dado conta de que seria imediatamente. Estava aturdido com a velocidade com que tudo estava acontecendo, empurrando-o inexoravelmente como as águas rápidas do desfiladeiro em que quase se afogou.

O medo subiu em sua garganta e ele teve de engoli-lo depressa. Nenhum outro líder jamais falara do rito místico, apenas alguns curandeiros sabiam como acontecia. Coração de Fogo havia visitado a Pedra da Lua antes e visto Estrela Azul trocar lambidas com o Clã das Estrelas em seu sono. A experiência fora bastante impressionante. Não imaginava o que aconteceria quando tivesse de deitar ao lado da pedra sagrada e partilhar sonhos com os ancestrais guerreiros.

Além de tudo, sabia que, para chegar às Pedras Altas, onde ficava a Pedra da Lua, em uma caverna nas profundezas do solo, teria pela frente um dia de jornada, e o ritual exigia ir sem nada comer, nem mesmo as ervas de viagem que outros gatos levavam para se fortalecer.

– O Clã das Estrelas vai lhe dar força – miou Manto de Cinza, como se lesse seus pensamentos.

Coração de Fogo resmungou uma vaga concordância. Olhando ao redor, ele viu Nevasca na direção da toca dos guerreiros e o convocou com um rápido movimento de cauda.

– Preciso ir às Pedras Altas. Você pode assumir o comando do acampamento? Vamos precisar de uma patrulha ao amanhecer.

– Deixe comigo – prometeu Nevasca, e acrescentou: – Que o Clã das Estrelas o acompanhe.

Coração de Fogo deu uma última olhada ao redor do acampamento e seguiu Manto de Cinza no túnel de tojo. Sentiu como se partissem para uma longa viagem, para o lugar mais longe em que já estivera, com uma duvidosa perspectiva de retorno. De certa forma, ele jamais regressaria, pois, na volta, teria um novo nome, novas responsabilidades, e uma nova relação com o Clã das Estrelas.

Ao se virar, escutou um uivo atrás de si. Listra Cinzenta e Tempestade de Areia atravessavam a clareira correndo.

– Você estava escapando sem dizer adeus? – Listra Cinzenta falou, ofegante, deslizando até parar.

Tempestade de Areia nada disse, mas entrelaçou a cauda com a de Coração de Fogo e pressionou o corpo no dele.

– Amanhã estou de volta – Coração de Fogo miou. – Ouça – ele acrescentou desajeitadamente –, sei que as coisas serão diferentes agora, mas sempre vou precisar de vocês. De ambos. Nenhum gato nunca teve tão bons amigos.

Listra Cinzenta tocou-o no ombro. – Sabemos disso, sua bola de pelo burra – ele miou.

Os olhos verdes de Tempestade de Areia brilharam quando ela olhou para o gato avermelhado. – Nós também vamos precisar sempre de você. E é melhor não se esquecer disso.

– Coração de Fogo, vamos! – Manto de Cinza o chamou; ela o esperava na entrada do túnel de tojo. – Temos de chegar às Pedras Altas até o anoitecer, e lembre que não posso andar tão rápido quanto você.

– Estou indo! – Ele deu em cada amigo uma rápida lambida antes de desaparecer no túnel de tojo atrás da curandeira. Seu coração estava cheio de esperança quando se juntou a ela, e foram juntos rumo ao topo da ravina. Talvez ele estivesse deixando sua antiga vida para trás, mas poderia levar com ele tudo o que era importante.

O sol brilhava no céu claro e azul e o gelo havia derretido na grama quando os dois gatos chegaram a Quatro Árvores, onde aconteciam as Assembleias dos clãs, toda lua cheia, numa única noite de trégua.

– Espero que não encontremos uma patrulha do Clã do Vento – Coração de Fogo comentou quando cruzaram a fronteira para a charneca alta e aberta, deixando para trás a floresta protetora.

Havia pouco Estrela Azul tentara atacar o Clã do Vento, acusando-os de roubar presas do Clã do Trovão. Coração de Fogo havia desobedecido a sua líder e arriscou-se a ser acusado de traição para evitar uma batalha. Embora Estrela Alta, o líder do Clã do Vento, tivesse se preparado para fazer a paz, Coração de Fogo imaginava que os gatos do Clã do Vento talvez ainda guardassem rancor.

– Eles não vão nos impedir – Manto de Cinza respondeu calmamente.

– Podem tentar – Coração de Fogo argumentou. – Prefiro ficar distante.

Suas esperanças foram frustradas quando eles atingiram o topo de um trecho de charneca e viram uma patrulha do Clã do Vento escolhendo um caminho pela urze algumas raposas de distância abaixo. O grupo estava a favor do vento; assim, Coração de Fogo não detectou seu odor, que seria um aviso.

O líder da patrulha levantou a cabeça, e Coração de Fogo reconheceu o guerreiro Orelha Rasgada. Seu peito apertou quando viu seu velho inimigo Garra de Lama, logo atrás dele, com um aprendiz que não conhecia. Ele e Manto de Cinza esperaram que os gatos do Clã do Vento caminhassem pela urze até eles; não havia sentido tentar evitá-los agora.

Garra de Lama curvou os lábios em um rosnado, mas Orelha Rasgada abaixou a cabeça ao parar na frente do gato de pelo rubro. – Saudações, Coração de Fogo, Manto de Cinza – ele miou. – Por que vocês estão aqui em nosso território?

– Estamos indo para Pedras Altas – Manto de Cinza respondeu, dando um passo à frente.

Coração de Fogo sentiu uma onda de orgulho ao ver o cumprimento respeitoso que o guerreiro do Clã do Vento deu à sua curandeira.

– Não é má notícia, espero – Orelha Rasgada disse. Em geral os gatos não viajam para Pedras Altas, a menos que haja uma crise em seu clã que exija comunicação direta com o Clã das Estrelas.

– A pior – Manto de Cinza falou de modo firme. – Estrela Azul morreu ontem.

Os três gatos do Clã do Vento inclinaram as cabeças; até mesmo Garra de Lama estava sério. – Ela foi nobre e grande. – Orelha Rasgada miou, enfim. – Todos os clãs vão reverenciar sua memória.

Levantando a cabeça novamente, ele virou-se para Coração de Fogo com um olhar de curiosidade e respeito e perguntou: – Então você será o novo líder?

– Serei. Vou receber minhas nove vidas do Clã das Estrelas.

Orelha Rasgada balançou a cabeça, passando o olhar lentamente pela pelagem cor de fogo. – Você é jovem – comentou. – Mas algo me diz que dará um bom líder.

– Obri... obrigado – Coração de Fogo gaguejou, pego de surpresa.

Manto de Cinza o salvou. – Não podemos ficar. É um longo caminho até as Pedras Altas.

– Claro. – Orelha Rasgada deu um passo atrás. – Vamos contar a Estrela Alta as novidades. Que o Clã das Estrelas esteja com vocês! – falou quando os dois gatos do Clã do Trovão se foram aos pulos.

Na borda do planalto eles pararam mais uma vez e viram abaixo uma paisagem muito diferente. No lugar de uma encosta nua com algumas partes salientes e canteiros de urtiga, Coração de Fogo viu espalhados ninhos dos Duas-Pernas entre campos e sebes. A distância, o Caminho do Trovão cortava uma faixa em toda a terra, e além das colinas irregulares surgiam as encostas áridas cinza e ameaçadoras. Coração de Fogo engoliu em seco: era para essa região deserta que estavam indo.

Percebeu que havia compreensão nos olhos azuis de Manto de Cinza.

– Tudo está diferente – Coração de Fogo confessou. – Você viu aqueles gatos do Clã do Vento. Já me trataram diferente. – Ele sabia que não podia dizer essas coisas a nenhum gato, exceto à curandeira, nem mesmo a Tempestade de Areia. – Todos parecem esperar que eu seja nobre e sábio. Mas não sou. Vou cometer erros, como já aconteceu. Manto de Cinza, não tenho certeza de ser capaz.

– Você pensa como camundongo. – Coração de Fogo ficou ao mesmo tempo chocado e reconfortado pelo tom de brincadeira da amiga. – Quando você cometer erros – não *se* cometer, mas *quando* –, vou lhe avisar, pode deixar. – Mais séria, acrescentou: – E continuarei sendo sua amiga, aconteça o que acontecer. Não se é perfeito o tempo todo. Nem Estrela Azul foi. O truque é aprender com seus erros e ter a coragem de ser verdadeiro no coração. – Ela virou a cabeça e passou a língua na orelha do amigo. – Você vai ficar bem. Agora vamos.

Ele a deixou tomar a frente na descida da encosta e na travessia da fazenda dos Duas-Pernas. Escolheram o caminho pela terra pegajosa de um campo arado, contornando o ninho dos Duas-Pernas onde Cevada e Pata Negra viviam isolados. Coração de Fogo passou o olhar, mas não havia sinal deles. Lamentou não vê-los, pois eram bons amigos do Clã do Trovão, e Pata Negra já havia treinado ao seu lado como aprendiz. O latido distante de um cachorro causou arrepios na pelagem rubra do gato, lembrando-o do terror ao ser perseguido pela matilha.

Mantendo-se às sombras das sebes, eles finalmente chegaram ao Caminho do Trovão e se agacharam na lateral, as pelagens eriçadas pelo vento provocado por monstros que passavam. O forte cheiro que exalavam inundou o nariz e a garganta do gato vermelho, e fez seus olhos arderem.

Manto de Cinza se colocou a seu lado, à espera de um intervalo entre um monstro e outro, quando seria seguro atravessar. Coração de Fogo estava ansioso pela amiga, cuja perna fora irremediavelmente machucada em um acidente à beira do Caminho do Trovão, muitas luas atrás, quando ainda era sua aprendiz. Por causa do ferimento, Manto de Cinza era mais lenta.

– Vamos juntos – ele miou, sentindo a culpa de sempre por não ter evitado o acidente. – Avise quando estiver pronta.

A curandeira acenou com a cabeça; Coração de Fogo imaginou que ela estivesse com medo, mas não o admitiria. Um momento depois que passou um monstro de cores vivas, ela miou – Agora! – e atravessou correndo até o outro lado da superfície negra.

O gato pulou para seu lado, forçando-se a não deixá-la para trás, embora seu peito martelasse e todos os seus instintos gritassem para ele correr o mais rápido que pudesse. Ouviram o rugido de um monstro na distância, mas, antes que ele chegasse, os dois felinos estavam a salvo na fileira de arbustos do outro lado.

A curandeira soltou um suspiro com vontade. – Graças ao Clã das Estrelas, acabou!

Coração de Fogo concordou com um murmúrio, embora soubesse que ainda teriam de enfrentar a viagem de volta.

O sol começava a ir embora, deslizando no céu. As terras deste lado do Caminho do Trovão eram menos familiares para Coração de Fogo, e todos os sentidos estavam alertas para o perigo quando a dupla começou a subida em direção às Pedras Altas. Mas ele ouvia apenas presas correndo pela grama escassa, o odor tentador inundando sua boca, e desejou poder fazer uma pausa e caçar.

Quando chegaram ao pé da última encosta, o sol se escondia atrás do cume. As sombras da tarde se alongavam, refrescando a terra. Acima da cabeça, Coração de Fogo distinguia uma entrada quadrada sob uma saliência de pedra.

– Chegamos à Boca da Terra – Manto de Cinza miou. – Vamos descansar um instante.

Eles se acomodaram em uma rocha plana enquanto a última luz do sol morria no céu, e as estrelas do Tule de Prata começavam a surgir. O luar inundou toda a paisagem com raios brancos e frios.

– Está na hora – miou Manto de Cinza.

Todas as dúvidas assaltaram Coração de Fogo uma vez mais, e ele achou que as patas não o levariam além. No entanto, levantou-se e continuou a caminhar, as pedras afiadas mordendo as almofadas de suas patas, até ele ficar sob o arco conhecido pelos clãs como Boca da Terra.

Um túnel negro bocejava na escuridão. Desde sua visita anterior, Coração de Fogo sabia que não adiantava forçar a vista para ver adiante, a escuridão era total por todo o caminho até a caverna onde ficava a Pedra da Lua. Como ele hesitava, Manto de Cinza avançou confiante.

– Siga o meu odor – ela disse. – Vou guiá-lo até a Pedra da Lua. E, de agora em diante, até o ritual acabar, nenhum de nós pode falar.

– Mas eu não sei o que fazer – Coração de Fogo protestou.

– Quando chegarmos à Pedra da Lua, deite-se e pressione o nariz contra ela. – Os olhos azuis da gata brilhavam ao luar. – O Clã das Estrelas vai fazê-lo dormir, então você poderá se encontrar com eles em sonhos.

Havia uma floresta de perguntas que o gato queria fazer, mas nenhuma das respostas iria ajudá-lo a superar seu medo terrível. Ele curvou a cabeça em silêncio e seguiu Manto de Cinza em seu caminhar pela escuridão.

O túnel era bastante inclinado para baixo, e Coração de Fogo logo perdeu o senso de direção, já que o túnel ia para a frente e para trás. Às vezes as paredes eram tão juntas que os pelos de seus bigodes roçavam as laterais. Seu coração batia descontroladamente, e ele abriu a boca para sorver o odor reconfortante de Manto de Cinza, apavorado com a possibilidade de perdê-la.

Finalmente percebeu que podia distinguir as orelhas de Manto de Cinza delineadas contra a luz fraca. Outros cheiros começavam a chegar até ele, e seus bigodes se contraíram com uma lufada de ar fresco e frio. Um tique-taque de coração depois, ele fez uma curva no túnel e de repente a luz ficou mais forte. Coração de Fogo estreitou os olhos ao prosseguir, sentindo que o túnel se abrira em uma caverna.

No alto de sua cabeça, via-se o céu da noite por uma fenda, pela qual brilhava um raio de luar, caindo diretamente sobre uma rocha no centro da caverna. Coração de Fogo perdeu o fôlego. Ele já tinha visto a Pedra da Lua uma vez, mas se esquecera de como era impressionante. Com a altura de três caudas, afilando na direção do topo, ela refletia a luz da Lua em seu cristal deslumbrante, como se uma estrela tivesse caído na Terra. A luz branca iluminava toda a caverna, tornando cor de prata a pelagem de Manto de Cinza.

A gata virou-se para Coração de Fogo e, com a cauda, indicou-lhe que tomasse seu lugar ao lado da Pedra da Lua.

Incapaz de falar, mesmo porque não conseguia pensar em nada para dizer, o gato avermelhado obedeceu. Deitou-se em frente à pedra, acomodando a cabeça sobre as patas, seu nariz tocando a superfície lisa. O frio foi um choque, quase o fez recuar, e por um momento ele piscou por causa da luz de estrelas cintilantes nas profundezas da pedra.

Então fechou os olhos e esperou que o Clã das Estrelas o fizesse dormir.

# CAPÍTULO 4

TUDO ERA ESCURIDÃO E FRIO. CORAÇÃO DE FOGO tiritava como nunca. Como se todo o calor e a vida tivessem sido sugados de seu corpo. As pernas tremiam por causa das dolorosas câimbras que se agarravam a elas. Imaginava-se feito de gelo; parecia que, se tentasse se mover, quebraria em mil pedacinhos.

Mas nenhum sonho lhe veio. Nenhuma visão ou som do Clã das Estrelas. Apenas frio e escuridão. *Alguma coisa deve estar errada*, pensou, começando a entrar em pânico.

Ousou abrir os olhos numa fenda estreita. Imediatamente eles se arregalaram, chocados. Em vez da brilhante Pedra da Lua no subsolo de uma caverna, viu uma extensão de grama curta, bastante pisoteada. Os perfumes da noite se derramaram sobre ele, o odor de plantas, brotos úmidos de orvalho, a brisa quente arrepiando seu pelo.

Com dificuldade conseguiu se sentar. Percebeu que estava no vale em Quatro Árvores, próximo à base da Pedra do Conselho. Os carvalhos imponentes, cobertos de folhas, sussurravam sobre sua cabeça, e o Tule de Prata brilhava além deles no céu noturno.

*Como é que vim parar aqui?*, perguntou-se. *Esse é o sonho que Manto de Cinza prometeu?*

Ergueu a cabeça e olhou para o céu. Não lembrava que era tão claro; o Tule de Prata parecia mais perto do que nunca, pouco acima dos ramos mais altos dos carvalhos. Ao olhá-lo, o gato rubro percebeu uma coisa que fez seu sangue correr mais forte nas veias.

*As estrelas estavam se movendo.*

Elas rodopiavam diante de seus olhos incrédulos e iniciaram uma espiral descendente, em direção à floresta, em direção a Quatro Árvores, em direção a ele. Coração de Fogo esperou, o coração aos pulos.

E os gatos do Clã das Estrelas desceram do céu. O gelo brilhava em suas patas e cintilava em seus olhos. A pelagem era uma chama branca. Traziam o odor de gelo e fogo e das profundezas da noite.

Coração de Fogo se agachou diante deles. Mal conseguia fitá-los, tampouco desviar o olhar. Queria absorver esse momento com cada fio de seu pelo, para que permanecesse com ele para sempre.

Depois de um tempo, que pode ter durado uma centena de estações ou um simples tique-taque de coração, todos os gatos do Clã das Estrelas tinham descido à Terra. Em torno de Coração de Fogo os corpos brilhantes e os olhos cintilantes se alinhavam no vale de Quatro Árvores. Coração de Fogo, agachado no centro, estava cercado por todos os lados.

Começou a perceber que alguns dos gatos vindos das estrelas, os mais próximos, eram dolorosamente familiares.

*Estrela Azul!* A alegria trespassou seu coração como um espinho. *E Presa Amarela!* Então ele sentiu um odor doce, familiar; virou a cabeça e viu a pelagem atartarugada e o rosto suave com que havia sonhado tantas vezes.

*Folha Manchada – ah, Folha Manchada!* Sua amada curandeira voltara para ele, que queria pular nas patas e uivar sua alegria para toda a floresta; mas o temor o fazia permanecer em silêncio, ainda agachado.

– Bem-vindo, Coração de Fogo. – O som parecia pertencer a todos os felinos que o gato rubro já conhecera, e, ainda assim, era ao mesmo tempo uma só voz, única e clara. – Você está pronto para receber suas nove vidas?

O guerreiro olhou ao redor, mas não via nenhum gato falando. – Sim – respondeu, se esforçando para a voz não tremer. – Estou pronto.

Um gato malhado de dourado se levantou e foi em sua direção, cabeça e cauda erguidas. O gato rubro reconheceu Coração de Leão, que se tornara representante de Estrela Azul quando Coração de Fogo ainda era aprendiz, e que foi morto logo depois, em uma batalha com o Clã das Sombras. Já era velho quando foi representante, mas agora parecia jovem e forte de novo, a pelagem brilhante como um fogo desbotado.

– Coração de Leão! – Coração de Fogo engasgou. – É você mesmo?

O felino das estrelas não respondeu. Aproximou-se, abaixou e tocou com o nariz a cabeça do guerreiro. O toque queimou como a chama mais quente e o gelo mais frio. O instinto de Coração de Fogo dizia-lhe para sair de fininho, mas ele não conseguia se mover.

– Com esta vida dou-lhe coragem – Coração de Leão murmurou. – Use-a bem, em defesa de seu clã.

No mesmo instante um raio de energia atravessou o felino vermelho como um relâmpago, arrepiando-lhe o pelo, inundando seus sentidos com um rugido ensurdecedor. Seus olhos escureceram, e em sua mente surgiu um redemoinho caótico de batalhas e caçadas, a sensação de garras rasgando pelagens e dentes se cravando na carne de presas.

A dor arrefeceu, deixando o gato fraco e trêmulo. A escuridão se diluiu e ele estava de novo na clareira sobrenatural. Se receber uma vida era assim, e ainda faltavam oito, ele ficou desanimado. *Como vou suportar?*

Coração de Leão já se afastava para voltar às fileiras do Clã das Estrelas. Outro gato se aproximou, mas Coração de Fogo não o reconheceu até vislumbrar a pelagem escura e manchada e uma cauda vermelha espessa; deu-se conta de que devia ser Rabo Vermelho. Coração de Fogo jamais conhecera o representante do Clã do Trovão, assassinado por Estrela Tigrada no dia em que ele chegou à floresta como gatinho de gente; mas havia procurado a verdade com afinco, e a usou para provar a traição de Estrela Tigrada.

Assim como Coração de Leão, Rabo Vermelho abaixou a cabeça e trocou toques de nariz com o jovem. – Com esta vida dou-lhe justiça – miou. – Use-a bem quando julgar as ações dos outros.

Mais uma vez um espasmo agonizante percorreu Coração de Fogo, e ele teve de cerrar os dentes para não uivar. Quando se recuperou, ofegante como se tivesse corrido até o acampamento, reparou que Rabo Vermelho o observava.

– Obrigado – miou, solene, para o antigo representante. – Você revelou a verdade, e só você poderia fazer isso.

Coração de Fogo conseguiu fazer um sinal em agradecimento, enquanto Rabo Vermelho voltava para o lado de Coração de Leão, e um terceiro felino surgiu das fileiras.

Desta vez o queixo de Coração de Fogo caiu ao reconhecer a bela gata malhada, com a pelagem cintilando. Era Arroio de Prata, o grande amor perdido de Listra Cinzenta, a rainha do Clã do Rio que morrera ao dar à luz seus filhotes. Suas patas mal deslizavam no chão quando ela se inclinou na sua direção.

– Com esta vida dou-lhe lealdade para com o que é verdadeiro – miou. Coração de Fogo imaginou que ela se referia à sua ajuda para que Listra Cinzenta se encontrasse com seu amor proibido, confiando naquele afeto, mesmo contrário ao Código dos Guerreiros. – Use-a bem para orientar o seu clã em momentos de dificuldade – ela recomendou.

Coração de Fogo se preparou para outra pontada angustiante, mas dessa vez, quando a nova vida percorreu seu corpo, a experiência foi menos dolorosa. Ele reconheceu a chama do amor, e percebeu que esse sentimento tinha marcado a vida de Arroio de Prata – o amor pelo seu clã, por Listra Cinzenta e pelos filhotes por quem dera a vida.

– Arroio de Prata! – ele sussurrou quando ela se afastou. – Não vá ainda. Não tem uma mensagem para Listra Cinzenta?

Mas ela se calou, saiu olhando por cima do ombro, com amor e tristeza, transmitindo a Coração de Fogo mais do que qualquer palavra.

O guerreiro fechou os olhos, preparando-se para receber a próxima vida. Quando os reabriu, chegava um quarto felino, Vento Veloz, o guerreiro do Clã do Trovão, morto por Estrela Tigrada em uma luta perto do Caminho do Trovão.

– Com esta vida dou-lhe energia inesgotável – ele miou ao curvar a cabeça para tocar Coração de Fogo. – Use-a bem para cumprir os deveres de líder.

Enquanto a vida o percorria, o guerreiro se sentiu disparando pela floresta, as patas roçando o chão, o pelo aplanado pelo vento. Conheceu então o prazer da caça e a alegria da velocidade, e teve a sensação de que poderia vencer qualquer inimigo a qualquer tempo.

Seu olhar seguiu Vento Veloz, que voltou ao seu lugar. Ao ver o próximo felino, seu coração pulou de alegria. Era Cara Rajada, a mãe adotiva de Cauda de Nuvem, cruelmente abatida por Estrela Tigrada para dar à matilha um gosto por sangue de gato.

– Com esta vida dou-lhe proteção – ela disse. – Use-a bem para cuidar de seu clã como uma mãe cuida de seus filhotes.

Coração de Fogo esperava uma experiência suave e amorosa como a de Arroio de Prata, não estava preparado para o raio de ferocidade que o trespassou. Sentiu como se toda a fúria de seus ancestrais Clã do Tigre e Clã do Leão pulsassem através dele, desafiando quem ousasse prejudicar os mais fracos, sombras sem rosto agachadas às suas patas. Em choque, tremendo, ele reconheceu o desejo da mãe de proteger seus filhotes, e se deu conta do amor de Cara Rajada por todos eles – mesmo por Cauda de Nuvem, que não era seu.

*Tenho de dizer a ele*, Coração de Fogo pensou quando a fúria diminuiu, antes de se lembrar de que nada podia contar sobre a experiência do ritual.

Cara Rajada recuou para voltar a ficar junto dos demais felinos do Clã das Estrelas, e logo chegou outra figura familiar. A culpa invadiu Coração de Fogo quando reconheceu Pata Ligeira.

– Sinto muito – ele murmurou ao fitar os olhos do aprendiz. – Foi minha culpa você ter morrido.

Irritado com a recusa de Estrela Azul de fazer dele um guerreiro, e desesperado para se afirmar, Pata Ligeira saiu para descobrir o que estava dizimando os gatos na floresta. Foi morto pela matilha, e Coração de Fogo sabia que se culparia para sempre por não ter insistido em fazer Estrela Azul mudar de ideia.

Mas Pata Ligeira não mostrava raiva agora. Seus olhos brilhavam com uma sabedoria muito além de sua idade quando tocou Coração de Fogo com o nariz. – Com esta vida dou-lhe orientação. Use-a bem para treinar os jovens gatos de seu clã.

A vida que nele jorrou trouxe uma pontada de angústia tão forte que Coração de Fogo pensou que iria parar de respirar. Ao final, um sacolejo de puro terror e uma visão de luz vermelha como sangue. Ele sabia que revivia os últimos momentos do jovem.

A sensação foi diminuindo e Coração de Fogo, ofegante, começou a se sentir como um buraco no chão que transborda por causa da chuva. Pensou não ter forças para receber as três vidas que faltavam.

Chegou a vez de Presa Amarela. A velha curandeira tinha o mesmo ar de obstinada independência e coragem que, em vida, impressionara e frustrara Coração de Fogo em igual medida. Ele se lembrou da última vez que a vira, morrendo em sua toca, depois do incêndio. Desesperada, imaginava se o Clã das Estrelas iria recebê-la, sabendo que ela matara o próprio filho, Cauda Partida, para colocar um fim ao seu complô sanguinário. Agora o brilho de humor estava de volta em seus olhos amarelos quando ela se inclinou para tocar Coração de Fogo.

– Com esta vida dou-lhe compaixão – ela anunciou. – Use-a bem com os idosos do seu clã, os doentes, e com todos os que forem mais fracos do que você.

Desta vez, mesmo sabendo como seria doloroso, Coração de Fogo fechou os olhos e bebeu vorazmente aquela vida, querendo sorver tudo do espírito de Presa Amarela, toda a sua coragem e lealdade para com o clã que não era dela por nascimento. Ele a recebeu como uma onda de luz surgindo através dele: seu humor, sua língua afiada, sua cordialidade e seu senso de honra. Sentia-se mais perto dela do que nunca.

– Ah, Presa Amarela... – Coração de Fogo sussurrou, abrindo os olhos novamente. – Tenho tantas saudades de você.

A curandeira se afastou, dando a vez a uma gata mais jovem, de pisada leve, o brilho das estrelas no pelo e nos olhos: a bela Folha Manchada, de pelagem casco de tartaruga, o primeiro amor de Coração de Fogo, que a via em sonhos, mesmo antes de ela partir, mas nunca tão claramente como agora. Ele aspirou seu perfume doce quando ela se inclinou. De todos, era só com ela que desejava falar, para compensar o pouco tempo que tiveram para compartilhar seus verdadeiros sentimentos.

– Folha Manchada...

– Com esta vida dou-lhe amor – murmurou a voz suave. – Use-a bem, com todos os gatos sob seus cuidados, especialmente com Tempestade de Areia.

Não havia dor na vida que se derramava sobre o guerreiro agora. Ela o fazia lembrar o calor do sol alto na estação do renovo queimando as pontas de suas patas. Era uma sensação de puro amor e, ao mesmo tempo, da segurança que conhecera quando era um filhotinho, aninhado em sua mãe. Olhou para Folha Manchada, envolto em um contentamento jamais sentido.

Ele julgou perceber um brilho de orgulho nos olhos da gata, e ao seu desapontamento, por não se falarem, misturou-se o alívio pela aprovação de sua nova escolha. Não precisava temer estar sendo infiel a Folha Manchada por amar Tempestade de Areia.

Finalmente Estrela Azul se aproximou. Não velha e derrotada como Coração de Fogo a vira pouco antes de morrer, com a mente sem rumo pela pressão dos problemas do clã. Era a líder no auge da força e do poder, atravessando a clareira como um leão. O guerreiro se deslumbrou com a aura de luz das estrelas ao seu redor, mas se forçou a fitar diretamente seus olhos azuis.

– Bem-vindo, meu aprendiz, meu guerreiro e meu representante – ela o cumprimentou. – Sempre soube que um dia você seria um grande líder.

Quando Coração de Fogo abaixou a cabeça, Estrela Azul tocou-o com o nariz e continuou. – Com esta vida lhe dou nobreza, a certeza e a fé. Use-as bem, quando liderar o clã, respeitando o Clã das Estrelas e o Código dos Guerreiros.

O calor da vida de Folha Manchada tinha embalado Coração de Fogo, e ele não estava preparado para a agonia que o sacudiu ao receber a vida de Estrela Azul. Ele compartilhou o ardor da sua ambição, a angústia que passou ao desistir de seus filhotes, a ferocidade das batalhas contínuas a serviço de seu clã. Sentiu o terror quando sua mente se fragmentou, e ela perdeu a confiança no Clã das Estrelas. A onda de energia se tornou cada vez mais forte, e ele se preocupou se sua pelagem conseguiria absorvê-la. Quando começou a pensar em gritar de dor ou morrer, a onda começou a diminuir, terminando em uma sensação de calma aceitação e alegria.

Um suspiro longo e suave passou pela clareira. Todos os guerreiros do Clã das Estrelas estavam de pé. Estrela Azul, ao centro, sinalizou com a cauda que Coração de Fogo se levantasse também. Ele obedeceu, trêmulo, como se a plenitude da vida dentro dele fosse transbordar ao menor movimento. Seu corpo estava debilitado como se ele houvesse travado a mais difícil das batalhas, e ainda assim seu espírito fervilhava com a força das vidas a ele concedidas.

– Saúdo-o pelo seu novo nome, Estrela de Fogo – Estrela Azul anunciou. – A sua antiga vida acabou. Você recebeu agora as nove vidas de um líder, e o Clã das Estrelas concede-lhe a tutela do Clã do Trovão. Defenda-o bem, cuide dos jovens e dos anciãos; honre seus antepassados e as tradições do Código dos Guerreiros; viva cada vida com orgulho e dignidade.

– Estrela de Fogo! Estrela de Fogo! – Assim como os clãs da floresta aclamam um novo guerreiro pelo nome, os gatos do Clã das Estrelas aclamaram o novo líder, com vozes poderosas que ressoavam no ar. – Estrela de Fogo! Estrela de Fogo!

De repente, o canto parou com um sibilar de espanto. Estrela de Fogo se retesou, consciente de que havia alguma coisa errada. Os olhos brilhantes de Estrela Azul estavam fixos em algo atrás dele. O gato virou-se e soltou um grito abafado.

Uma montanha maciça de ossos tinha aparecido no outro lado da clareira, da altura de muitas caudas empilhadas. Tinha uma luz sobrenatural, de modo que o jovem líder via cada osso como afiado a fogo – os ossos dos gatos e das presas, todos misturados. Um vento quente passou, trazendo o fedor de carniça, embora os ossos brilhassem, brancos e limpos.

Estrela de Fogo olhou freneticamente ao redor, em busca de ajuda ou respostas dos outros felinos. Mas a clareira estava escura. Os gatos do Clã das Estrelas tinham desaparecido, deixando-o sozinho com o terrível monte de ossos. Quando o líder de pelo rubro sentiu o pânico aumentar, percebeu a presença familiar de Estrela Azul a seu lado, o pelo quente pressionando a lateral de seu corpo. Não conseguia vê-la na escuridão, mas sua voz sussurrou-lhe no ouvido.

"Algo terrível está chegando, Estrela de Fogo. Quatro serão dois. Leão e tigre vão se enfrentar em batalha, e o sangue ditará as regras na floresta."

O odor e o calor de sua pele desapareceram assim que ela terminou de falar.

– Espere! – Estrela de Fogo miou. – Não me deixe! Diga-me o que isso significa!

Mas não houve resposta, nenhuma explicação da terrível profecia. Na verdade, a luz vermelha que vinha do monte de ossos ficou mais brilhante. O guerreiro a olhou horrorizado. O sangue começou a escorrer do meio dos ossos. Os filetes se fundiam em um rio que fluía resoluto na direção dele, até que o cheiro de sangue se agarrou ao seu pelo. Tentou fugir, e descobriu que suas patas estavam fixas no lugar. Um tique-taque de coração mais tarde, a maré vermelha e pegajosa o rodeava, borbulhando e cheirando a morte.

– Não! – Estrela de Fogo gritou, mas não houve resposta da floresta, apenas o murmúrio constante de sangue lambendo avidamente seu pelo.

# CAPÍTULO 5

Estrela de Fogo acordou sacudido pelo terror. Estava deitado na caverna sob as Pedras Altas com o nariz pressionado contra a Pedra da Lua. O raio de luar tinha desaparecido, e apenas um fiapo do brilho das estrelas iluminava a gruta. Mas não havia alívio em acordar, pois o cheiro de sangue ainda estava ao seu redor, e sentia o pelo quente e pegajoso.

Com o coração descontrolado, o líder se esforçou para ficar de pé. Do outro lado da caverna, distinguiu Manto de Cinza. Ela também já se levantara, e lhe fazia sinais aflitos com a cauda. O primeiro impulso do guerreiro foi contar-lhe tudo o que tinha visto, mas se lembrou das instruções para manter o silêncio até que tivessem deixado a Boca da Terra. Derrapando no chão da caverna por causa da pressa, ele passou pela curandeira e entrou no túnel.

Ao buscar, aos tropeços, o ar livre, seguindo sua própria trilha de cheiro ao longo da passagem escura, o caminho lhe pareceu duas vezes mais longo do que antes. Seu pelo raspava as paredes do túnel e ele se apavorou ao pensar em ser enterrado vivo. O ar estava denso demais para respirar, e enquanto seu pânico crescia na escuridão total, ele começou a imaginar que o túnel não tinha fim, que ficaria preso para sempre em sangue e escuridão.

Então viu o contorno esmaecido da entrada, e irrompeu no ar parado da noite, onde a lua mergulhava atrás das nuvens vaporosas. Cravou as garras na terra fofa da encosta, tomado por tremores que lhe atravessavam o corpo, do nariz à cauda.

Alguns momentos depois, Manto de Cinza surgiu e apertou-se contra a lateral de seu corpo até ele conseguir controlar a terrível agitação e estabilizar a respiração.

– O que aconteceu? – ela perguntou em voz baixa.

– Você não sabe?

Ela acenou que não. – Sei que o ritual foi interrompido, entendi pelo cheiro de sangue. Mas não sei por quê. – Ela o fitou profundamente, com olhos que também ardiam de preocupação. – Diga-me... você recebeu as nove vidas e seu nome?

Estrela de Fogo concordou com um aceno, e a curandeira relaxou um pouco. – Então o restante pode esperar. Vamos.

Por um momento, o líder se sentiu exausto demais para se mover. Mas ele queria se afastar da Boca da Terra e das coisas terríveis que vira na caverna. Trêmulo, pata a pata, começou a descer a montanha, com Manto de Cinza ao lado, às vezes conduzindo-o por um caminho mais fácil, e se sentiu agradecido pela presença da gata, que não fazia perguntas.

À medida que se afastavam do túnel, o fedor de sangue desaparecia de sua boca e das narinas. No entanto, ele achava que jamais se livraria dos últimos vestígios, mesmo que se lavasse durante uma lua inteira. Começou a se sentir mais forte, mas ainda estava muito cansado e, tão logo a encosta rochosa deu lugar à grama, desabou, abrigando-se em um espinheiro.

– Tenho de descansar – miou.

Manto de Cinza se enfiou na grama ao lado dele e, por alguns momentos, trocaram lambidas em silêncio. Estrela de Fogo queria contar à curandeira o que vira, mas algo o fazia manter silêncio. Em parte, queria protegê-la do medo terrível que tinha sentido – mesmo que ela explicasse o significado da profecia de Estrela Azul, qual a vantagem de outro gato encarar o futuro com o mesmo temor que ele sentia agora? E, em parte, ele esperava nunca ter de falar da terrível visão, que poderia não se tornar realidade. Ou haveria uma maldição sobre sua liderança que nada poderia evitar? Estrela Azul lhe dissera, pouco antes de morrer, que ele era o fogo que iria salvar o clã. Como isso podia ser verdade se o fogo fora apagado pela onda de sangue que acabara de ver? Já tivera sonhos proféticos, aprendera a levá-los a sério. Não podia ignorar esse, especialmente porque vinha em momento tão significativo, quando recebia as nove vidas e o novo nome.

Manto de Cinza interrompeu seu devaneio. – Olhe, está tudo bem se você não quiser falar sobre isso ainda.

O jovem líder enfiou o focinho no pelo da amiga, grato por seu zelo. – Primeiro vou pensar a respeito de tudo isso

– miou lentamente. – Agora... é recente demais. – Ele estremeceu de novo com a lembrança. – Manto de Cinza, nunca disse isso a nenhum gato, mas... às vezes tenho sonhos que me revelam o futuro.

As orelhas da curandeira se mexerem de surpresa. – Isso é incomum. Líderes de clã e curandeiros estão em comunhão com o Clã das Estrelas, mas nunca ouvi falar de guerreiros comuns com sonhos proféticos. Há quanto tempo isso vem acontecendo?

– Desde que eu era gatinho de gente – ele admitiu, lembrando o sonho de caçar um rato que o levara pela primeira vez à floresta. – Mas eu... eu não sei se os sonhos vêm do Clã das Estrelas. – Afinal, antes de ele vir para a floresta, nem sequer sabia que o clã existia. Será que já cuidavam dele desde então?

Os olhos da gata refletiam sua preocupação. – No final das contas, todos os sonhos vêm do Clã das Estrelas – ela murmurou. – Eles sempre se realizam?

– Sim. Mas nem sempre da maneira que eu espero. Alguns são mais fáceis de entender do que outros.

– Então você deve ter isso em mente quando estiver tentando decifrar esse último sonho. – Manto de Cinza lhe deu uma lambida reconfortante. – Lembre-se, você não está sozinho. Agora que é um líder, o Clã das Estrelas vai compartilhar muitas coisas com você. Mas estou aqui para ajudá-lo a interpretar os sinais. Você é quem decide quanto quer contar, muito ou pouco.

Apesar de Estrela de Fogo estar grato por sua compreensão, as palavras de Manto de Cinza lhe deram calafrios. Seu recente relacionamento com o Clã das Estrelas o conduzia a novos caminhos, aonde ele talvez não quisesse ir. Por alguns tique-taques de coração desejou voltar a ser apenas um guerreiro, caçando com Listra Cinzenta ou trocando lambidas com Tempestade de Areia na toca.

– Obrigado, Manto de Cinza – ele miou, fazendo força para ficar de pé. – Prometo que vou falar com você sempre que sentir necessidade. – Embora estivesse sendo sincero, no fundo se perguntava se lhe seria de alguma ajuda. Percebia claramente que teria de enfrentar a situação sozinho. Soltou um longo suspiro. – Vamos em frente.

Apesar de ansioso para voltar para casa, Estrela de Fogo sentia que lhe faltavam forças. Desde a descoberta da matilha e da disparada alucinada pela floresta para conduzir os cães para o desfiladeiro, ele mal comia e o pouco que dormia era para sonhar. A longa viagem às Pedras Altas e a agonia de receber as nove vidas, seguida pela terrível visão, tinham sugado tudo o que tinha para dar.

Seus passos tornaram-se mais lentos e incertos. Passavam pela fazenda de Cevada quando a curandeira deu-lhe uma cutucada forte no ombro. – Basta – ela miou com firmeza. – Como sua curandeira, digo que você precisa descansar. Vamos ver se Cevada e Pata Negra estão em casa.

– Boa ideia. – O líder nem discutiu, de tão aliviado com a possibilidade de descansar.

Com cuidado foram na direção do celeiro dos Duas-Pernas. Estrela de Fogo preocupou-se com os cachorros, se estariam soltos, mas o cheiro deles era fraco e distante. Muito mais forte era o odor de gatos, e à medida que se aproximaram ele avistou um gato preto e branco musculoso espremendo-se através de uma abertura na porta.

– Cevada! – ele miou, saudando-o. – Que bom ver você! Você conhece Manto de Cinza, nossa curandeira?

Cevada respondeu com um rápido aceno. – É bom ver você também, Coração de Fogo.

– *Estrela* de Fogo – Manto de Cinza o corrigiu. – Ele agora é líder de clã.

Os olhos de Cevada se arregalaram de espanto. – Parabéns! Mas isso significa que Estrela Azul deve ter morrido. Sinto muito.

– Ela morreu como viveu, protegendo seu clã – disse-lhe Estrela de Fogo.

– Já vi que há uma história para se ouvir – miou Cevada, voltando-se para o celeiro – e Pata Negra vai querer saber. Entrem.

O celeiro era quente e escuro, cheirando a feno e camundongos. Estrela de Fogo ouvia ruídos que denunciavam movimentos, e sua cabeça girava de tanta fome.

– Um lugar macio para dormir, e toda presa que você conseguir comer – ele observou, tentando não demonstrar a fome desesperada. – É melhor não contar ao Clã do Trovão ou todos virão para cá, querendo se tornar isolados.

Cevada riu baixinho. – Pata Negra – ele chamou –, venha ver quem está aqui.

Uma forma escura saltou de uma pilha de feno com um ronronar acolhedor. Ainda aprendiz, Pata Negra fora o único gato do Clã do Trovão a saber a verdade sobre a morte de Rabo Vermelho – que foi assassinado por Estrela Tigrada, exatamente o mentor de Pata Negra. Quando o criminoso tentou matar o aprendiz para impedi-lo de relatar o que tinha testemunhado, Estrela de Fogo encontrara esse novo lar para ele. A vida de um isolado combinava muito mais com Pata Negra do que a de um guerreiro, mas ele jamais esqueceu seu clã de nascimento, e manteve-se um amigo leal aos antigos companheiros de clã.

– Então Estrela Azul morreu – ele murmurou quando Cevada deu a notícia. Seus olhos nublaram, tristes. – Nunca vou esquecê-la.

Cevada fez um ruído de consolo na garganta, e Estrela de Fogo percebeu quão bom anfitrião ele devia ter sido para o assustado jovem aprendiz que lhe pediu ajuda tantas luas atrás.

Esticando o corpo, Pata Negra lançou ao gato preto e branco um olhar agradecido. – Então você é líder de clã agora – ele se dirigiu ao felino rubro. – O Clã das Estrelas fez uma boa escolha. – Ele os guiou até o outro lado do celeiro. – Gostariam de caçar?

– Seria ótimo – respondeu Manto de Cinza. Ela lançou ao líder um olhar interrogativo e murmurou: – Devo caçar alguma coisa para você?

Apesar de exausto, ele acenou que não. Que belo líder de clã seria se não conseguisse pegar sua própria presa! Ele ficou alerta, escutando, e se agachou na posição de caça quando percebeu um movimento no meio do feno. Identificando um camundongo mais pela audição do que pela visão, saltou e matou a criatura com uma rápida mordida.

Pata Negra teve sorte, Estrela de Fogo refletiu enquanto pegava a presa com a boca e foi se juntar aos outros para comer. O camundongo tinha o dobro do tamanho dos que apareciam na floresta, esqueléticos, na estação sem folhas; foi mais fácil de pegar nas sombras do celeiro, e ele o engoliu em poucas dentadas esfomeadas, e sentiu a força começando a voltar.

– Coma um pouco mais – Pata Negra insistiu. – Há um monte deles aqui.

Quando Estrela de Fogo e Manto de Cinza tinham se fartado, deitaram no feno macio, trocando lambidas com os amigos e pondo-os a par das novidades do clã. Pata Negra e Cevada escutaram, os olhos enormes, em choque, quando o líder do Clã do Trovão contou-lhes sobre a matilha.

– Eu sempre soube que Estrela Tigrada era sanguinário – miou Pata Negra –, mas não que fosse capaz de tentar destruir todo um clã assim.

– Graças ao Clã das Estrelas ele não conseguiu – Estrela de Fogo respondeu. – Mas chegou muito perto. Não quero passar por nada parecido de novo.

– Você vai ter de fazer alguma coisa para deter Estrela Tigrada agora, antes que ele tente de novo – Cevada observou.

O felino rubro concordou. Depois de hesitar, confessou:
– Mas não sei como vou fazer sem Estrela Azul. Tudo parece escuro e... e avassalador. – Ele nada disse sobre a interrupção de seu ritual de nomeação, ou sobre o horror de seu

sonho, mas viu pelo olhar simpático de Manto de Cinza que ela lia seus pensamentos.

– Lembre-se, todo o clã está com você – ela miou. – Jamais esqueceremos que você e Estrela Azul nos salvaram da matilha.

– Talvez eles esperem demais de mim.

– Bobagem! – o tom da curandeira era estimulante. – Eles sabem que você vai ser um grande líder, e todos vão ficar ao seu lado até o último suspiro.

– Eu também – disse Pata Negra, assustando Estrela de Fogo. O elegante gato preto parecia um pouco envergonhado quando o novo líder virou-se para olhá-lo, mas ele continuou. – Sei que não sou um guerreiro, mas se você quiser a minha ajuda, basta pedir.

O gato rubro piscou para ele em sinal de gratidão. – Obrigado, Pata Negra.

– Posso ir ao acampamento em breve? – Pata Negra perguntou. – Gostaria de prestar minhas últimas homenagens a Estrela Azul em seu local de sepultamento.

– Sim, é claro. Estrela Azul lhe deu o direito de ir aonde quisesse no território do Clã do Trovão. Não há por que mudar isso agora.

Pata Negra abaixou a cabeça. – Obrigado. – Quando voltou a levantá-la, havia um brilho de respeito em seus olhos. – Você salvou minha vida uma vez. Jamais conseguirei retribuir. Mas, se houver problemas com Estrela Tigrada, terei orgulho em estar ao lado dos guerreiros do Clã do Trovão e lutar contra ele até a morte.

# CAPÍTULO 6

O LUSCO-FUSCO ENGROSSAVA AS SOMBRAS SOB as árvores quando Estrela de Fogo e Manto de Cinza deslizaram pela ravina em direção à entrada do acampamento. Tinham dormido no celeiro com Cevada e Pata Negra até o sol estar bem acima do horizonte, e se fartaram de novo com camundongos gordos antes de voltarem para casa. Apesar do cansaço do líder, parte do horror de seu sonho já se dissipara, e ele estava ansioso para rever os companheiros de clã.

Primeiro, o gato rubro saiu do túnel de tojo com Manto de Cinza, sem serem notados. Nevasca e Pelo de Musgo-Renda, perto do canteiro de urtiga, terminavam de comer uma presa fresca, enquanto três aprendizes brincavam de lutar do lado de fora da toca. Estrela de Fogo reconheceu seu aprendiz, Pata de Amora Doce, e pensou que deveria recolocá-lo em um programa de treinamento rigoroso, assim que possível. Os deveres de líder não o impediam de ser o mentor do jovem; afinal, ele fora aprendiz de uma diligente Estrela Azul.

Ia na direção de Nevasca quando um miado alto o chamou: era Pata Gris correndo pela clareira, saindo da toca dos anciãos. O pelo cinza do aprendiz estava eriçado de entusiasmo. – Coração de Fogo, não, Estrela de Fogo! Você está de volta!

A saudação ruidosa alertou o restante do clã, e logo os felinos se comprimiam em torno do líder, chamando-o pelo novo nome e dando-lhe as boas-vindas. Ele bem queria entregar-se ao prazer simples de sentir o pelo quente dos gatos contra seu corpo, mas não conseguia ignorar a reverência em seus olhos. Sentiu uma dor aguda no peito ao se lembrar, mais uma vez, da distância que agora havia entre ele e os demais gatos do clã.

– Você realmente viu o Clã das Estrelas? – perguntou Pata de Avenca, os olhos arregalados.

– Vi, sim. Mas não estou autorizado a dizer nada sobre a cerimônia.

A jovem não pareceu desapontada. Com os olhos marejados de admiração, ela virou-se para Pelagem de Poeira. – Aposto que ele vai ser um grande líder!

– É bom que seja – respondeu Pelagem de Poeira. Apaixonado por Pata de Avenca, não ia discutir com ela, mas Estrela de Fogo sabia muito bem que ele não era o gato favorito do guerreiro marrom. Mas acenou-lhe respeitosamente, e o líder sabia que a lealdade de Pelagem de Poeira ao Código dos Guerreiros garantiria seu apoio.

– É bom vê-lo de volta – miou Listra Cinzenta, abrindo caminho entre os guerreiros até alcançar o recém-chegado.

Pelo menos ele parecia ter deixado de lado a cerimônia que demonstrara quando Estrela Azul, já no leito de morte, designou o gato avermelhado como líder. Agora seus olhos amarelos estavam cheios de amizade e simpatia. – Você parece uma raposa que morreu há uma lua. Foi difícil?

– Foi – Estrela de Fogo murmurou, apenas para os ouvidos de Listra Cinzenta, mas Cauda de Nuvem ouviu.

– É apenas a sua crença em tradições antigas que o faz pensar que não poderá ser líder se não se arrastar ida e volta até Pedras Altas. No que me diz respeito, você já provou ser o verdadeiro líder deste clã, Estrela de Fogo.

O gato avermelhado lançou ao sobrinho um olhar duro. Estava agradecido por sua lealdade e seu respeito, mas sentia-se tão frustrado quanto antes, pois o jovem não compartilhava suas crenças. Gostaria de contar ao guerreiro branco toda a sua experiência, nem que fosse para forçá-lo a respeitar o Clã das Estrelas, mas sabia ser impossível.

– Shh! As antigas tradições ainda são importantes. – A repreensão tranquila veio de Rosto Perdido, que viera se juntar a Cauda de Nuvem, de quem lambeu a orelha. – O Clã das Estrelas vela por todos nós.

O jovem devolveu a lambida, passando a língua suavemente sobre as marcas na face da amiga. A irritação de Estrela de Fogo se diluiu. Era impossível não admirar a devoção inabalável de Cauda de Nuvem à jovem, apesar de seus terríveis ferimentos. O sobrinho podia ser difícil e impetuoso, ter pouco respeito pelo Código dos Guerreiros, mas fora buscar a gata na beira da morte e lhe dera uma razão para viver.

Quando todos começaram a se dispersar, o novo líder percebeu Nevasca, que, depois de saudá-lo, tinha recuado um ou dois passos, esperando para falar.

– Como estão as coisas no acampamento? – o líder perguntou. – Houve algum problema enquanto eu estava fora?

– Nadinha – o guerreiro veterano relatou. – Patrulharam todo o território, e não há nenhum sinal de cachorros ou do Clã das Sombras.

– Muito bem. – Estrela de Fogo olhou para a bem guarnecida pilha de presa fresca. – Vejo que alguns andaram caçando.

– Tempestade de Areia saiu com uma patrulha, e Pelo de Rato e Pelo de Musgo-Renda colocaram os aprendizes para trabalhar. Pata de Amora Doce é um caçador habilidoso. Perdi a conta de quanto de presa ele trouxe.

– Muito bem – Estrela de Fogo repetiu. Seu prazer em ouvir elogios a seu aprendiz se misturou à inquietação que sempre sentia quando o filho de Estrela Tigrada era mencionado. O pai tinha sido um bom caçador também, mas isso não o impediu de se tornar assassino e traidor.

Manto de Cinza se aproximou novamente. – Vou para minha toca. Chame se quiser alguma coisa. Você se lembra de que precisa nomear um representante antes da lua alta?

Estrela de Fogo acenou que sim. Outros deveres tinham sido mais urgentes, mas agora ele precisava pensar a respeito seriamente. Como Estrela Azul ficara chocada pela traição e pelo exílio de Estrela Tigrada, fez a nomeação de Estrela de Fogo com um dia de atraso, sem a cerimônia adequada.

O clã, apavorado, teve medo de que o Clã das Estrelas estivesse zangado e tornasse as coisas muito difíceis para o gato rubro. Ele estava determinado a não cometer o mesmo erro com o seu representante.

Vendo a curandeira atravessar a clareira em direção à sua toca, o líder percebeu que até agora dois gatos não tinham vindo cumprimentá-lo. Risca de Carvão, o que não o surpreendia, e Tempestade de Areia, o que o perturbava. Estaria zangada por alguma coisa errada que fizera?

Foi quando a avistou a algumas caudas de distância, fitando-o com um ar estranhamente tímido. Mas os olhos verdes que piscaram para o novo líder se desviaram quando ele se aproximou.

– Tempestade de Areia, você está bem?

– Estou, sim – ela respondeu, sem desviar o olhar das próprias patas. – É bom ter você de volta.

Agora, certamente, havia algo errado. Durante toda a longa viagem de volta ele só pensava em deitar-se ao lado de Tempestade de Areia na toca dos guerreiros, trocando lambidas, ouvindo as novidades. Mas talvez isso não voltasse a acontecer. De agora em diante, dormiria sozinho na antiga toca de Estrela Azul – que era dele agora – sob a Pedra Grande.

E, com essa constatação, ele compreendeu o que incomodava a amiga. Antes tão confiante, ela não se sentia mais à vontade quando estavam juntos. – Você pensa como camundongo – ele ronronou carinhosamente, pressionando o nariz contra o dela. – Continuo o mesmo, nada mudou.

– Tudo mudou! – Tempestade de Areia insistiu. – Você agora é o líder do clã.

– E você ainda é a melhor caçadora e a gata mais bela de todas – Estrela de Fogo afirmou. – Você sempre será especial para mim.

– Mas você... você está tão longe – miou Tempestade de Areia, inconscientemente reforçando os medos de Estrela de Fogo. – Você agora é o gato mais próximo de Manto de Cinza. Os dois sabem segredos sobre o Clã das Estrelas que os guerreiros comuns desconhecem.

– Mas ela é nossa curandeira! – Estrela de Fogo respondeu. – E está entre meus melhores amigos. Mas ela não é você, Tempestade de Areia. Sei que as coisas estão difíceis agora. Há tanta coisa a fazer para assumir o clã... especialmente depois do que Estrela Tigrada tentou fazer usando a matilha. Mas em alguns dias conseguiremos sair em patrulha juntos, como costumávamos fazer.

Com alívio, ele sentiu que a gata relaxara, e algumas das incertezas tinham desaparecido de seus olhos. – Você vai precisar de uma patrulha noturna – ela miou. Sua voz era decidida, mais parecida com a da antiga Tempestade de Areia, embora Estrela de Fogo imaginasse que ela estava escondendo sua infelicidade. – Devo reunir um grupo e sair?

– Boa ideia. – Estrela de Fogo tentou usar o mesmo tom profissional. – Fareje perto das Rochas Ensolaradas. Certifique-se de que o Clã do Rio não está aprontando por lá. – Seria bem próprio de Estrela de Leopardo, a ambiciosa líder do Clã do Rio, reivindicar o tão disputado território enquanto o Clã do Trovão estivesse abalado pela perda de Estrela Azul.

– Certo. – Tempestade de Areia correu em direção ao canteiro de urtiga, onde Pelo de Musgo-Renda e Rabo Longo estavam comendo. Pelo de Musgo-Renda chamou sua aprendiz, Pata de Açafrão, e os quatro gatos se dirigiram para o túnel de tojo.

O gato avermelhado foi para a toca do líder. Ainda não conseguia pensar nela como sua, e de repente se viu com mais saudade ainda de seu confortável leito de musgo na toca dos guerreiros. Ainda no caminho, uma voz o chamou: era Listra Cinzenta que corria atrás dele.

– Estrela de Fogo, quero falar com você... – Ele parou no meio da frase, como se estivesse envergonhado.

– Qual é o problema?

– Bom... – Listra Cinzenta hesitou e, em seguida, disse apressado: – Não sei se você estava pensando em me escolher como seu representante, mas queria dizer que não precisa. Sei que voltei há pouco tempo, e que alguns gatos ainda não confiam em mim. Não vou ficar magoado se escolher outro.

Estrela de Fogo sentiu uma pontada de remorso. Listra Cinzenta seria sua primeira escolha para caçar e lutar ao seu lado, e dar-lhe o apoio especial que um representante dá ao líder do clã. Mas era verdade que não poderia fazer isso logo após seu retorno do Clã do Rio. Embora o próprio Estrela de Fogo não tivesse dúvidas quanto à sua lealdade ao Clã do Trovão, Listra Cinzenta ainda precisava prová-la para ser aceito pelos demais.

Inclinando-se, o líder trocou toques de nariz com o amigo. – Obrigado, Listra Cinzenta – ele miou. – Fico feliz por você entender.

O gato cinza encolheu os ombros, mais envergonhado do que nunca. – Só queria que você soubesse. – Virou-se e desapareceu por entre os galhos da toca dos guerreiros.

Estrela de Fogo se sentiu sufocar de emoção e sacudiu o corpo com vigor. Contornando a Pedra Grande para entrar na toca, ouviu um movimento no interior. Pata de Espinho, o aprendiz mais velho, se virou assim que ele entrou.

– Ah, Estrela de Fogo! – exclamou. – Nevasca me pediu para trazer um pouco de musgo para seu leito e algumas presas frescas. – Ele balançou a cauda para o outro lado da toca, onde um coelho jazia ao lado de uma pilha espessa de musgo e urze.

– Isso parece ótimo, Pata de Espinho – Estrela de Fogo miou. – Obrigado, e agradeça a Nevasca por mim.

O aprendiz alaranjado abaixou a cabeça e já estava saindo, mas parou quando Estrela de Fogo o chamou.

– Diga a Pelo de Rato que venha conversar comigo amanhã – Estrela de Fogo miou, mencionando o mentor de Pata de Espinho. – Já é hora de começarmos a pensar em sua cerimônia de nomeação. – *E já não é sem tempo*, ele refletiu. Pata de Espinho provou ser um aprendiz com qualidades, e teria se tornado um guerreiro luas atrás, não fosse a relutância de Estrela Azul de confiar nos gatos de seu clã. Ele era o único do grupo – que incluía Pata Ligeira e Rosto Perdido – que seria nomeado guerreiro.

Os olhos de Pata de Espinho se iluminaram de empolgação. – Sim, Estrela de Fogo! Obrigado – ele miou e saiu correndo.

Estrela de Fogo acomodou-se no ninho de musgo e comeu algumas bocadas do coelho. Nevasca fora gentil em mandar trocar o musgo da cama, embora o líder ainda sentisse que o cheiro de Estrela Azul pairava nas paredes da toca. Talvez ficasse para sempre, e isso não era ruim. Ele se lembrava dela com dor, mas também com muito conforto, ao pensar em sua sabedoria e coragem para guiar seu clã.

As sombras o envolveram quando morreu a última luz do dia. Estrela de Fogo estava de todo consciente de sua completa solidão desde que entrara para o clã: sem o calor de outros gatos dormindo por perto, sem miados suaves e rom-rons na troca de lambidas com amigos, sem ressonares suaves nem o som dos amigos se mexendo durante o sono. Por alguns tique-taques de coração, ele se sentiu mais sozinho do que nunca.

Então disse a si mesmo para deixar de pensar como camundongo. Tinha uma grande decisão a tomar, e era vital para o Clã do Trovão que não errasse. Sua escolha do representante afetaria a vida do clã nas próximas estações.

Afundando-se mais no musgo, pensava se deveria dormir agora e perguntar em sonho a Folha Manchada qual seria o representante ideal. Fechou os olhos e quase imediatamente sentiu um leve rastro do doce perfume da gata. Mas não teve nenhuma visão; conseguia ver apenas o breu.

Então ouviu um sussurro bem perto, cheio do suave tom provocativo de Folha Manchada. – Ah, não. Estrela de Fogo. Esta decisão é *sua*.

Suspirando, voltou a abrir os olhos. – Tudo bem – ele miou alto. – Vou decidir.

Listra Cinzenta não poderia ser o representante, isso estava claro, e Estrela de Fogo estava grato ao amigo por tornar a escolha mais fácil. Deixou a mente vagar quanto a outras possibilidades. O novo representante teria de ter experiência, e sua lealdade jamais poderia ter sido posta em dúvida. Tempestade de Areia era corajosa e inteligente. Se escolhida, teria certeza do valor que Estrela de Fogo ainda lhe dedicava e quanto ele a queria ao seu lado.

Mas esse não era o motivo certo para escolher um representante. Além disso, pelo Código dos Guerreiros, para ser representante deveria ter sido mentor. Tempestade de Areia jamais tivera um aprendiz, não poderia ser escolhida. Com uma pontada de vergonha, ele reconheceu ser culpado, pois indicara Pelo de Musgo-Renda para mentor de Pata de Açafrão, mesmo sendo Tempestade de Areia a escolha mais óbvia. Tinha feito isso para protegê-la, com medo de que os mentores dos filhotes de Estrela Tigrada corressem perigo por conta do pai sanguinário. A gata levara muito tempo para perdoá-lo, e Estrela de Fogo esperava que ela nunca percebesse que aquele erro a impedia de ser representante agora.

Mas a gata alaranjada era realmente o nome certo, afinal? Com certeza havia um destaque entre os outros candidatos. Nevasca era experiente, sábio e corajoso. Quando Estrela de Fogo se tornou representante, ele não demonstrou ressentimento, o que seria normal para um gato menos nobre. Ele o apoiou desde o início, e era com Nevasca que Estrela de Fogo se aconselhava. Apesar da idade, era ainda forte e ativo. Haveria muitas luas antes que ele fosse juntar-se aos anciãos em sua toca.

Estrela Azul aprovaria também, pois a amizade do guerreiro branco tinha significado muito para ela em suas últimas luas.

*Sim*, Estrela de Fogo pensou, *Nevasca será o novo representante*. Ele se espreguiçou satisfeito. Só faltava anunciar a decisão ao clã.

Estrela de Fogo esperou um pouco, terminou de comer um coelho, cochilou, mas sem se deixar cair em sono profundo, para não perder a lua alta. Uma luz prateada entrou na toca quando a Lua surgiu. Finalmente ele ficou de pé, sacudiu os pedaços de musgo do pelo, e foi rumo à clareira.

Vários gatos do clã estavam andando entre as samambaias dos limites da clareira, obviamente esperando pelo anúncio. Tempestade de Areia e a patrulha da noite haviam voltado e tinham ido comer sua parte de presa fresca. Estrela de Fogo balançou a cauda em saudação à gata alaranjada, mas não foi falar com ela. O que fez foi pular para cima da Pedra Grande e miar. – Que todos os gatos com idade suficiente para caçar a própria comida se reúnam aos pés da Pedra Grande para uma reunião do clã.

Seu chamado ainda ecoava no ar quando mais gatos começaram a aparecer, saindo do abrigo das tocas ou caminhando ao luar, vindos das sombras à volta dos muros do acampamento. Estrela de Fogo viu Risca de Carvão espreitando; depois ele foi se sentar a algumas caudas de distância da rocha, a cauda enroscada nas patas, um olhar de desprezo. Discretamente, Pelo de Musgo-Renda o seguia e ficou perto dele.

Pata de Amora Doce saiu da toca dos aprendizes, e Estrela de Fogo inevitavelmente se perguntou se ele se encaminharia até Risca de Carvão, mas ficou com a irmã, Pata de Açafrão, mais na parte externa do círculo de felinos. Os olhos dos dois aprendizes, atentos, iam de lá para cá. Quando Pelo de Rato passou, olhou para Pata de Açafrão, que virou a cabeça bruscamente, como se estivessem brigadas. Pata de Açafrão era brilhante e muito segura, refletiu Estrela de Fogo, mas não seria surpresa ela ofender os guerreiros experientes de vez em quando.

Tempestade de Areia e Listra Cinzenta estavam perto da rocha, como também Cauda de Nuvem e Rosto Perdido, e os anciãos, que tinham vindo em grupo, ficaram no centro da clareira.

Estrela de Fogo viu Nevasca saindo do canteiro de urtiga com Manto de Cinza. Não parecia nada ansioso ao parar e dar uma palavrinha rápida com Pata de Avenca e Pata Gris antes de assumir seu lugar ao lado da Pedra Grande.

Engolindo o nervosismo, Estrela de Fogo começou: – Chegou a hora de nomear um novo representante. – Fazendo uma pausa, ele sentiu a presença de Estrela Azul muito perto quando se lembrou das palavras do ritual que ela costumava proferir. – Digo estas palavras ante o Clã das Estrelas; que os espíritos de nossos ancestrais possam ouvir e aprovar minha escolha.

Naquele momento, todos os gatos estavam de frente para ele; o líder percebeu que os olhos dos felinos brilhavam ao luar, e quase podia saborear sua empolgação.

– Nevasca será o novo representante do Clã do Trovão – anunciou.

Por um tique-taque de coração houve silêncio. Nevasca piscou para Estrela de Fogo, com um olhar de prazer e surpresa se espalhando no rosto. O líder percebeu que a surpresa fazia parte do que ele gostava tanto no velho guerreiro. Nevasca nunca imaginaria ser o escolhido.

Lentamente, o gato branco se levantou para falar. – Estrela de Fogo, gatos do Clã do Trovão. Nunca esperei que essa honra me fosse concedida. Juro pelo Clã das Estrelas que farei tudo o que puder para servi-los.

Quando terminou de falar, o som dos gatos reunidos foi gradualmente crescendo, uma mistura de uivos e ronronados e vozes gritando: Nevasca! Todos os gatos começaram a pressionar o corpo contra o do guerreiro branco, parabenizando-o. Estrela de Fogo sabia que fizera uma escolha muito popular.

Por alguns instantes, ele permaneceu na Pedra Grande e observou. Um novo sentimento de otimismo subiu por suas patas, enchendo-o de confiança e ternura. Tinha suas nove vidas; tinha o melhor representante que um gato poderia desejar, e uma equipe de guerreiros prontos para enfrentar qualquer coisa. A ameaça da matilha tinha acabado. Estrela de Fogo tinha de acreditar que em breve eles seriam capazes de expulsar Estrela Tigrada da floresta para sempre.

Então, quando estava prestes a descer e cumprimentar Nevasca, avistou Risca de Carvão. De todos, apenas ele não tinha se movido ou falado. Olhava fixamente para Estrela de Fogo, e seus olhos ardiam de ira.

O líder se lembrou imediatamente da visão terrível na cerimônia, o monte de ossos e o mar de sangue que dele fluía. As palavras de Estrela Azul soavam em seus ouvidos novamente: *Quatro serão dois. Leão e tigre vão se enfrentar em batalha, e o sangue ditará as regras na floresta.*

Estrela de Fogo ainda não sabia o que significava a profecia, mas as palavras estavam carregadas de fatalidade. Haveria luta e derramamento de sangue. E, no olhar maligno de Risca de Carvão, o jovem líder parecia ver a primeira nuvem que acabaria por desencadear a tempestade da guerra.

# CAPÍTULO 7

Um frio úmido e cortante penetrava no pelo de Estrela de Fogo enquanto ele caminhava através dos Pinheiros Altos. O céu estava pesado, com nuvens cinzentas, e parecia indeciso entre enviar chuva ou neve sobre a floresta. Aqui, onde os estragos do fogo tinham sido piores, as cinzas ainda cobriam o chão, e as poucas plantas que haviam começado a crescer voltavam a desaparecer com a chegada da estação sem folhas.

Era o dia seguinte ao do anúncio do novo representante, e Estrela de Fogo havia deixado Nevasca responsável pelo acampamento enquanto ele patrulhava a fronteira sozinho. Queria um tempo para si, para se acostumar a ser líder e pensar sobre o que estava por vir. Às vezes, sentia que ia explodir de orgulho por ter sido escolhido pelo Clã das Estrelas como líder do Clã do Trovão, mas também sabia que não seria fácil. O sofrimento por Estrela Azul era uma dor surda que ficaria para sempre. E ele temia o que Estrela Tigrada poderia fazer a seguir. Estrela de Fogo não se deixava tranquilizar, como os outros, pela ausência de vestígio do Clã das Sombras em seu território. Sabia que Estrela Tigrada não descansaria até derrotar o inimigo – e a notícia de que ele era o novo líder do Clã do Trovão só iria alimentar o fogo de sua vingança.

Estrela de Fogo saiu da floresta perto do lugar dos Duas-Pernas e olhou para a cerca de Princesa para ver se a irmã tinha se aventurado fora do ninho dos Duas-Pernas. Mas dela não havia sinal, e quando farejou o ar sentiu apenas um leve odor. Caminhando ao longo da beira das árvores, chegou a uma parte da floresta que ele raramente visitava e reconheceu o ninho dos Duas-Pernas, onde vivera como gatinho de gente muitas luas atrás. Movido pela curiosidade, correu em toda a extensão de terreno aberto no limite do bosque e saltou para o topo da cerca.

Estava inundado por lembranças de brincar ali ainda filhote quando olhou para o trecho de grama cercado pelos jardins dos Duas-Pernas. Havia uma lembrança mais recente, também, de ir ali atrás de gatária, quando Estrela Azul estava com tosse verde. Via o tufo de gatária agora de onde estava sentado, e aspirou seu odor tentador.

Um lampejo de movimento veio do ninho e atraiu seu olhar; ele viu um de seus antigos Duas-Pernas passar perto da janela e desaparecer novamente. O gato de pelo vermelho de repente se perguntou como eles se sentiram quando os deixou para ir viver na floresta. Esperava que não tivessem se preocupado. Tinham cuidado bem dele, como os Duas-Pernas tentam fazer, e Estrela de Fogo lhes seria sempre grato. Teria gostado de dizer-lhes como era feliz na floresta, e que estava cumprindo o destino que lhe fora designado pelo Clã das Estrelas, mas sabia que não havia como fazê-los compreender.

Ele preparava os músculos para pular para a floresta, quando algo preto e branco se mexeu no jardim ao lado. Olhou para baixo e viu Borrão, seu velho amigo dos dias de gatinho de gente. Parecia gordo como sempre, com uma expressão de contentamento no rosto largo. Conversava com uma bela gata malhada de marrom, que Estrela de Fogo não conhecia; seus miados chegavam até ele, que não conseguia entendê-los por causa da distância.

Quase pulou para dizer olá, mas lembrou-se de que provavelmente os dois se assustariam ao ver um vilão como ele. Não muito depois de entrar para a floresta, Estrela de Fogo encontrara Borrão no bosque, e quase o matara de susto antes de seu amigo o reconhecer. A vida que levava agora estava a mundos de distância da vida dos antigos conhecidos.

O som de uma porta se abrindo despertou Estrela de Fogo de seus pensamentos, e ele caminhou ao longo da cerca para se esconder em um arbusto de azevinho quando um dos seus antigos Duas-Pernas saiu da casa e gritou um nome. Imediatamente a bela gata malhada de marrom miou um adeus a Borrão e se embrenhou sob a cerca que dividia os jardins. Ela correu até o Duas-Pernas, que a pegou nos braços e a acariciou antes de carregá-la para dentro, a gata ronronando alto.

*Ela é a nova gatinha de gente deles!*, Estrela de Fogo pensou. Ver fecharem a porta provocou nele uma pontada de inveja, apenas por um instante. A gatinha não precisava caçar para comer; tinha um lugar quente para dormir, e nenhum risco de morrer no campo de batalha ou por conta de um dos muitos perigos que afligem os gatos da floresta. Ela teria a amizade de Borrão e de outros gatinhos de gente, e os cuidados de seus Duas-Pernas – tudo a que Estrela de Fogo dera as costas para viver como um gato de clã na floresta.

Mas, ao mesmo tempo, ela nunca teria o prazer de aprender as habilidades de guerreiro, ou lutar ao lado dos amigos. Jamais entenderia o que significa seguir o Código dos Guerreiros, ou os desígnios do Clã das Estrelas.

*Se eu pudesse viver minha vida de novo,* pensou Estrela de Fogo, *eu não mudaria nada.*

De repente, garras arranharam a cerca e ele, com o canto do olho, vislumbrou um movimento rápido de algo marrom. Virou a cabeça e ficou cara a cara com Pata de Amora Doce.

Levou um momento para o líder se recuperar o suficiente para falar: – O que *você* está fazendo aqui?

– Segui você desde o acampamento. Eu... estava curioso para saber aonde você ia, queria praticar minhas habilidades de rastreamento.

– Bem, elas parecem bastante boas, se trouxeram você até aqui. – Estrela de Fogo não tinha certeza de estar zangado com seu aprendiz. O jovem não deveria ter ido atrás dele sem permissão, mas *era* impressionante que o tivesse seguido desde o acampamento. Ele sentiu uma pontada de culpa, também, por ter sido flagrado olhando um par de gatinhos de gente por cima da cerca dos Duas-Pernas. Uma vez, quando ainda era aprendiz, Estrela Tigrada o espionara e o vira conversando com Borrão. O enorme gato malhado contou tudo para Estrela Azul, questionando, de propósito, a lealdade de Estrela de Fogo para com a vida de clã.

Encarando Pata de Amora Doce, o líder viu o nervosismo do jovem se transformar em um olhar firme, como se estivesse avaliando o mentor. Um olhar demorado, inteligente, e Estrela de Fogo via respeito nas profundezas dos olhos cor de âmbar. Tinha consciência, mais uma vez, de que ali estava um gato com potencial para ser um guerreiro excepcional, se conseguisse escapar da sombria herança do pai. Mas será que ele seria verdadeiramente fiel ao seu clã de nascimento, com o pai ainda na floresta?

– Posso confiar em você? – Estrela de Fogo soltou de repente.

O jovem não teve pressa em se defender. Sustentou um olhar sério por um momento mais. – Será que *eu* posso confiar em *você*? – ele respondeu, apontando as orelhas na direção do jardim dos Duas-Pernas.

Com o pelo eriçado, Estrela de Fogo, inicialmente, não tinha a intenção de se justificar, pois não cabia ao aprendiz questionar as ações de seu mentor – que também era o líder do clã. Mas, apesar da culpa que a pergunta provocou, Estrela de Fogo reconheceu sua coragem em fazê-la.

Ele respirou fundo. – Você *pode* confiar em mim – ele prometeu solenemente. – Eu escolhi deixar minha vida como gatinho de gente. Aconteça o que acontecer, vou sempre colocar o clã em primeiro lugar. – Já era tempo, ele decidiu, de ser mais aberto com Pata de Amora Doce. – Mas venho aqui de vez em quando, vejo minha irmã, às vezes, e me pergunto como as coisas teriam sido se eu tivesse ficado. No entanto, sempre vou embora sabendo que o meu coração está com o Clã do Trovão.

O jovem concordou com um leve aceno de cabeça, como se a resposta o tivesse satisfeito. – Sei bem o que é ter a lealdade questionada – ele miou.

Outra pontada de culpa perfurou Estrela de Fogo, embora soubesse não ser o único a ter essas suspeitas. – Como é que você se dá com os outros aprendizes? – perguntou.

– Eles são legais. Mas sei que alguns dos guerreiros não gostam de mim nem de Pata de Açafrão, por sermos filhos de Estrela Tigrada.

As palavras foram ditas com tal compreensão que Estrela de Fogo ficou ainda mais envergonhado de si mesmo. *Somos mais parecidos do que eu pensava,* Estrela de Fogo pensou. *O tempo todo temos de provar nossa lealdade lutando com o dobro da força, defendendo-nos duas vezes mais dos nossos inimigos – e dos nossos companheiros de clã.*

– Você consegue lidar com isso? – ele miou com cautela.

Pata de Amora Doce piscou. – Eu sei onde reside minha lealdade. Provarei isso algum dia.

Falava sem se vangloriar, apenas com calma determinação. Estrela de Fogo percebeu que acreditava nele. Seu aprendiz tinha recompensado sua honestidade de contar sobre a visita ao lugar dos Duas-Pernas sendo honesto também.

Agora, ele sabia que devia a Pata de Amora Doce confiar em sua palavra.

– E Pata de Açafrão?

– Bem... – o jovem hesitou, com um olhar perturbado nos olhos. – Ela pode ser um pouco difícil de vez em quando, mas é apenas sua maneira de ser. No fundo ela é leal.

– É, sim, tenho certeza – Estrela de Fogo miou, embora percebesse que Pata de Amora Doce não estava inteiramente à vontade falando sobre a irmã com o líder do clã. Teria de ficar de olho em Pata de Açafrão no futuro, e certificar-se de que ela tivesse todo o apoio necessário para se tornar uma guerreira confiável do Clã do Trovão. Uma palavra com seu mentor, Pelo de Musgo-Renda, era uma boa ideia.

Tocado por um afeto repentino pelo aprendiz, Estrela de Fogo acrescentou: – Tenho de continuar se quiser terminar de patrulhar a fronteira antes de escurecer. – Quer vir comigo?

Os olhos cor de âmbar do aprendiz se iluminaram. – Posso?

– Claro. – Estrela de Fogo pulou da cerca e esperou o jovem pular também. – Vamos fazer um treinamento no caminho.

– Ótimo! – o jovem miou com entusiasmo.

Caminharam lado a lado, o líder guiando o caminho de volta no bosque.

Estrela de Fogo parou à beira do Caminho do Trovão e aspirou o odor que fluía pelo território do Clã das Sombras.

*Estrela Tigrada está por aí,* pensou. *O que ele está planejando? Qual seu próximo movimento?*

Enquanto ele, em silêncio, se preocupava, percebeu coisinhas brancas descendo do céu. *Neve*!, Estrela de Fogo pensou, olhando para o céu, onde as nuvens estavam mais escuras do que nunca. Ouvindo o grito surpreso de Pata de Amora Doce, ele se virou. Um floco de neve tinha caído em cima do nariz do jovem e derretia lentamente. O aprendiz expôs a língua rosa e lambeu-o, os olhos amarelos redondos de admiração.

– O que é isso, Estrela de Fogo? É *frio*!

O líder soltou um ronronar divertido. – É neve. Acontece na estação sem folhas. É assim, os flocos vão cobrir toda a terra e as árvores.

– É mesmo? Mas são tão pequenos!

– Mas serão muitos.

Os flocos já estavam ficando maiores e caindo mais espessamente, quase escondendo as árvores do outro lado do Caminho do Trovão e sufocando o odor do Clã das Sombras. Mesmo o rugido dos monstros ficou abafado, e eles se moviam lentamente, como se os seus olhos brilhantes não conseguissem ver bem através da neve.

Estrela de Fogo sabia que a neve traria mais problemas para a floresta. As presas morreriam no frio, ou se amontoariam no fundo de buracos onde os caçadores não conseguiriam segui-las. Seria mais difícil do que nunca alimentar o clã.

Seu aprendiz, olhos arregalados, observava os flocos caindo. Estrela de Fogo viu-o tentar timidamente enxugar um deles com a pata. Um instante depois, pulava e girava soltando miados agudos de empolgação, como se estivesse tentando pegar cada floco antes de atingir o chão.

O líder foi surpreendido por uma onda de carinho. Era bom ver o jovem brincando como se fosse novamente um filhotinho. Será que o malvado Estrela Tigrada nunca tinha perseguido flocos de neve apenas por diversão? Ou, se tinha, quando será que perdera a alegria, começando a se importar apenas com o próprio poder?

Eram perguntas sem resposta, e Estrela de Fogo sabia que, para Estrela Tigrada, como para ele, era um caminho sem volta. Suas patas traçavam com segurança o caminho que o Clã das Estrelas lhes destinara e, mais cedo ou mais tarde, os dois líderes deveriam se encontrar para decidir quem permaneceria na floresta.

# CAPÍTULO 8

Tinha parado de nevar quando Estrela de Fogo e Pata de Amora Doce retornaram ao acampamento. As nuvens haviam se dissipado e o sol poente projetava longas sombras azuis sobre a fina camada branca que cobria o chão. Traziam presas frescas. Estrela de Fogo observara a destreza do aprendiz na caçada, e ficou impressionado com a concentração do jovem e suas habilidades de perseguição de presas.

Assim que chegaram ao topo da ravina, ouviram um miado que vinha de trás. Estrela de Fogo se virou e viu Listra Cinzenta pulando pela vegetação rasteira.

– Olá – arquejou o guerreiro cinza quando os alcançou. Seus olhos se arregalaram ao ver o produto da caça. – Vocês tiveram mais sorte do que eu. Só consegui um camundongo.

Estrela de Fogo resmungou de forma simpática e rumou para o túnel de tojo. Notou que Castanha, a mais aventureira dos três filhotes de Pele de Salgueiro, havia deixado o acampamento e estava no meio da encosta além da ravina.

Para surpresa de Estrela de Fogo, estava com Risca de Carvão, que, debruçado, dizia-lhe alguma coisa.

– Estranho – o líder murmurou com a boca cheia de pelo de esquilo, meio que para si mesmo. – Risca de Carvão nunca mostrara interesse em filhotes. E o que ele está fazendo aqui fora sozinho?

De repente, Estrela de Fogo ouviu um grito agudo de Listra Cinzenta, que passou correndo por ele, lançando-se pela lateral da ravina, derrapando nas pedras soltas cobertas de neve. Neste momento as pernas de Castanha falsearam sob seu robusto corpo de cor atartarugada, e ela começou a se contorcer na neve. Estrela de Fogo, perplexo, largou a presa quando Listra Cinzenta miou – Não! – e atirou-se sobre o guerreiro escuro. Risca de Carvão o arranhava e lhe batia com as patas traseiras, mas os dentes de Listra Cinzenta, cravados em sua garganta, mantinham-no preso.

– O quê...? – Estrela de Fogo desceu correndo a encosta, seguido de perto por Pata de Amora Doce. Ele se esquivou dos gatos que lutavam, ainda engatados em um turbilhão de dentes e garras, e chegou ao lado de Castanha.

A pequena se contorcia e se virava no chão, com os olhos arregalados e vidrados. Soltava gemidos agudos de dor, e havia espuma em seus lábios.

– Vá buscar Manto de Cinza! – Estrela de Fogo ordenou a Pata de Amora Doce.

O aprendiz disparou, as patas levantando nuvens de neve. Estrela de Fogo se inclinou sobre a jovem e colocou a pata suavemente sobre sua barriga, murmurando. – Está tudo bem, Manto de Cinza está chegando.

Na boca totalmente aberta de Castanha, Estrela de Fogo vislumbrou frutinhas vermelhas meio mastigadas, de cor escarlate, contra os dentes brancos.

– Frutinhas mortais! – ele arfou.

Um arbusto de folhas escuras crescia em uma fenda na rocha logo acima de sua cabeça, com mais dessas frutinhas vermelhas letais. Ele se lembrou de um tempo, muitas luas atrás, em que Manto de Cinza apareceu bem na hora de impedir Cauda de Nuvem de comer as frutinhas, e o avisou de que eram venenosas. Mais tarde, quando Presa Amarela fez uso delas para matar seu filho, Cauda Partida, Estrela de Fogo viu por si mesmo como agiam de forma rápida e fatal.

Agachado sobre Castanha, Estrela de Fogo fez o possível para puxar os frutos triturados de sua boca, mas a jovem estava com muita dor e apavorada demais para se manter imóvel e facilitar a tarefa. Jogava a cabeça para lá e para cá, o corpo em convulsões de espasmos regulares que, para desespero do líder, pareciam estar ficando mais fracos. Ele ainda ouvia Listra Cinzenta e Risca de Carvão gritando em meio à luta, mas eles pareciam estranhamente distantes. Toda a sua atenção estava concentrada no filhote.

Então, para seu alívio, sentiu Manto de Cinza se aproximar. – Frutinhas mortais! – ele lhe disse depressa. – Tentei tirá-las, mas...

A curandeira tomou seu lugar ao lado da gata. Tinha um maço de folhas na boca; colocou-o no chão, miando.

– Bom. Continue segurando-a, Estrela de Fogo, enquanto dou uma olhada.

Como agora eram dois para ajudar e como o filhote se debatia mais debilmente, Manto de Cinza logo conseguiu puxar os restos das frutinhas mortais. Então, ela rapidamente mastigou uma de suas folhas e com aquela pasta encheu a boca de Castanha. – Engula isso – ela mandou. E, para Estrela de Fogo, acrescentou: – É milefólio. Vai fazê-la vomitar.

A garganta da gata se contraiu em espasmos. Um momento depois, ela vomitou. Estrela de Fogo viu mais manchas vermelhas entre a polpa das folhas.

– Bom – Manto de Cinza miou baixinho. – Isso é muito bom. Você vai ficar bem, Castanha.

A pequena ficou prostrada, ofegante e trêmula. Estrela de Fogo viu, consternado, quando ela ficou mole, de olhos fechados.

– Ela morreu? – ele sussurrou.

Antes que Manto de Cinza pudesse responder, um uivo soou na entrada do acampamento. – Meu bebê! Onde está meu bebê? Era Pele de Salgueiro subindo pela ravina com Pata de Amora Doce. Ela se agachou ao lado de Castanha, os olhos azuis arregalados e conturbados. – O que aconteceu?

– Ela comeu frutinhas mortais – Manto de Cinza explicou. – Mas acho que consegui tirar todas. Vamos levá-la para a minha toca, vou deixá-la em observação.

Pele de Salgueiro começou a lamber o pelo atartarugado de Castanha. Agora Estrela de Fogo observava sua respiração, a lateral do corpo que subia e descia. Não estava morta, mas o olhar ansioso da curandeira indicava que ainda havia perigo por causa dos efeitos do veneno.

Pela primeira vez, Estrela de Fogo teve chance de respirar e olhar para Listra Cinzenta. O guerreiro cinza tinha imobilizado Risca de Carvão no chão à distância de algumas caudas, com uma pata no pescoço e outra na barriga. O gato, dominado, sangrava na orelha e cuspia em fúria, lutando em vão para se libertar.

– O que está acontecendo? – Estrela de Fogo perguntou.

– Não me pergunte – rosnou Listra Cinzenta. Estrela de Fogo não se lembrava de ter visto seu amigo tão feroz. – Pergunte a... a este pedaço de cocô de raposa por que ele tentou matar um filhote!

– Matar? – Estrela de Fogo repetiu. A acusação foi tão inesperada que por um instante ele não conseguiu fazer nada além de olhar com cara de bobo.

– Matar – repetiu Listra Cinzenta. – Vamos, pergunte por que ele estava dando frutinhas mortais para Castanha.

– Seu idiota, você pensa como camundongo. – A voz de Risca de Carvão estava fria quando ele olhou para seu atacante. – Eu não estava dando as frutinhas mortais a ela. Tentava impedi-la de comê-las.

– Eu sei o que vi – Listra Cinzenta insistiu com os dentes cerrados.

Estrela de Fogo tentou recordar a imagem do guerreiro e do filhote que tinha visto ao parar no topo da ravina. –

Deixe-o se levantar – ele miou, relutante, ao amigo. – Risca de Carvão, diga-me o que aconteceu.

O gato se levantou e se sacudiu. Estrela de Fogo via falhas na lateral de seu corpo, de onde Listra Cinzenta tinha arrancado tufos de pelo.

– Eu estava voltando para o acampamento – começou. – Encontrei a gata estúpida se fartando com frutinhas mortais, e eu estava tentando detê-la quando esse idiota pulou em mim. – Ele olhou ressentido para Listra Cinzenta. – Por que eu iria querer matar um filhote?

– É o que eu quero saber! – cuspiu Listra Cinzenta.

– Claro, nós sabemos em quem o nobre Estrela de Fogo vai acreditar! – Risca de Carvão zombou. – Não adianta esperar justiça no Clã do Trovão agora.

A acusação atingiu Estrela de Fogo, e mais ainda porque ele reconhecia que havia certa verdade nisso. A palavra de Listra Cinzenta sempre prevaleceria sobre a de Risca de Carvão, mas ele tinha que estar absolutamente certo de que seu amigo não estava cometendo um erro.

– Não tenho de decidir agora – Estrela de Fogo miou. – Assim que Castanha acordar, ela vai poder nos dizer o que aconteceu.

Enquanto falava, pensou ter visto um lampejo de desconforto nos olhos de Risca de Carvão, mas passou tão rápido que ele não pôde ter certeza. O guerreiro de pelagem escura movimentou as orelhas com desprezo. – Tudo bem – ele miou. – Então você verá qual de nós está dizendo a verdade. – E se afastou, cauda erguida, em direção à entrada do acampamento.

– Eu realmente vi isso, Estrela de Fogo – Listra Cinzenta assegurou, arfando por causa da luta. – Não posso entender por que ele iria querer machucar Castanha, mas tenho certeza de que era o que estava fazendo.

Estrela de Fogo suspirou. – Acredito em você, mas temos que deixar que todos vejam que a justiça está sendo feita. Não posso punir Risca de Carvão até que Castanha nos conte o que aconteceu.

*Se é que ela vai dizer*, ele pensou. Observou Manto de Cinza e Pele de Salgueiro pegarem o filhote com cuidado e levá-lo em direção ao túnel de tojo. A cabeça de Castanha pendia molemente e sua cauda roçava o chão. Estrela de Fogo sentiu o estômago apertar com a lembrança dela saltando pelo acampamento. Se Risca de Carvão realmente tinha tentado matá-la, ele iria pagar por isso.

– Listra Cinzenta – ele murmurou –, vá com Manto de Cinza. Quero você ou outro guerreiro de guarda na toca até Castanha acordar. Peça ajuda a Tempestade de Areia e a Flor Dourada. Não quero que mais nada aconteça a Castanha antes que ela esteja pronta para falar.

Os olhos de Listra Cinzenta brilharam, compreensivos. – Tudo bem, Estrela de Fogo – ele miou. – Estou a caminho. – Desceu a ladeira e encontrou os outros gatos que desapareceram no túnel.

Estrela de Fogo ficou na ravina com Pata de Amora Doce. – Deixei um esquilo lá em cima – ele miou para o aprendiz, apontando com a cabeça o topo da ravina. – Você pode pegá-lo para mim, por favor? E depois vá descansar e comer. Você teve um longo dia.

– Obrigado – Pata de Amora Doce miou. Ele deu alguns passos subindo a ravina e olhou para trás. – Castanha vai ficar bem, não vai?

Estrela de Fogo soltou um longo suspiro. – Não sei, Pata de Amora Doce – admitiu. – Não sei.

# CAPÍTULO 9

Estrela de Fogo refez cuidadosamente o caminho de volta para o acampamento. Olhando ao redor, avistou Risca de Carvão engolindo uma peça de presa fresca ao lado do canteiro de urtiga. Pelo de Rato, Flor Dourada e Pele de Geada estavam perto, comendo, mas o líder percebeu que todos tinham dado as costas a Risca de Carvão e não olhavam para ele.

Listra Cinzenta já devia ter começado a espalhar a notícia do que acontecera na ravina. Pele de Geada e Flor Dourada em particular, que tinham criado seus bebês, ficariam horrorizadas pela simples suspeita de que um guerreiro do clã matara um filhote. Era um bom sinal, Estrela de Fogo percebeu, se eles pareciam acreditar na versão de Listra Cinzenta. Isso mostrava que seu amigo estava sendo aceito de novo pelo clã e começava a recuperar a popularidade do passado.

Estrela de Fogo ia na direção de Listra Cinzenta quando um movimento na toca dos guerreiros chamou sua atenção.

Pelo de Musgo-Renda saía do meio dos ramos, olhando freneticamente ao redor. Ele viu Risca de Carvão, deu um passo em direção a ele e depois se afastou para se juntar ao líder.

– Acabei de ouvir! – ele engasgou. – Estrela de Fogo, sinto muito. Ele se afastou de mim. Isso tudo é culpa minha!

– Calma. – O gato avermelhado deixou a cauda repousar por um momento no ombro do jovem e agitado guerreiro e gesticulou pedindo calma. – Diga-me o que aconteceu.

Pelo de Musgo-Renda respirou fundo algumas vezes, esforçando-se para se controlar. – Risca de Carvão disse que ia sair para caçar – ele começou. – Fui com ele, mas, quando entramos na floresta, alegou que tinha que fazer suas necessidades. Ele foi para trás de um arbusto, e fiquei esperando. Estava demorando demais, então fui olhar, e ele tinha sumido! – Seus olhos se arregalaram, desanimados. – Se Castanha morrer, nunca vou me perdoar.

– Castanha não vai morrer – Estrela de Fogo o tranquilizou, mas sem ter certeza de que era a verdade. A jovem ainda estava muito mal.

E agora havia algo mais com que se preocupar. A história de Pelo de Musgo-Renda mostrava que Risca de Carvão tinha percebido que estava sendo observado. Ele havia se livrado de sua guarda com perfeição. *Ele deve ter tido um motivo*, Estrela de Fogo refletiu. O que o gato malhado escuro pretendia fazer e por que tentara matar Castanha?

– O que você quer que eu faça agora? – Pelo de Musgo-Renda perguntou, infeliz.

– Pare de se culpar, para começar. – Mais cedo ou mais tarde Risca de Carvão terá de mostrar a quem é leal.

A não ser por sua ansiedade em relação a Castanha, Estrela de Fogo não lamentava que Risca de Carvão tivesse mostrado seu verdadeiro eu de maneira tão explícita. Embora tivesse a esperança de manter o guerreiro escuro no clã, onde poderia observar sinais de traição, agora sabia que Risca de Carvão nunca seria leal, a ele ou ao Clã do Trovão, e não havia lugar para um gato capaz de envenenar um filhote indefeso. *Que ele se junte a Estrela Tigrada, que lá é seu lugar*, Estrela de Fogo pensou.

– Continue vigiando Risca de Carvão – disse a Pelo de Musgo-Renda. – Agora pode deixá-lo saber o que está fazendo. Diga-lhe para não deixar o acampamento até que Castanha possa contar sua história.

Pelo de Musgo-Renda, tenso, acenou com a cabeça e atravessou o canteiro de urtiga, onde se agachou ao lado de Risca de Carvão e falou com ele. O guerreiro grunhiu algo em resposta e voltou a rasgar o seu pedaço de presa fresca.

Estrela de Fogo observava quando ouviu uma passada. Virou-se, era Tempestade de Areia. A gata cor de gengibre pressionou seu rosto contra o dele, com um ronronar profundo. O líder aspirou seu perfume, sentiu-se confortado por um momento, apenas por estar perto dela.

– Você não vai comer? – ela perguntou. – Esperei por você. Listra Cinzenta me contou o que aconteceu – ela continuou enquanto caminhavam juntos até o canteiro de urtiga. – Eu disse que vou rendê-lo mais tarde, para guardar a toca de Manto de Cinza.

– Obrigado.

Ele lançou um olhar para o guerreiro preto listrado, ao passarem em direção à pilha de presa fresca. Risca de Carvão tinha terminado a refeição; pôs-se de pé e deu uma espiada para dentro da toca dos guerreiros, sem perceber a presença do líder. Pelo de Musgo-Renda o seguia com um jeito determinado.

Pelagem de Poeira surgiu da toca exatamente quando Risca de Carvão chegou. Estrela de Fogo notou que o gato marrom desviou bruscamente e foi se juntar a Pata de Avenca fora da toca dos aprendizes. Os gatos do Clã do Trovão estavam deixando seus sentimentos muito claros. Pelagem de Poeira, ex-aprendiz de Risca de Carvão, agora não queria sequer falar com seu antigo mentor.

Estrela de Fogo escolheu uma pega na pilha de presa fresca e a levou para o canteiro de urtiga.

– Ei, Estrela de Fogo – miou Pelo de Rato quando ele se aproximou. – Pata de Espinho disse que você queira dar uma palavrinha comigo sobre sua cerimônia de nomeação. Já está mais do que na hora!

– Com certeza. – A recusa de Estrela Azul em nomear guerreiros os três aprendizes mais antigos levou à morte de Pata Ligeira e aos ferimentos de Rosto Perdido, e todos os gatos do clã se lembrariam disso quando Pata de Espinho finalmente recebesse o seu nome de guerreiro. – Por que nós três não saímos com a patrulha do amanhecer? Isso me dará a oportunidade de ver como ele está se saindo, não que eu tenha alguma dúvida – acrescentou apressadamente.

– Ótimo! – Pelo de Rato miou. – Você vai falar a Pata de Espinho sobre a patrulha ou eu faço isso?

– Eu falo – Estrela de Fogo respondeu, dando uma mordida rápida na presa. – Quero dar uma palavrinha com Pata de Avenca e Pata Gris também.

Quando ele e Tempestade de Areia terminaram de comer, a gata cor de gengibre foi para a toca de Manto de Cinza, e o líder rumou para o toco de árvore onde os aprendizes comiam. Pelagem de Poeira e Pata de Avenca já estavam lá com Pata de Espinho e Pata Gris, e Cauda de Nuvem estava passeando perto da toca dos anciãos, Rosto Perdido ao seu lado.

– Pata de Espinho – Estrela de Fogo cumprimentou o aprendiz com um aceno de cabeça ao se aproximar. – Suas garras estão afiadas? Suas habilidades de guerreiro estão todas em dia?

O jovem se endireitou, com os olhos brilhando de repente. – Sim, Estrela de Fogo!

– Patrulha do alvorecer amanhã, então. Se tudo correr bem, vamos realizar sua cerimônia no sol alto.

As orelhas de Pata de Espinho tremeram de ansiedade, mas, em seguida, a luz em seus olhos lentamente desapareceu, e ele desviou o olhar.

– O que houve? – Estrela de Fogo perguntou.

– Pata Ligeira... e Rosto Perdido. – Pata de Espinho falou em voz baixa, com um movimento da cauda em direção à gata ferida. – Os dois deveriam estar comigo.

– Eu sei. – Estrela de Fogo fechou os olhos brevemente ao se lembrar de tanta dor. – Mas não estrague seu momento. Há muitas luas que você merece isso.

– Eu *vou* estar com você – falou Rosto Perdido, que estava ao lado de Cauda de Nuvem. – Vou ser a primeira a chamá-lo pelo novo nome.

– Obrigado, Rosto Perdido – Pata de Espinho miou agradecido, abaixando a cabeça.

– E já que estamos falando de nomes – Cauda de Nuvem interrompeu – e o *dela*? – Ele inclinou a cabeça para a jovem; sempre se recusara a usar o nome cruel que Estrela Azul dera à gata ferida. – Que tal mudá-lo?

– *Pode-se* mudar o nome de um guerreiro? – Estrela de Fogo perguntou. – Foi dado na presença do Clã das Estrelas.

O sobrinho soltou um suspiro exasperado. – Nunca pensei que fosse dizer que o líder do meu clã pensa como camundongo, mas, *sinceramente*! Você acha que Caolha ou Meio Rabo sempre se chamaram assim? Eles tinham outros nomes de guerreiro, pode ter certeza. Deve haver alguma cerimônia especial. E sei que o restante do clã não vai aceitar um novo nome até que você diga as palavras certas.

– Por favor, Estrela de Fogo. – Rosto Perdido o olhava com uma expressão de esperança. – Tenho certeza de que os outros não se sentiriam tão estranhos falando comigo se eu não tivesse esse nome horrível.

– Claro. – O líder sentiu um rasgo de angústia por não ter notado o peso que a jovem estava carregando. – Vou falar com os anciãos imediatamente. Caolha deve saber o que fazer.

Ele se pôs de pé e, de repente, lembrou-se do que mais queria dizer. – Pata Gris, Pata de Avenca, não pensem que foram esquecidos. Vocês foram brilhantes na corrida contra a matilha, mas ainda são jovens para serem guerreiros. – Isso era verdade, mas ao mesmo tempo Estrela de Fogo queira que Pata de Espinho mantivesse sua antiguidade tornando-se guerreiro em primeiro lugar. – Prometo que não vai demorar.

– Nós entendemos – Pata Gris miou. – Ainda há coisas que precisamos aprender.

– Estrela de Fogo – Pata de Avenca perguntou, nervosa –, o que vai acontecer com... com Risca de Carvão? Se ele fez aquilo com Castanha, eu não o quero como mentor.

– Se ele fez isso com Castanha, ele *não vai* ser o seu mentor – Estrela de Fogo prometeu.

– Castanha? – Cauda de Nuvem perguntou. – Que história é essa sobre Castanha? Aconteceu alguma coisa enquanto estávamos caçando?

Imediatamente Pata de Espinho e Pata Gris mudaram de posição e se agacharam ao lado dele e de Rosto Perdido, e começaram a contar a história em voz baixa.

– Então, quem vai orientar Pata de Avenca? – Pelagem de Poeira perguntou a Estrela de Fogo, concluindo que Risca de Carvão era culpado. – Eu poderia ficar com ela, e também com Pata Gris – sugeriu, esperançoso.

Pata de Avenca se animou, mas Estrela de Fogo balançou a cabeça. – Sem chance, Pelagem de Poeira. Você não seria rigoroso o suficiente.

Os olhos do mentor brilharam aborrecidos; então ele acenou timidamente. – Acho que você está certo.

– Não se preocupe – Estrela de Fogo prometeu na ida para a toca dos anciãos. – Vou me certificar de que ela tenha um bom mentor.

Em sua toca ao lado do tronco de árvore caído, os anciãos se preparavam para dormir.

– Qual é o problema *agora*? – Orelhinha resmungou, levantando a cabeça de seu ninho de musgo. – Será que não se pode ter um pouco de sossego por aqui?

Cauda Mosqueada ronronou, sonolento. – Não dê ouvidos a ele, Estrela de Fogo. Você é sempre bem-vindo.

– Obrigado – Estrela de Fogo miou. – Mas é com Caolha que eu quero falar.

Caolha estava enroscada em uma moita de samambaias no abrigo do tronco. Ela piscou o único olho e abriu a boca em um enorme bocejo. – Estou ouvindo, Estrela de Fogo. Mas seja breve.

– Preciso perguntar sobre nomes – e ele explicou que Cauda de Nuvem queria um novo nome para Rosto Perdido.

Ao som do nome da jovem, Cauda Sarapintada se aproximou e sentou-se para escutar. Ela cuidara de Rosto Perdido logo que foi ferida, e desenvolveram um forte vínculo.

– Não posso dizer que culpo Cauda de Nuvem – ela comentou quando Estrela de Fogo terminou. – Nenhum gato quer um nome como esse.

Caolha bocejou. – Eu já estava velha quando mudaram meu nome para Caolha – miou – e, para ser honesta, não me importo *como* me chamam, contanto que me tragam presa fresca na hora certa. Mas é diferente para uma jovem.

– Então, você pode me dizer o que fazer? – Estrela de Fogo pediu.

– Claro que posso. – Caolha levantou a cauda e o chamou. – Venha aqui, e ouça com atenção...

Choveu forte durante a noite. Quando Estrela de Fogo, ao amanhecer, saiu do acampamento com Pelo de Rato e Pata de Espinho, viu que a pouca neve que caíra já havia desaparecido. As samambaias e as moitas de capim estavam carregadas de orvalho, e as gotas brilhavam com a luz do novo dia que se espalhava. Tremendo, Estrela de Fogo estabeleceu um ritmo acelerado.

Ele via pelo brilho nos olhos de Pata de Espinho que o jovem estava loucamente animado, mas mantinha a calma, determinado a mostrar ao líder que estava pronto para ser um guerreiro. Pararam no topo da ravina, onde a brisa trazia um forte cheiro de camundongo. Pata de Espinho lançou um olhar indagador a Estrela de Fogo, que acenou que sim.

– Nós não estamos caçando – ele miou baixinho –, mas não vamos dizer não a um pouco de presa. Vamos ver você em ação.

Pata de Espinho congelou por um momento, percebendo o camundongo roçando entre as folhas de um arbusto. Furtivamente se arrastou na sua direção, agachando-se sem barulho na posição do caçador. Estrela de Fogo notou – e aprovou – ele ter se lembrado de que o camundongo seria sensível à vibração de seus passos; ele parecia quase flutuar. Em seguida, pulou e virou-se para Estrela de Fogo e seu mentor com triunfo nos olhos e o corpo inerte do camundongo pendurado na boca.

– Muito bem! – Pelo de Rato miou.

– Foi ótimo – Estrela de Fogo concordou. – Enterre-o agora, e viremos buscá-lo no caminho de volta.

Pata de Espinho jogou terra sobre sua presa, e Estrela de Fogo levou a patrulha em direção às Rochas das Cobras. Ele não tinha estado ali desde aquela manhã terrível em que descobrira o rastro de coelhos mortos deixados por Estrela Tigrada para atrair a matilha para o acampamento do Clã do Trovão. Sentiu gosto de bile na garganta ao se lembrar do cheiro de sangue, mas esta manhã ele apenas detectou os aromas comuns da floresta. Quando chegaram às Rochas das Cobras tudo estava silencioso. Os uivos e latidos que ele ouvira vindo da caverna eram agora pouco mais do que uma lembrança.

– Certo, Pata de Espinho – Estrela de Fogo miou, tentando não revelar o horror que ainda sentia por esse lugar. – Que cheiro você sente?

O aprendiz levantou a cabeça e abriu as mandíbulas para que o ar passasse por suas glândulas olfativas. Estrela de Fogo via que ele estava seriamente concentrado.

– Raposa – ele anunciou finalmente. – É antigo, no entanto... uns dois dias, eu acho. Esquilo. E... e apenas um vestígio de cão. – Ele lançou um olhar para o líder, que via que o jovem compartilhava suas apreensões. Pata de Espinho sabia, como todos, que esse era o lugar onde Pata Ligeira tinha morrido e Rosto Perdido tinha sido atacada.

– Mais alguma coisa?

– O Caminho do Trovão – Pata de Espinho respondeu. – E há algo... – Ele sorveu o ar novamente. – Estrela de Fogo, não entendo. Acho que sinto cheiro de gatos, mas não é o odor de nenhum gato dos clãs. Vem de lá. – Ele balançou a cauda. – O que você acha?

O líder respirou fundo e percebeu que o jovem estava certo. A brisa trazia um leve vestígio de odor de gato desconhecido.

– Vamos ver – Estrela de Fogo murmurou. – E tome cuidado. Pode ser apenas um gatinho de gente perdido, mas nunca se sabe.

À medida que os três caminhavam cautelosamente pelo mato, o cheiro ficava mais forte. Estrela de Fogo estava mais seguro agora quanto ao odor. – Vilões ou isolados – ele miou. – Três deles, eu acho. E o cheiro é recente. Devem ter acabado de passar.

– Mas o que estão fazendo em nosso território? – Pata de Espinho perguntou. – Você acha que são vilões de Estrela Tigrada? – Ele se referia ao bando de gatos sem clã que ajudaram Estrela Tigrada a atacar o Clã do Trovão durante seu exílio, antes que se juntasse ao Clã das Sombras.

– Não – respondeu Pelo de Rato. – Os vilões de Estrela Tigrada pegaram o odor do Clã das Sombras há muito tempo. Este deve ser um novo grupo.

– Quanto ao que estão fazendo – Estrela de Fogo acrescentou – gostaria de saber, também. Vamos segui-los. Pata de Espinho, você vai na frente.

Pata de Espinho estava sério agora, a sua empolgação em relação à cerimônia de guerreiro arrefeceu pela possível ameaça de um grupo de vilões. Ele fez o possível para seguir o cheiro, mas o perdeu em um trecho de terreno pantanoso, onde nem mesmo Estrela de Fogo conseguiu encontrá-lo novamente.

– Sinto muito, Estrela de Fogo – miou um cabisbaixo Pata de Espinho.

– Não é culpa sua. Se o cheiro se foi, se foi. – Ele levantou a cabeça, olhando na direção que a trilha os havia guiado. Era como se os desconhecidos estivessem indo para o Caminho do Trovão, ou talvez para o Lugar dos Duas-Pernas. Nos dois casos, saíam do território. Ele deu de ombros. – Vou dizer às patrulhas que fiquem de olho, mas espero que não haja motivo de preocupação. Você farejou muito bem, Pata de Espinho. – Virou-se para o jovem e acrescentou com um ronronar de aprovação: – Vamos voltar para o acampamento. Temos que preparar uma cerimônia de nomeação.

– Que todos os gatos com idade suficiente para pegar sua própria presa se reúnam aqui sob a Pedra Grande para uma reunião do clã!

Quase ao mesmo tempo Estrela de Fogo viu Pata de Espinho se aproximar com Pelo de Rato. Os gatos tinham se preparado para a cerimônia, o pelo marrom-dourado de Pata de Espinho brilhava na luz cinzenta da estação sem folhas, e parecia que ele ia explodir de orgulho.

Enquanto esperava pelos gatos do clã, Estrela de Fogo avistou Manto de Cinza vindo de sua toca. Listra Cinzenta estava com ela, e os dois, com as cabeças coladas, conversavam em voz baixa. Estrela de Fogo se perguntou como estava Castanha. Ele dera uma olhada rápida na toca da curandeira antes de sair com a patrulha do amanhecer. A jovem estava dormindo, e Manto de Cinza ainda não tinha como dizer se o corpo já expulsara o veneno. Estrela de Fogo decidiu ir ver Castanha de novo, assim que a cerimônia acabasse.

Ele bem percebeu Risca de Carvão saindo da toca dos guerreiros, seguido por Pelo de Musgo-Renda. Quando se sentaram em frente à Pedra Grande, um espaço se abriu ao redor deles. Nenhum gato queria ficar perto de Risca de Carvão. O guerreiro olhava para a frente com um sorriso de desdém, mas Estrela de Fogo via que ele estava ansioso como todos para saber se Castanha iria se recuperar.

Estrela de Fogo olhou para o restante do clã por um momento. Pata de Espinho se lembraria desse dia para o resto da vida, mas era especial para Estrela de Fogo também, porque Pata de Espinho seria sua primeira nomeação como líder.

Sua voz soou clara quando ele começou a cerimônia com as palavras que conhecia de sua própria cerimônia e de todas as outras a que tinha assistido. – Eu, Estrela de Fogo, líder do Clã do Trovão, conclamo meus ancestrais guerreiros para que contemplem este aprendiz. Ele treinou arduamente para compreender seu nobre código, e eu o entrego a vocês como guerreiro. – Virando-se para o aprendiz, Estrela de Fogo continuou: – Pata de Espinho, promete respeitar o Código dos Guerreiros e proteger e defender este clã, mesmo a custo de sua vida?

A resposta foi firme e confiante. – Prometo.

– Então, pelos poderes do Clã das Estrelas, dou a você seu nome de guerreiro. A partir de agora você será conhecido como Garra de Espinho. O Clã das Estrelas homenageia sua bravura e sua força, e nós lhe damos as boas-vindas como um guerreiro do Clã do Trovão.

O líder deu um passo à frente e repousou o focinho no alto da cabeça de Garra de Espinho, sentindo o novo guerreiro tremer de emoção. O jovem lambeu respeitosamente o ombro do líder, e trocaram um longo olhar em que felicidade e tristeza se misturavam. O líder sabia que o jovem estava se lembrando de seu companheiro de toca Pata Ligeira, morto antes de saber como era gratificante ser um guerreiro.

Quando Garra de Espinho recuou para se juntar aos demais guerreiros, Rosto Perdido deslizou até ele. – Garra de Espinho! – ela ronronou, passando a língua em sua orelha. Ela manteve a promessa de ser a primeira a cumprimentá-lo pelo seu novo nome de guerreiro, e sua voz tinha carinho e orgulho por essa conquista.

Cauda de Nuvem veio logo depois; cumprimentou Garra de Espinho e lançou um olhar interrogativo a Estrela de Fogo.

O líder fez-lhe um aceno de cabeça. Por alguns momentos, ele permitiu que o clã cumprimentasse o novo guerreiro entoando seu nome, e, em seguida, sinalizou com a cauda pedindo silêncio. Quando os gatos se acalmaram, ele miou:

– Antes que se vão, tenho mais uma coisa a dizer. Em primeiro lugar, quero homenagear o aprendiz que deveria estar aqui, recebendo o seu nome de guerreiro, juntamente com Garra de Espinho. Vocês todos sabem que Pata Ligeira encontrou a morte tentando caçar a matilha que nos ameaçou. O clã se lembrará disso para sempre.

Houve um murmúrio de concordância entre os gatos reunidos. Estrela de Fogo olhou para Rabo Longo, mentor do aprendiz morto; em seu rosto havia orgulho e tristeza.

– Além disso, quero agradecer em nome do clã a Pata de Avenca e Pata Gris. Eles mostraram a bravura dos guerreiros na corrida contra os cães, e, embora ainda sejam muito jovens para receber seus nomes de guerreiros, nós os homenageamos.

– Pata de Avenca! Pata Gris! – Os dois aprendizes pareciam encantados com os elogios dos companheiros de clã, e os olhos de Pelagem de Poeira brilhavam de prazer. Apenas Risca de Carvão, mentor de Pata de Avenca, permaneceu em silêncio, olhando friamente para a frente sem nem sequer se virar para olhar para seu aprendiz.

Estrela de Fogo esperou o barulho cessar. – Há mais uma cerimônia a realizar. – Ele balançou a cauda para chamar Rosto Perdido. Nervosa, ela deu um passo à frente e se pôs diante dele; Cauda de Nuvem a seguia, mantendo-se a mais ou menos uma cauda de distância.

Um murmúrio de surpresa atravessou a audiência. Muitos dos gatos, Estrela de Fogo percebeu, não sabiam o que estava prestes a acontecer. Fazia muitas estações que não havia uma cerimônia de mudança de nome de um guerreiro.

Lembrando-se do que Caolha lhe tinha dito, ele começou a falar. – Espíritos do Clã das Estrelas, vocês conhecem cada gato pelo nome. Peço-lhes agora para trocar o nome da gata que está diante de vocês, pois ele já não significa o que ela é.

Ele parou de falar e viu a jovem gata cor de gengibre e branco tremer, enquanto aguardava, sem nome, diante do Clã das Estrelas. O líder esperava que ela gostasse do nome que ele tinha escolhido, depois de muito pensar até ter certeza de ter acertado.

– Por minha autoridade como líder do clã – Estrela de Fogo anunciou – e com a aprovação de nossos ancestrais guerreiros, dou a essa gata um novo nome. A partir deste momento, ela será conhecida como Coração Brilhante, pois, embora seu corpo tenha sido gravemente ferido, honramos seu espírito corajoso e a luz que nela brilha.

Ele aproximou-se da recém-nomeada Coração Brilhante e, como tinha feito na cerimônia de guerreiro, colocou o focinho sobre sua cabeça. Ela respondeu como um guerreiro recém-nomeado, lambendo-lhe o ombro.

– Coração Brilhante! Coração Brilhante! – Um uivo ecoou ente os felinos reunidos.

Coração Brilhante fora uma aprendiz popular, e todo o clã tinha sofrido com seus ferimentos. Ela nunca seria uma guerreira no verdadeiro sentido da palavra, mas sempre haveria um lugar para ela no Clã do Trovão.

Estrela de Fogo levou a jovem até Cauda de Nuvem, que estava esperando. – Então? – perguntou ele. – Isso é justo o suficiente para você?

Cauda de Nuvem mal conseguiu responder; estava ocupado demais, focinho com focinho com Coração Brilhante e enrolando sua cauda na da amiga. – É perfeito, Estrela de Fogo – ele murmurou.

O olho bom da gata transbordava de felicidade, e ela estava ronronando tanto que era difícil falar, mas piscou sua gratidão a Estrela de Fogo. Ela carregara o fardo da raiva de Estrela Azul contra o Clã das Estrelas por muito tempo, e mesmo que jamais pudesse se tornar uma guerreira plena, tinha um nome do qual se orgulhava agora.

Estrela de Fogo engoliu em seco, a garganta embargada pela emoção. Eram momentos como esse que faziam valer a pena ser líder.

– Ouça, Estrela de Fogo – Cauda de Nuvem miou depois de um momento. – Coração Brilhante e eu vamos treinar juntos. Vamos trabalhar em uma técnica de luta que ela consiga realizar com apenas um olho e uma orelha. Quando estiver apta a lutar de novo, ela pode deixar os anciãos e vir morar conosco na toca dos guerreiros?

– Bem... – Estrela de Fogo não tinha certeza. Coração Brilhante nunca poderia ser uma guerreira plena porque não podia caçar sozinha, e estaria em séria desvantagem em uma luta. Mas era difícil resistir à sua determinação; além disso, o líder queria que ela fosse capaz de se defender e a seus companheiros de clã da melhor maneira possível. – Você ainda não tem um aprendiz, Cauda de Nuvem – ele concordou –, então tem tempo para usar com Coração Brilhante.

– Isso significa que podemos treinar juntos? – o sobrinho insistiu.

– Por favor, Estrela de Fogo – Coração Brilhante miou. – Quero ter alguma utilidade para o clã.

– Tudo bem – Estrela de Fogo concordou. De repente, teve uma ideia e acrescentou: – Se você trabalhar alguns novos movimentos, podemos ensiná-los aos outros. Coração Brilhante não é o primeiro guerreiro a se ferir assim, e não será o último.

Cauda de Nuvem miou concordando. Os dois jovens já estavam se afastando quando Nevasca, que tinha sido o mentor de Coração Brilhante, veio felicitá-la. E, para Estrela de Fogo, ele acrescentou: – Dei uma olhada em Castanha pouco antes da cerimônia. Ela estava começando a acordar. Manto de Cinza acha que ela vai se recuperar.

– Que ótima notícia! – Estrela de Fogo ronronou. Nevasca, lembrou, era o pai de Castanha. – Você acha que ela já está bem para nos dizer o que aconteceu?

– Você vai ter de perguntar a Manto de Cinza. Vá agora, vou ver as patrulhas.

Estrela de Fogo agradeceu e correu para a toca da curandeira.

Manto de Cinza encontrou-o na entrada do túnel de samambaia. – Eu ia procurá-lo – ela miou. Depois de ouvir as boas novas de Nevasca, o líder ficou surpreso ao ver a profunda ansiedade em seus olhos. – Castanha está acordada – ela continuou. – Ela vai ficar bem. Mas você precisa ouvir o que ela tem para contar.

# CAPÍTULO 10

Castanha estava enroscada em um ninho de musgo perto da entrada da toca de Manto de Cinza. Levantou a cabeça quando Estrela de Fogo se aproximou com a curandeira, mas seus olhos estavam pesados, e ela parecia ter dificuldades para se mover.

Tempestade de Areia estava agachada ao seu lado, de guarda. – Pobre pedacinho de gato – ela murmurou para Estrela de Fogo. – Ela quase morreu. Temos que fazer alguma coisa com Risca de Carvão.

A gata cor de gengibre parecia tão ansiosa quanto a curandeira; ela teria ouvido a história de Castanha também, Estrela de Fogo imaginou. Ele acenou com a cabeça. – Eu me ocupo de Risca de Carvão. – Instalando-se ao lado de Castanha, ele miou suavemente. – Fico feliz em ver que você está acordada, Castanha. Você pode me contar o que aconteceu?

A pequena casco de tartaruga piscou para ele. – Fuligem e Chuvisco estavam dormindo no berçário – ela começou com uma voz fraca. – Mas eu não estava com sono. Minha mãe não estava olhando, então fui brincar na ravina. Eu queria pegar um camundongo. Aí vi Risca de Carvão. Sua voz tremeu, e ela hesitou.

– Continue – Estrela de Fogo incentivou.

– Ele estava subindo a ravina sozinho. Eu sabia que ele deveria ter levado Pelo de Musgo-Renda com ele, e eu... eu me perguntei para onde estava indo. Eu o segui – me lembrei de quando ele levou Pata de Amora Doce e Pata de Açafrão do acampamento, e aí pensei que eu poderia ter uma aventura assim, também.

Estrela de Fogo sentiu uma pontada de tristeza ao lembrar como Castanha era sempre tão esperta e curiosa e se metia em encrencas por causa de sua coragem mal administrada. Esse pedacinho de gato não parecia tão aventureiro agora, e o líder só podia esperar que, com os cuidados de Manto de Cinza, ela voltasse a ser tão animada quanto antes.

– Eu o segui um por um longo caminho – Castanha continuou, parecendo um tanto orgulhosa de si. – Nunca estive tão longe do acampamento. Também me escondi de Risca de Carvão, ele não sabia que eu estava lá. E então ele se encontrou com outro gato, um que eu nunca tinha visto antes.

– Outro gato? Como ele era? Que cheiro tinha? – Estrela de Fogo a questionou com ansiedade.

Castanha parecia confusa. – Não reconheci o cheiro – ela miou. Seu nariz se enrugou. – Mas era nojento. Era um grande gato branco, maior do que você, Estrela de Fogo. E tinha patas negras.

O felino de pelagem vermelha olhou para ela ao perceber de quem se tratava. – Pé Preto! – ele exclamou. – O representante de Estrela Tigrada. Foi o cheiro do Clã das Sombras que você sentiu, Castanha.

– E o que Risca de Carvão estava fazendo, encontrando o representante do Clã das Sombras em *nosso* território? – Tempestade de Areia rosnou. – Isso é o que eu gostaria de saber.

– Então, o que aconteceu depois? – Estrela de Fogo insistiu.

– Fiquei com medo – Castanha admitiu, fixando o olhar nas patas. – Corri de volta para o acampamento, mas acho que Risca de Carvão me ouviu, porque ele me alcançou na ravina. Pensei que iria ficar com raiva porque eu estava espionando, mas ele me disse que eu era muito inteligente. Ele me deu algumas frutinhas vermelhas como um agradinho especial. Pareciam saborosas, mas quando as comi, comecei a me sentir muito mal... E não me lembro de mais nada, a não ser de acordar aqui.

Ela afundou a cabeça nas patas novamente quando terminou, como se contar aquela longa história a tivesse esgotado.

Manto de Cinza cutucou-a com o nariz suavemente, verificando sua respiração. – Aquelas eram frutinhas mortais – ela miou. – Você não deve nunca, nunca tocá-las novamente.

– Nunca mais, Manto de Cinza, eu prometo – murmurou a pequena.

– Obrigado, Castanha – Estrela de Fogo miou. Ele estava zangado, mas não surpreso ao descobrir que Listra Cinzenta estava certo o tempo todo. O verdadeiro choque foi a notícia de que Pé Preto tinha sido visto no território do Clã do Trovão, e que Risca de Carvão obviamente tinha combinado um encontro com ele.

– O que você vai fazer a respeito de Risca de Carvão? – perguntou Tempestade de Areia.

– Vou ter de interrogá-lo – Estrela de Fogo respondeu. – Mas não espero que me diga alguma coisa.

– Ele não pode ficar no Clã do Trovão depois disso – Tempestade de Areia observou, com a voz dura como pedra. – Conheço mais de um gato que lhe rasgaria a garganta por algumas caudas de camundongo.

– Deixe-o comigo – Estrela de Fogo miou com a cara séria.

Manto de Cinza ficou com Castanha, que já se ajeitava para dormir de novo, enquanto Estrela de Fogo voltava para a clareira principal com Tempestade de Areia. Muitos dos felinos ainda estavam lá, trocando lambidas após a reunião. Nevasca estava indo para o túnel de tojo com Flor Dourada e Rabo Longo.

A patrulha voltou e todos os gatos olharam para cima, impressionados, quando Estrela de Fogo pulou para o alto da Pedra Grande e convocou mais uma reunião. Seu olhar procurou Risca de Carvão, mas não havia sinal dele.

– Onde está Risca de Carvão? – ele miou para Listra Cinzenta, que se dirigia para a base da rocha.

– Na toca – Listra Cinzenta respondeu.

– Vá buscá-lo.

O gato cinza desapareceu na toca dos guerreiros, de onde saiu um momento depois com Risca de Carvão e Pelo de Musgo-Renda. Os três voltaram para a base da Pedra Grande, onde Risca de Carvão se sentou e olhou para Estrela de Fogo, com um sorriso de escárnio.

– E então? O que o nosso nobre líder quer agora?

Os olhos de Estrela de Fogo encontraram os dele. – Castanha acordou.

Por alguns tique-taques de coração Risca de Carvão sustentou o olhar, que só depois desviou. – Você convocou uma reunião de clã para nos contar isso? – O tom era de zombaria, mas seu pelo tinha se eriçado com a notícia.

– Gatos do Clã do Trovão. – Estrela de Fogo ergueu a voz. – Convoquei a todos para que possam testemunhar o que Risca de Carvão tem a dizer. Todos souberam o que aconteceu com Castanha ontem. Ela acordou, e Manto de Cinza diz que ela vai ficar bem. Ela me confirmou a história de Listra Cinzenta. Risca de Carvão realmente lhe deu frutinhas mortais. Então, Risca de Carvão – abaixou o olhar para o guerreiro de pelagem escura –, o que você tem a dizer em sua defesa?

– Ela está mentindo – Risca de Carvão replicou. Um silvo de raiva partiu de diversos gatos ao redor dele, que acrescentou bufando: – Ou ela se enganou. Os filhotes nunca ouvem o que se diz a eles. Ela, obviamente, não me ouviu direito quando lhe disse para não comer aquelas frutinhas.

– Ela não está mentindo, nem se enganou – Estrela de Fogo disse. – E ela me contou algo ainda mais interessante: você lhe deu as frutinhas mortais porque ela testemunhou seu encontro com Pé Preto, o representante do Clã das Sombras, em nosso território. Pode nos dizer o que isso significa?

Rosnados ainda mais furiosos vieram dos gatos do clã, e um deles, lá atrás na multidão, uivou: – Traidor! – Estrela de Fogo teve de fazer um sinal com a cauda pedindo silêncio, e só muito tempo depois os felinos enraivecidos se acalmaram novamente.

Risca de Carvão esperou até se fazer ouvir. – Não tenho de me justificar para um gatinho de gente – rosnou.

As garras de Estrela de Fogo arranharam a rocha sob suas patas, e ele se sentiu confortado ao constatar que elas estavam rijas. – É exatamente o que você tem de fazer. Quero saber o que você e Estrela Tigrada estão planejando. – Ele se forçou para dominar o pânico que de repente o inundou. – Risca de Carvão, você *sabe* o que Estrela Tigrada tentou fazer conosco. A matilha teria feito o clã inteiro em pedaços. Depois disso, que ideia foi essa de segui-lo?

Risca de Carvão, sem responder, não desviou o olhar quando o líder, ressentido, o encarou. Estrela de Fogo se lembrava de como o pegara na manhã em que a matilha atacou, tentando escapar do acampamento com os filhotes de Estrela Tigrada. Risca de Carvão sabia que Estrela Tigrada estava planejando algo; ele teria abandonado o restante do clã a uma morte terrível sem nem sequer tentar avisar os felinos. Era isso que valia sua lealdade ao Clã do Trovão.

Estrela de Fogo queria ser justo, de modo que nenhum gato, nem mesmo Risca de Carvão, pudesse acusá-lo de perseguir os antigos aliados de Estrela Tigrada. Mais ainda. Ele receava o que Risca de Carvão poderia fazer se deixasse o Clã do Trovão e ficasse livre para ir ao encontro de Estrela Tigrada. Mas ele não tinha escolha. O exílio era a única sentença possível para culpados de crimes desse tipo.

– Você poderia ter sido um guerreiro valoroso – ele continuou. – Eu lhe dei uma chance após outra de provar isso. Queria confiar em você, e...

– Confiar em mim? – Risca de Carvão o interrompeu. – Você jamais confiou. Pensa que eu não sei que você mandou aquele bobo cor de gengibre ficar de olho em mim? – Ele cuspiu as últimas palavras para Pelo de Musgo-Renda, ainda ao lado dele. – Você espera que eu viva o resto dos meus dias com uma sombra?

– Não. Eu esperava que você demonstrasse sua lealdade – Estrela de Fogo se agachou sobre a rocha e sustentou o olhar furioso de Risca do Carvão sem vacilar. – Este é o clã em que você nasceu, estes são os gatos com quem você cresceu. Isso nada significa para você? O Código dos Guerreiros diz que você deveria protegê-los com sua vida!

Quando Risca de Carvão se ergueu nas patas, Estrela de Fogo pensou ter visto o medo cintilando em seus olhos, como se o guerreiro nunca tivesse tido a intenção de romper definitivamente com o Clã do Trovão. Afinal de contas, ele não podia garantir ser bem recebido por Estrela Tigrada; ele se recusara a seguir o antigo representante ao exílio, e havia falhado em sua tentativa de levar Pata de Amora Doce e Pata de Açafrão ao pai antes do ataque dos cães. Estrela Tigrada não perdoava facilmente.

Mas não havia traço de medo ou arrependimento na voz de Risca de Carvão. – Este *não* é o meu clã – ele sibilou com desdém às expressões de choque dos guerreiros ao seu redor. – Não mais. O Clã do Trovão é liderado por um gatinho de gente, e não há mais nada pelo que lutar. Não tenho nenhuma lealdade ao Clã do Trovão. Em toda a floresta, o único gato que vale a pena seguir é Estrela Tigrada.

– Então, siga-o – Estrela de Fogo replicou. – Você não é mais um guerreiro do Clã do Trovão. Se for encontrado em nosso território após o pôr do sol de hoje, vamos tratá-lo como a qualquer inimigo. Vá agora.

O olhar furioso de Risca de Carvão sustentou o do líder por algum tempo, mas ele não respondeu. Sem pressa, deu-lhe as costas e foi em direção à entrada do acampamento. Os gatos nas proximidades recuaram quando ele passou.

– Você sabe o que o espera se tentar voltar – Cauda de Nuvem rosnou, arreganhando o lábio. Pele de Salgueiro nada disse, mas cuspiu, o pelo eriçado.

Assim que a ponta da cauda de Risca de Carvão desapareceu no túnel, um murmúrio de especulação eclodiu entre a multidão de gatos. Uma voz se levantou de forma clara.

– Risca de Carvão foi para o Clã das Sombras? – perguntou Pata de Açafrão.

Ela não tinha se juntado aos protestos do clã quando Estrela de Fogo tentou forçar Risca de Carvão a admitir sua culpa. Ao contrário, vira tudo com um encantamento silencioso, os olhos seguindo cada passo do guerreiro em direção ao túnel. Ela parecia chocada e enojada, mas algo em sua expressão Estrela de Fogo não conseguia decifrar.

Ele congelou com a pergunta. Essa aprendiz sabia que era filha do líder do Clã das Sombras. Ela entendia a extensão da traição de Risca de Carvão?

– Não sei – admitiu. – Ele pode ir aonde quiser. A partir de agora ele não é mais um membro do Clã do Trovão.

– Isso significa que poderemos bani-lo do território se o encontrarmos? – Nevasca perguntou.

– Sim, poderemos – Estrela de Fogo respondeu. Depois, dirigiu-se a todos os gatos: – Se detectarem o cheiro dele, ou de qualquer gato do Clã das Sombras, digam a mim ou a Nevasca. E isso me faz lembrar que esta manhã Garra de Espinho farejou gatos vilões em nosso território. Fiquem de olho e relatem tudo o que virem.

Dar as ordens o ajudou a se acalmar. Sentiu-se aliviado por ter, finalmente, se livrado de Risca de Carvão. Não haveria mais provocações do tipo gatinho de gente nem preocupações quanto ao fato de todos os assuntos do clã irem direto para Estrela Tigrada. Apesar de Estrela de Fogo estar preocupado com o que Risca de Carvão faria agora, havia mais ganho do que perda na partida do guerreiro de pelo escuro. No entanto, o líder ainda lamentava não ter conseguido conquistar sua lealdade.

– Ei, Estrela de Fogo! – A voz de Pelagem de Poeira tirou-o de seus pensamentos. – E Pata de Avenca? Está sem mentor.

– Obrigado, Pelagem de Poeira, vou tratar disso imediatamente. Pata de Avenca, venha até a pedra.

Pata de Avenca obedeceu, saindo de perto de Pelagem de Poeira para, com passos delicados, caminhar entre os gatos até chegar ao pé da Pedra Grande.

Estrela de Fogo olhou ao redor para conferir a presença de determinado guerreiro, e rapidamente pronunciou as palavras certas. – Rabo Longo, você está sem um aprendiz desde que Pata Ligeira morreu. Você foi um excelente mentor para ele, e espero que passe as suas habilidades para Pata de Avenca para completar sua aprendizagem.

Rabo Longo pulou nas patas, os olhos arregalados de surpresa e gratidão. Estrela de Fogo acenou-lhe com a cauda, esperando que, com a partida de Risca de Carvão, acabasse o resto da hostilidade entre ele e Rabo Longo. O guerreiro malhado poderia muito bem ser um bom membro do clã.

Ainda atordoado, Rabo Longo caminhou até Pata de Avenca e trocaram toques de nariz. A jovem abaixou a cabeça e os dois gatos se aproximaram de Pelagem de Poeira e Pata Gris.

Estrela de Fogo saltou da Pedra Grande. Agora que tudo tinha acabado, a exaustão se abatera sobre ele como uma patada de texugo. O que mais queria era se enroscar com seus amigos na toca dos guerreiros, para trocar lambidas e dormir. Mas, como líder, não podia fazer isso.

A traição de Risca de Carvão e o fato de os gatos do Clã das Sombras estarem em seu território reviveram as lembranças de sua cerimônia das nove vidas. Por que a montanha de ossos apareceu em seu sonho, além do rio de sangue que dela fluía? O que a profecia de Estrela Azul significava?

Desesperado por respostas, ele decidiu ir à toca de Manto de Cinza para ver se a curandeira havia recebido alguma orientação do Clã das Estrelas.

Para seu alívio, Tempestade de Areia já não estava em guarda; não queria que a gata o visse assim. Castanha dormia em seu ninho, e da boca da rocha partida vinham sons fracos de Manto de Cinza se movimentando lá dentro. Estrela de Fogo se aproximou e a viu reorganizando as pilhas de ervas medicinais e as frutinhas vermelhas que mantinha lá.

– Quase sem junípero... – ela murmurou. Em seguida, viu Estrela de Fogo. – Algum problema? O que aconteceu agora?

Mancando, a curandeira saiu da toca e se aproximou, cheirando-o ansiosamente quando sentiu odor de medo. – Estrela de Fogo, o que há de errado?

O líder sacudiu a cabeça para se livrar das preocupações. Foi um alívio começar do zero e contar a Manto de Cinza o sonho que teve ao lado da Pedra da Lua.

A curandeira se sentou ao lado dele e escutou em silêncio, sem deixar de fitá-lo.

– Estrela Azul me disse: quatro serão dois. Leão e tigre vão se enfrentar em batalha, e o sangue ditará as regras na floresta – Estrela de Fogo terminou. – E, em seguida, o sangue escorreu da montanha de ossos e começou a encher o vale. Sangue para todo lado... – Manto de Cinza, o que significa tudo isso?

– Não sei – ela admitiu. – O Clã das Estrelas não me mostrou nada disso. Assim como têm o poder de mostrar o que vai acontecer, podem optar por não compartilhar. Sinto muito, Estrela de Fogo, mas vou continuar pensando a respeito, e talvez em breve surja um fato que esclareça a situação.

Ela pressionou o nariz contra o pelo de Estrela de Fogo para confortá-lo, mas, apesar de estar grato por sua simpatia, ele não conseguia esquecer o terror do sonho. Que destino terrível lhe estava reservado? E mesmo sem que Manto de Cinza respondesse a essa pergunta, que esperança havia para o Clã do Trovão?

# CAPÍTULO 11

Estrela de Fogo saiu da floresta perto das Rochas Ensolaradas e fez uma pausa para sorver o ar. O sol nascia atrás dele, projetando longas sombras da floresta na direção do rio. Vários dias haviam se passado desde que Risca de Carvão deixara o Clã do Trovão, e até agora as patrulhas não tinham trazido nenhuma notícia dele, nem de gatos do Clã das Sombras no seu território. Mas a lembrança do sonho ainda estava muito nítida para que ele acreditasse que a ameaça do território além do Caminho do Trovão tinha acabado.

Listra Cinzenta e Garra de Espinho saíram das árvores atrás dele. – Você sente algum cheiro? – Listra Cinzenta perguntou.

Estrela de Fogo deu de ombros. – Somente gatos do Clã do Rio. Nada além do que eu esperava, tão perto da fronteira. Mas quero ter certeza de que não estiveram perto das Rochas Ensolaradas.

– Vamos renovar as marcas de cheiro – miou Listra Cinzenta. – Vamos, Garra de Espinho.

Enquanto seus amigos desapareciam nos barrancos entre as rochas, Estrela de Fogo permaneceu onde estava, sorvendo cuidadosamente o ar com suas glândulas olfativas. Embora preocupado com o Clã das Sombras, não se esquecera do Clã do Rio nem da ambiciosa líder, Pelo de Leopardo. Ela tentara retomar as Rochas Ensolaradas não muito tempo atrás, e o gato de pelo rubro não ficaria surpreso se ela voltasse a tentar.

Pouco depois ele percebeu um cheiro recente do Clã do Rio. Logo desconfiou e rodeou a base das rochas, só para relaxar alguns momentos mais tarde quando avistou Pé de Bruma. Estava sozinha, agachada na margem do rio, e, enquanto Estrela de Fogo observava, ela pegou um peixe fora da água e o matou com uma patada.

– Muito bem! – o líder Fogo elogiou.

Pé de Bruma se virou, o viu, e caminhou até a margem levemente inclinada que chegava à fronteira. O líder foi encontrá-la, feliz por ver que ela ainda parecia amigável, apesar do modo como deixara o acampamento do Clã do Trovão. Mas ele ficou preocupado ao notar que a gata estava muito mais magra do que quando a vira pela última vez, e se perguntou se alguma coisa ruim tinha acontecido após a revelação de que Estrela Azul era sua mãe.

– Como está, Pé de Bruma? Espero que não tenha havido nenhum problema.

– Comigo e com Pelo de Pedra? – ela respondeu, adivinhando seus pensamentos. Ela hesitou. – Pelo de Pedra contou ao clã a verdade sobre Estrela Azul – ela miou finalmente. – Alguns não gostaram. Um ou dois gatos não falam mais conosco, e a maioria está um pouco desconfortável.

– Sinto muito saber disso. – E Estrela de Leopardo? Ela disse alguma coisa?

– Eu diria que ela não ficou satisfeita. Ela nos apoiou diante do clã, mas acho que continua de olho em nós, para ter certeza de que ainda somos leais.

– É claro que vocês são leais! – Estrela de Fogo exclamou.

– Sim, e o restante do clã vai se dar conta disso, mais cedo ou mais tarde. Além do mais... – Pé de Bruma fez uma pausa, e então continuou: – Esse não é o pior dos nossos problemas.

– Como assim?

– Estrela Tigrada. – Pé de Bruma tremeu. – Ele visita Estrela de Leopardo regularmente, e não consigo saber por quê. Certamente estão planejando algo.

O líder estremeceu, abalado pelo medo. – Planejando o quê?

A gata de olhos azuis contraiu as orelhas. – Não tenho ideia. Estrela de Leopardo não contou a Pelo de Pedra, mesmo sendo ele seu representante. Mas há alguns guerreiros do Clã das Sombras instalados no nosso acampamento.

– *O quê?* Isso não deveria acontecer! Deve ser contra o Código dos Guerreiros!

Pé de Bruma deu de ombros, parecendo desanimada. – Tente dizer isso a Estrela de Leopardo.

– Mas o que eles estão fazendo lá?

– Estrela de Leopardo *diz* que eles estão conosco para que os clãs possam trocar métodos de treinamento e técnicas de combate, mas não vejo muito sinal disso. Tudo o que fazem é observar... É como se estivessem aprendendo tudo sobre nós, todos os nossos segredos e fraquezas. – O pelo de Pé de Bruma se eriçou como se estivesse vendo seus inimigos. – É por isso que eu vim aqui, para ficar longe deles por um tempo.

– Isso é terrível. O que Estrela de Leopardo está pensando?

– Quer a minha opinião? Ela quer fazer o melhor para o seu clã e acha que Estrela Tigrada é o líder mais forte da floresta; assim, ela se dispôs a ser sua aliada.

– Eu não acho que Estrela Tigrada tenha aliados – Estrela de Fogo alertou. – Somente seguidores.

Pé de Bruma concordou. – Eu sei. – Sentou-se, lambeu uma pata e passou-a duas ou três vezes pela orelha.

Estrela de Fogo imaginava se ela estava lamentando ter dito tanta coisa para um guerreiro de outro clã. – E as presas? – ele perguntou, esperando distraí-la. – Pelo menos o rio não congelou ainda.

– Ainda não. As presas estão escassas, mas isso não é novidade. – Pé de Bruma sacudiu as orelhas com desdém. – Afinal, é a estação sem folhas. E aqueles dois guerreiros de Estrela Tigrada não ajudam – acrescentou ela. – Eles se sentam lá no acampamento enchendo a barriga, mas nunca trazem muitas presas frescas.

Ela parou ao ouvir Listra Cinzenta uivando seu nome. Estrela de Fogo se virou e viu o amigo descendo o barranco aos pulos em direção a eles. Garra de Espinho vinha logo atrás.

– Olá, Pé de Bruma – disse, arquejando, Listra Cinzenta ao chegar. – Como estão Pata de Pluma e Pata de Tempestade?

– Eles estão bem – respondeu Pé de Bruma com um ronronar de boas-vindas para o seu antigo companheiro de clã. Embora a estada de Listra Cinzenta no Clã do Rio tivesse sido curta, eles tinham se tornado bons amigos, e Pé de Bruma estava sempre disposta a dar ao gato cinza notícias de seus filhotes. – Pata de Pluma está se transformando em uma grande lutadora. O Clã do Trovão terá que tomar cuidado quando ela se tornar guerreira.

Listra Cinzenta ronronou. – Bem, ela não poderia ter uma mentora melhor.

Estrela de Fogo recuou enquanto Listra Cinzenta e Pé de Bruma conversavam sobre os dois aprendizes. Garra de Espinho caminhou até ele e miou. – Já renovei as marcas de cheiro, Estrela de Fogo. Não há odor recente do Clã do Rio à volta das rochas.

– Isso é bom – Estrela de Fogo respondeu, embora desse atenção pela metade ao que o jovem guerreiro lhe dizia. As notícias de Pé de Bruma o perturbaram profundamente. Soava como se o Clã do Rio e o Clã das Sombras estivessem mais aliados do que nunca. E se Estrela Tigrada decidisse partir para a guerra, o Clã do Trovão ficaria preso entre eles.

*Ah, Clã das Estrelas*, Estrela de Fogo pensou, *mostre-me o que devo fazer agora.*

Depois da conversa com Pé de Bruma, Estrela de Fogo ordenou patrulhas extras, mas nada se relatou de anormal. Os dias correram pacificamente até chegar a hora da Assembleia.

O sol se punha por trás da sebe de espinhos quando Estrela de Fogo se sentou com Nevasca perto do canteiro de urtiga, compartilhando presas frescas antes da viagem.

– Quem você vai levar à Assembleia? – o guerreiro branco perguntou.

Estrela de Fogo engoliu um bocado de esquilo. – Você fica – respondeu ele. – Tenho certeza de que Estrela Tigrada vai fazer algum movimento, e quero que você proteja o acampamento. Vou deixar alguns guerreiros fortes, também.

– Você está certo. – Nevasca passou a língua ao redor da boca ao terminar um rato silvestre. – Estrela Tigrada pode ter falhado com a matilha, mas com certeza vai tentar outra coisa.

– Vou levar Pata de Avenca e Pata Gris – Estrela de Fogo decidiu. – E Garra de Espinho. Ele deve estar ansioso por sua primeira Assembleia como guerreiro. E Tempestade de Areia, Listra Cinzenta e Pele de Geada. Isso deve deixar você com bastante força de manobra caso Estrela Tigrada envie guerreiros para atacar.

– Você imagina que ele vai romper a trégua? – Nevasca perguntou.

Estrela de Fogo movimentou as orelhas. – Qual a sua opinião? Ele levou a matilha até nós, você acha que ele se preocuparia com uma bobagem como ignorar a vontade do Clã das Estrelas?

– Clã das Estrelas? – Nevasca bufou. – Estrela Tigrada se comporta como se nunca tivesse ouvido falar do Clã das Estrelas. – Ele fez uma pausa. – E os dois jovens aprendizes, os filhotes de Estrela Tigrada? Você quer levá-los?

Estrela de Fogo acenou que não. – Nem em cem luas. Você sabe o que vai acontecer, não é? Estrela Tigrada quer esses filhotes. Na última Assembleia, ele deu a Estrela Azul uma lua de prazo para decidir se iria entregá-los. O prazo se esgotou. Se Pata de Amora Doce e Pata de Açafrão estiverem lá, tenho certeza de que Estrela Tigrada não hesitará em tentar levá-los na próxima Assembleia.

– Nem eu. – Nevasca concordou. – Melhor deixá-los aqui, então?

Estrela de Fogo se assustou. – E não é? – Ele presumira que o Clã do Trovão iria insistir em seu direito de manter os dois aprendizes, mas se seu representante achasse que eles deviam entregar os jovens ao pai, Estrela de Fogo consideraria sua opinião com cuidado.

Mas Nevasca estava balançando a cabeça. – Não há dúvida de que eles são filhotes do Clã do Trovão. A mãe é do Clã do Trovão, assim como era seu pai, quando nasceram. O fato de Estrela Tigrada ter ido para o Clã das Sombras não altera isso. Mas, se quisermos mantê-los aqui, teremos de lutar por eles.

– Então, lutaremos – Estrela de Fogo miou, determinado. – Além disso, se aceitarmos humildemente entregá-los,

Estrela Tigrada poderá considerar um sinal de fraqueza. Ele começaria a fazer mais exigências antes que você pudesse dizer "gato".

– Verdade.

Estrela de Fogo comeu outra bocada de esquilo, estreitando os olhos enquanto pensava na Assembleia que se aproximava. – Você sabe, Nevasca – ele começou –, Estrela Tigrada não vai fazer tudo do jeito dele. Eu tenho novidades para a Assembleia, também. Como você acha que os outros clãs vão reagir quando eu contar que Estrela Tigrada tentou usar a matilha para nos destruir? Nem Cauda Partida foi tão cruel. Mesmo o *próprio* clã de Estrela Tigrada vai se voltar contra ele. Podem até mesmo bani-lo da floresta, e assim nos livraremos dele.

As orelhas de Nevasca se contraíram; para surpresa de Estrela de Fogo, o guerreiro branco não parecia tão otimista quanto ele esperava. – Talvez – ele miou –, mas não se surpreenda se não acontecer bem assim.

O líder o encarou. – Você acha que o Código dos Guerreiros permite que um gato faça outro clã ser estraçalhado por cães?

– Não, claro que não. Mas Estrela Tigrada sempre pode negar. Que provas nós temos?

Estrela de Fogo pensou seriamente nas palavras de seu representante. Um gato – Rabo Longo – vira Estrela Tigrada alimentar a matilha com um coelho. Vários felinos do clã tinham detectado o cheiro do gato malvado na trilha de coelhos. E Estrela Tigrada atacara Estrela de Fogo perto do desfiladeiro, para se certificar de que a matilha o pegasse e o empurrasse no abismo. Só a súbita chegada de Estrela Azul o salvara.

Pé de Bruma e Pelo de Pedra tinham testemunhado a presença de Estrela Tigrada perto do rio naquele dia, mas eles já estavam tendo problemas em seu próprio clã. Se falassem mal de Estrela Tigrada, seus companheiros poderiam não acreditar. Seria errado, Estrela de Fogo se deu conta, causar mais problemas para os jovens.

E todo o resto das provas se baseava apenas na palavra dos gatos do Clã do Trovão. Tanto o Clã do Vento quanto o Clã do Rio sabiam que tinha havido uma séria rixa entre Estrela Tigrada e seu clã de nascimento, o que tinha levado o antigo representante a partir. O malévolo felino poderia tentar fazer parecer que os gatos do Clã do Trovão estavam mentindo.

– Então, vamos ver em quem eles acreditam – Estrela de Fogo insistiu com raiva. – Nem todos pensam que Estrela Tigrada é um presente do Clã das Estrelas para a floresta. Não vai ser tudo do jeito dele.

– Esperamos que não. – Nevasca se levantou e se espreguiçou. – Você vai ter uma noite agitada, Estrela de Fogo. Vou dizer aos guerreiros que você decidiu ficar pronto.

Nevasca se afastou e Estrela de Fogo se agachou ao lado das urtigas, acabando de comer o esquilo. Haveria problemas na Assembleia. Era certo que Estrela Tigrada iria reivindicar seus filhotes, e o líder de pelo vermelho suspeitava que aproveitaria a oportunidade para revelar o segredo de Estrela Azul e ainda denunciar Pé de Bruma e Pelo de Pedra como gatos meio-clãs.

*Mas eu tenho muito a dizer, também,* pensou, afastando as dúvidas que Nevasca tinha levantado. *Quando eu terminar, nenhum gato na floresta, nem mesmo de seu próprio clã... confiará em Estrela Tigrada novamente.*

# CAPÍTULO 12

Estrela de Fogo parou no alto do vale antes de descer com seus gatos até a Assembleia. A noite estava calma. As nuvens se formavam no horizonte, e ele começou a se perguntar se o Clã das Estrelas iria esconder a Lua para mostrar que não era a sua vontade que a Assembleia se realizasse.

Mas, por enquanto, se via a Lua acima das nuvens, e o cheiro de gatos subia até Estrela de Fogo.

– Só o Clã do Vento até agora – murmurou Listra Cinzenta, agachado perto do amigo. – O que está impedindo os outros de virem?

Estrela de Fogo encolheu os ombros. – O Clã das Estrelas sabe. Pessoalmente, não me importo se Estrela Tigrada nunca aparecer.

Ele fez um sinal com a cauda e conduziu seus guerreiros enquanto desciam correndo por entre os arbustos até a clareira no centro do vale. Como Listra Cinzenta dissera, apenas os gatos do Clã do Vento estavam lá. Estrela de Fogo viu seu líder, Estrela Alta, sentado com seu representante, Pé Morto, perto da base da Pedra do Conselho.

– Saudações, Estrela de Fogo – Estrela Alta miou, abaixando a cabeça cortesmente quando o gato rubro se aproximou. – Orelha Rasgada me disse que encontrou você no caminho para Pedras Altas. Sentimos muito por Estrela Azul.

– Estamos muito sentidos – Estrela de Fogo respondeu, inclinando por sua vez a cabeça. – Ela foi uma nobre líder.

– Mas você vai ser um sucessor à altura – miou o gato preto e branco, surpreendendo pelo calor de suas palavras. – Você tem servido bem ao seu clã.

– Eu... eu espero servir ainda melhor no futuro – Estrela de Fogo gaguejou.

Estrela Alta respondeu com um aceno de cabeça e pulou para o topo da pedra. Antes de segui-lo, Estrela de Fogo olhou à volta para os seus gatos. Eles já estavam circulando entre os guerreiros do Clã do Vento e começavam a trocar novidades. Estrela de Fogo ficou satisfeito ao ver que os dois clãs pareciam cordiais, apesar do recente conflito a respeito de presas desaparecidas. Preocupado com o Clã das Sombras e com o Clã do Rio, era bom pensar que poderia encontrar aliados no Clã do Vento.

Acenando com a cauda em direção a Bigode Ralo e seu aprendiz, Pata de Tojo, que estavam se acomodando para conversar com Tempestade de Areia, Estrela de Fogo pulou para ficar ao lado de Estrela Alta no topo da Pedra do Conselho.

Ele tinha estado aqui antes, quando substituíra Estrela Azul, doente após o incêndio, mas ainda não estava acostumado a ver seus gatos de tão alto, os olhos brilhando por causa do pálido luar neles refletido. A tensão de Estrela de Fogo aumentava à medida que pensava o que estava por vir, o confronto com Estrela Tigrada que certamente iria acontecer antes de a Lua se pôr.

– O Clã das Sombras e o Clã do Rio estão atrasados – ele comentou.

Estrela Alta mexeu as orelhas concordando. – As nuvens ameaçam a Lua – ressaltou. Um traço de ansiedade cruzou seu rosto. – Talvez o Clã das Estrelas esteja zangado.

Olhando para cima, Estrela de Fogo viu que as nuvens que havia notado anteriormente estavam se espalhando mais longe no céu.

O ar cheirava a umidade, e seu pelo se arrepiava com a expectativa. Estrela de Fogo se perguntou o que significaria o Clã das Estrelas esconder a Lua, deixando Estrela Tigrada traçar seu complô até a próxima Assembleia.

– Estrela Alta – começou, decidindo que chegara o momento de confiar no líder do Clã do Vento e pedir seu conselho. – Estou preocupado com o que Estrela Tigrada pode estar planejando...

Não conseguiu terminar. Um uivo triunfante vindo do alto do vale o interrompeu, e um tique-taque de coração depois mais gatos chegaram correndo à clareira, pois o Clã das Sombras e do Clã do Rio chegaram juntos, os felinos agitados. Estrela Tigrada alcançou o topo da Pedra do Conselho em um único salto, e Estrela de Leopardo subiu aos tropeços para o lado dele.

– Gatos de todos os clãs! – Estrela Tigrada conclamou, sem nem sequer cumprimentar Estrela Alta e Estrela de Fogo ou discutir qual líder falaria primeiro. – Tenho novidades para vocês. Ouçam bem, pois uma grande mudança está para acontecer na floresta.

Estrela de Fogo, confuso, olhava para o líder do Clã das Sombras. Quando Estrela Tigrada mencionou novidades pela primeira vez, pensou por um momento que ele estava se referindo à origem meio-clã de Pé de Bruma e Pelo de Pedra. No entanto, isso não mereceria uma chegada tão espetacular nem se tratava de grande mudança.

Abaixo, na clareira, um silêncio mortal. Todos os gatos olhavam para a Pedra do Conselho, os olhos arregalados enquanto esperavam que Estrela Tigrada explicasse. Cada fio de pelo de Estrela de Fogo começou a se eriçar, sem ele saber se era devido à tensão dos guerreiros reunidos ou às nuvens de chuva ameaçadoras.

– Grande mudança – Estrela Tigrada repetiu. – E o Clã das Estrelas me mostrou que cabe ao Clã das Sombras preparar cada gato na floresta para ela.

– Cada gato? – Estrela de Fogo ouviu o murmurar silencioso de Estrela Alta. O líder do Clã do Vento deu um passo adiante. – Estrela Tigrada...

– O Clã das Sombras tem a proteção do Clã das Estrelas – Estrela Tigrada continuou, ignorando a interrupção. – Somos abençoados porque sobrevivemos à doença, e eu recebi a bênção de nossos ancestrais guerreiros porque, acima de tudo, é meu dever restaurar o clã e torná-lo grande novamente.

*Ah, é?* Estrela de Fogo pensou. Ele se recusava a acreditar que o Clã das Estrelas mostrara preferência por Estrela Tigrada depois de tudo o que ele tinha feito ao seu clã de nascimento. Olhando a clareira embaixo, procurou por Nariz Molhado. O curandeiro do Clã das Sombras tinha feito o melhor possível para apoiar seu clã durante a malfadada liderança de Manto da Noite, e Estrela de Fogo achava que ele não estava totalmente satisfeito com o novo líder. Ele se perguntava o que Nariz Molhado acharia da declaração de Estrela Tigrada, mas, embora procurasse cuidadosamente por toda a clareira, não viu sinal do curandeiro.

*Deixado em casa*, Estrela de Fogo se perguntou, *para não poder negar o que Estrela Tigrada reivindica.*

Ao mesmo tempo, notou também a ausência de Pelo de Pedra e se perguntou se o representante do Clã do Rio estaria com problemas por ser meio-clã e pela sua opinião quanto à aliança de seu clã com Estrela Tigrada.

Um gato que Estrela de Fogo avistou na clareira abaixo foi Risca de Carvão. O antigo guerreiro do Clã do Trovão estava sentado ao lado de Pé Preto, o representante do Clã das Sombras, e seus olhos brilhavam de admiração ao fitarem Estrela Tigrada. Estava claro que ele tinha ido direto ao encontro de seu velho aliado depois de ser expulso do Clã do Trovão.

– Todos vocês sabem – Estrela Tigrada continuou – que as mudanças já começaram, mudanças indesejáveis, além do nosso controle. Na última estação sem folhas grande parte da floresta foi coberta pelas enchentes. Um incêndio varreu o território do Clã do Trovão. – Ao fazer essa menção, olhou rapidamente para Estrela de Fogo, que adoraria arrancar com as garras o ar de arrogância da cara do inimigo. – Cada vez há mais Duas-Pernas mudando para o nosso território. A vida está cada vez mais difícil, e a floresta muda à nossa volta; devemos mudar para enfrentar a crise.

Uivos de apoio surgiram abaixo, embora Estrela de Fogo tenha percebido que só se manifestaram os gatos do Clã das Sombras e do Clã do Rio. Os guerreiros do Clã do Trovão e do Clã do Vento trocavam olhares atordoados, como se não conseguissem entender o que Estrela Tigrada tentava dizer. O líder de pelo rubro estava muito chocado. Tinha certeza de que Estrela Tigrada revelaria o segredo de Pé de Bruma e Pelo de Pedra na Assembleia, e exigiria do Clã do Trovão os seus filhotes, Pata de Amora Doce e Pata de Açafrão. Estrela de Fogo havia se preparado, mas agora tinha que enfrentar um desafio completamente diferente.

– O Clã das Estrelas me mostrou o caminho. – Estrela Tigrada miou com um olhar para o céu, onde as nuvens de tempestade ficavam cada vez mais espessas. – Para sobreviver às dificuldades, precisamos nos unir. Sendo quatro clãs, desperdiçamos as nossas energias lutando uns contra os outros. Sendo um, seremos fortes. Devemos nos unir!

Um silêncio total se seguiu às suas palavras. Estrela de Fogo ouvia uma leve brisa agitando os galhos desfolhados dos quatro carvalhos e, ao longe, um remoto som de trovão. Ele ficou boquiaberto com Estrela Tigrada. Um único clã na floresta? Quando o Clã das Estrelas sempre determinou que deveria haver quatro?!

– Estrela de Leopardo já concordou em juntar o Clã do Rio com o Clã das Sombras – Estrela Tigrada lhes disse. – Seremos líderes conjuntos de um clã maior, que será conhecido como Clã do Tigre.

*Líderes conjuntos?* Estrela de Fogo não acreditou naquilo nem por um segundo. Estrela Tigrada jamais partilharia a sua liderança.

Então Estrela Tigrada se virou para Estrela de Fogo e Estrela Alta. – Viemos convidá-los a se juntar ao novo clã – ele miou, seus olhos cor de âmbar brilhando. – Governemos a floresta juntos em amizade e paz.

Antes que ele terminasse de falar, Estrela Alta se adiantou, o pelo eriçado de forma agressiva. Mas não se dirigiu a Estrela Tigrada, e sim a todos os gatos na clareira.

– Clã do Tigre era o nome de um dos grandes clãs dos tempos antigos. – Sua voz soava forte e clara, como se ainda fosse jovem. – Estrela Tigrada não tem o direito de usá-lo agora. Nem tem o direito de alterar o número de clãs na floresta. Temos vivido como quatro clãs por inúmeras estações, seguindo o Código dos Guerreiros recebido do Clã das Estrelas. Deixar de lado as antigas tradições seria uma calamidade. – Virou-se para Estrela Tigrada. – Prefiro morrer a juntar meu clã ao seu! – sussurrou.

Estrela Tigrada abriu e fechou os olhos devagar. Estrela de Fogo notou neles um brilho perigoso, mas sua voz estava calma ao responder. – Estrela Alta, eu entendo. Trata-se de questões importantes, e um gato mais velho como você vai precisar de tempo para ver que o que estou sugerindo é para o bem de todos os nossos clãs.

– Eu não sou tão velho a ponto de ter perdido meu juízo, seu pedaço de cocô de raposa! – Estrela Alta rosnou.

Estrela Tigrada achatou as orelhas, mas manteve a calma. – E o que acha o novo líder do Clã do Trovão? – zombou ele. Todo o ódio que já sentira em relação ao guerreiro cor de fogo estava contido nessas palavras, e até mesmo o ar parecia arder.

As veias de Estrela de Fogo palpitavam como se estivessem cheias de gelo quando ele imaginava o futuro. Seu território e o de Estrela Alta ficavam entre o de Estrela Tigrada e Estrela de Leopardo. Com o Clã das Sombras e o Clã do Rio em aliança, os dois clãs restantes poderiam ser esmagados.

Estrela de Fogo percebeu que, abaixo, um mal-estar se espalhou entre os guerreiros do Clã do Trovão e os do Clã do Vento. Tempestade de Areia estava de pé nas patas, uivando. – Nunca, Estrela de Fogo, nunca! – mas alguns gatos do Clã do Vento falavam entre si nervosamente, como se estivessem considerando a proposta de Estrela Tigrada. O guerreiro malhado escuro tinha sido inteligente, Estrela de Fogo constatou. Muito do que ele tinha dito era verdade

– os tempos estavam mais difíceis, por todas as razões que ele dera. Talvez alguns gatos acreditassem que seus problemas poderiam ser resolvidos unindo-se os clãs. Mas Estrela de Fogo estava convencido de que os gatos da floresta só poderiam cumprir seu destino se houvesse quatro clãs. E mesmo que tivesse considerado por um segundo a ideia de unir todos em um, ele a rejeitaria se Estrela Tigrada se tornasse o líder do novo clã.

– Bem, Estrela de Fogo – Estrela Tigrada retumbou, com outro rápido olhar para o céu escuro de tempestade. – Você perdeu a língua?

O gato rubro deu alguns passos até Estrela Alta. – Nunca vou deixar você tomar o meu clã – ele cuspiu para Estrela Tigrada.

– Tente tomar – Estrela Alta provocou. – Se conseguir.

– Tomar seus clãs? – Os olhos cor de âmbar da Estrela Tigrada se arregalaram por um instante; ele parecia quase genuinamente magoado. – Eu vim aqui em paz, com um plano para ajudar a todos nós. Estrela Alta, Estrela de Fogo, quero que vocês reconheçam que esta é a decisão certa, e venham a mim de boa vontade. Mas não demorem – acrescentou com uma pitada de ameaça na voz. – O Clã das Estrelas não vai esperar para sempre.

Estrela de Fogo fervia de raiva. Como Estrela Tigrada se atrevia a alegar que sua tentativa de assumir toda a floresta era a vontade do Clã das Estrelas?

Deu as costas para o líder do Clã das Sombras e caminhou até a frente da rocha, de onde poderia ver os gatos reunidos. Tinha chegado o momento de falar. Quando terminasse, Estrela Tigrada seria visto como o que realmente era: um assassino que derramaria o sangue de inúmeros gatos para conseguir o que queria. Que Estrela de Leopardo visse o tipo de gato em quem ela confiara!

– Gatos do Clã do Vento, do Clã do Rio e do Clã das Sombras! – Estrela de Fogo miou. – Não posso calar por mais tempo. Vocês não podem confiar em Estrela Tigrada mais do que vocês confiariam em um texugo encurralado...

Com o canto do olho, viu um movimento rápido de Estrela Tigrada, um conjunto de músculos sob o pelo malhado ondulando; mas, em seguida, o líder do Clã das Sombras olhou para o céu de novo, se controlou, e continuou a ouvir com proposital indiferença.

– Sei que muitos devem se perguntar por que Estrela Tigrada deixou o Clã do Trovão – Estrela de Fogo continuou. – Querem saber a verdade? Esse gato é perigoso e sedento de poder, e está disposto a matar para conseguir o que quer.

Ele se calou quando um relâmpago riscou o céu, uma garra ardente de fogo branco que lambeu a floresta. O trovão retumbou acima das cabeças, abafando as palavras de Estrela de Fogo, como se a própria Pedra do Conselho estivesse sendo rasgada.

– Um sinal! Um sinal! – Estrela Tigrada uivou. Ele fitou o céu, os olhos amarelos brilhando à luz da Lua que ainda cintilava entre as nuvens. – Agradeço ao Clã das Estrelas por nos mostrar a sua vontade. A Assembleia está encerrada.

Dando um comando para que seus gatos o seguissem, ele preparou seus músculos para pular da Pedra do Conselho. Antes de saltar, virou a cabeça, os olhos apertados de ódio. – Que azar, gatinho de gente – ele cuspiu. – Pense na minha proposta. É sua última chance de salvar aqueles infelizes.

Antes que Estrela de Fogo tivesse a chance de responder, o líder do Clã das Sombras lançou-se da Pedra do Conselho e desapareceu nos arbustos que ladeavam o vale. Os gatos do Clã das Sombras correram atrás dele. Estrela de Leopardo desceu e reuniu os guerreiros do Clã do Rio.

Estrela de Fogo e Estrela Alta se olharam, chocados e perplexos, quando caiu outro relâmpago. Uma rajada de vento fustigava a rocha, quase carregando o líder de pelagem vermelha, e chovia muito quando a tempestade começou.

Quase cego pela chuva cortante, Estrela de Fogo meio pulou, meio escorregou pela lateral da rocha, e disparou pelo campo aberto em direção aos arbustos, chamando seus guerreiros. Momentos depois, estava agachado sob um espinheiro com Listra Cinzenta e Tempestade de Areia amontoados perto dele. Sacudindo a chuva do pelo, olhou em volta à procura de Estrela Alta, mas o líder do Clã do Vento não o tinha seguido.

A chuva batia no chão com tanta força que as gotas se dispersavam formando uma névoa. Os quatro carvalhos perdiam galhos e gemiam com o vento. Gramíneas e samambaias eram destruídas pela fúria da tempestade. Mas o caos na clareira não era pior do que o caos na mente de Estrela de Fogo.

– Não acredito! – ele miou, erguendo a voz acima do vento uivante. – Jamais pensei que Estrela Tigrada ousaria reivindicar o poder sobre toda a floresta.

– Mas o que podemos fazer? – perguntou Listra Cinzenta. – Você não conseguiu contar a verdade sobre Estrela Tigrada.

– Estrela de Fogo não tem culpa de o temporal ter começado – Tempestade de Areia observou, os pelos se eriçando.

– Tarde demais para se preocupar com isso – Estrela de Fogo lhes disse. – Temos que decidir o que fazer a seguir.

– O que há para decidir? – rosnou Tempestade de Areia. A luz da batalha brilhava em seus olhos verdes. – Nós lutaremos, é claro, até conseguirmos banir aquele pedaço de carniça da floresta para sempre.

Estrela de Fogo concordou. Embora nada dissesse, não parava de pensar na profecia de Estrela Azul durante o seu sonho na Pedra da Lua.

*Quatro serão dois. Leão e tigre vão se enfrentar em batalha. Tigre deve significar o novo Clã do Tigre, mas quem ou o que é... Leão*? Estrela de Fogo deixou a pergunta de lado ao lembrar as palavras ameaçadoras de Estrela Azul.

*O sangue ditará as regras na floresta.*

# CAPÍTULO 13

A TEMPESTADE LOGO ACABOU. ESTRELA DE FOGO levou seus gatos para casa por uma floresta onde cada galho e samambaia pingava água sob o céu que se abria. O Tule de Prata brilhava intensamente, e o líder ergueu os olhos e proferiu uma oração silenciosa: *Grande Clã das Estrelas, mostre-me o que fazer.*

Começou a se preocupar se, na sua ausência, Estrela Tigrada tinha enviado guerreiros para atacar o acampamento. Seria uma forma de enfraquecer o Clã do Trovão para que Estrela de Fogo não tivesse escolha e se aliasse ao Clã do Tigre com os sobreviventes. Sentiu-se aliviado quando saiu do túnel de tojo e viu que tudo estava em paz.

Nevasca levantou-se do posto de sentinela à porta da toca dos guerreiros e foi até o líder. – Você voltou mais cedo. Estava me perguntando se aquelas nuvens de tempestade iriam encobrir a Lua.

– Sim. Mas foi pior do que isso.

– Pior? – Os olhos do gato branco se arregalaram quando Estrela de Fogo contou o que tinha acontecido na Assembleia pouco antes de os trovões e relâmpagos impedirem sua revelação. Mais gatos se juntaram a eles, e o líder de pelo rubro percebeu os miados chocados quando contou os planos de Estrela Tigrada.

– Quando a tempestade irrompeu, Estrela Tigrada disse que era um sinal do Clã das Estrelas de que ele era o escolhido. Ele e Estrela de Leopardo partiram, de modo que a Assembleia se desfez.

– Poderia muito bem ter sido um sinal – miou Nevasca, pensativo –, mas mostrando que o Clã das Estrelas está zangado com Estrela Tigrada.

– Manto de Cinza, o que você acha? – Estrela de Fogo perguntou à curandeira, que tinha ouvido toda a história com profunda inquietação nos olhos azuis.

– Não sei – admitiu. – Se fosse um sinal, significaria que o Clã das Estrelas impediu você de contar a verdade sobre Estrela Tigrada, o que é difícil de acreditar. – Encolheu os ombros. – Há momentos em que uma tempestade é apenas uma tempestade.

– Foi um azar para o Clã do Trovão, então – murmurou Rabo Longo.

– Eu queria ter estado lá – Cauda de Nuvem rosnou. – Eu teria arrancado a garganta de Estrela Tigrada. Acabaria o problema.

– Nesse caso, foi bom você não estar lá – Estrela de Fogo replicou. – Atacar um líder de clã em uma Assembleia? Isso deixaria o Clã das Estrelas muito zangado.

O jovem estreitou os olhos e lançou ao tio um olhar cheio de desafio. – Se o Clã das Estrelas é tão poderoso, por que não faz alguma coisa para nos ajudar, então?

– Talvez faça – Coração Brilhante sugeriu com delicadeza.

– Então, o que vamos fazer? – perguntou Pelo de Rato. Ela alternava o peso em uma pata e outra, como se quisesse sair correndo do acampamento e enfrentar os inimigos imediatamente. – Você não está pensando em ingressar nesse... Clã do Tigre, não é?

– Nunca – Estrela de Fogo assegurou. – Mas precisamos de tempo para pensar e descansar. – Ele bocejou e se espreguiçou. – Por enquanto, vamos precisar de patrulhas extras. Algum voluntário para sair de madrugada?

– Eu vou – Pelo de Rato se ofereceu no mesmo instante.

– Obrigado – miou Estrela de Fogo. – Mantenha a vigilância ao longo da fronteira com o Clã das Sombras. E se virem qualquer guerreiro de Estrela Tigrada, já sabem o que fazer.

– Ah, *sim.* – Cauda de Nuvem mostrou-se ansioso. – Também vou! Quem sabe arrumo um pouco de pelo do Clã das Sombras para afofar meu ninho.

Estrela de Fogo não tentou pôr à prova a hostilidade do jovem guerreiro. Nenhum gato poderia duvidar da lealdade de Cauda de Nuvem em relação ao Clã do Trovão, embora desdenhasse o Clã das Estrelas e o Código dos Guerreiros.

Nevasca chamou Pelo de Musgo-Renda e Garra de Espinho para também se juntarem à patrulha e os quatro foram descansar um pouco antes do amanhecer. Um por um, os demais foram para suas tocas. Estrela de Fogo tinha consciência do seu choque e do medo que mal conseguiam esconder.

Finalmente, ficaram apenas o líder e Manto de Cinza. Ele soltou um longo suspiro e murmurou: – Será que algum dia isso vai acabar?

Manto de Cinza pressionou o rosto contra o dele em sinal de apoio. – Não sei. Está nas patas do Clã das Estrelas. – Ela estreitou os olhos. – Mas às vezes não acredito que possa haver paz na floresta até que Estrela Tigrada esteja morto.

– Certo – Estrela de Fogo miou. – Venha me atacar.

Na distância de algumas caudas de raposa, Pata de Amora Doce se agachou. O líder esperou enquanto o aprendiz começava a rastejar na sua direção, os olhos cor de âmbar de um lado para outro, como se ele escolhesse o melhor lugar para atacar.

Um segundo depois o jovem lançou-se no ar. Mas o mentor estava pronto. Deslizando rapidamente para um lado, deu uma cabeçada na lateral do aprendiz enquanto descia; perdeu o equilíbrio e rolou, as patas levantando poeira.

– Você vai ter de ser mais rápido do que isso – Estrela de Fogo lhe disse. – Não dê ao inimigo tempo para pensar.

Pata de Amora Doce se levantou, cuspindo areia, e imediatamente pulou de novo. Com as patas estendidas atingiu a lateral da cabeça do líder, empurrando-o para o lado, liberando as próprias patas, presas sob o corpo de Estrela de Fogo. Pata de Amora Doce o imobilizou, seu nariz quase tocando o do gato de pelo avermelhado.

– Assim? – ele perguntou.

Estrela de Fogo o empurrou. – Deixe-me levantar, seu grande boboca. – O líder sacudiu a areia do pelo. – Isso, é assim mesmo. Você está evoluindo bem.

Os olhos do aprendiz brilharam, e Estrela de Fogo pareceu ver um jovem Estrela Tigrada, mas como ele devia ter sido: forte, hábil, corajoso e, claro, ambicioso, mas no jovem a ambição parecia se concentrar, queria ser o melhor guerreiro a serviço de seu clã.

Estrela de Fogo não conseguiu resistir e soltou um ronronar de satisfação. Em meio a todos os problemas que afligiam o Clã do Trovão, era um alívio dar uma escapadinha e levar seu aprendiz para uma sessão de treinamento.

Mas as próximas palavras do jovem lembraram a ele suas responsabilidades de maior peso. – Estrela de Fogo, eu queria perguntar... por que todos acham que seria tão ruim fazer parte do Clã do Tigre?

– *Como*? – O líder sentiu uma onda de raiva, mal podia acreditar que tinha ouvido aquela pergunta.

Pata de Amora Doce vacilou, mas continuou, sem deixar de encarar o mentor. – Pata Gris me contou o que Estrela Tigrada disse. É verdade que os tempos estão difíceis. Todos se queixam da falta de presa e de que há cada vez mais Duas-Pernas na floresta. Além disso, o Clã do Tigre será o mais forte se o Clã do Rio se juntar com o Clã das Sombras. Não faria sentido unir-se a eles?

Estrela de Fogo respirou fundo. Afinal, ele fizera perguntas como essas quando chegou à floresta, sem entender por que deveria haver rivalidade e lutas entre os clãs. Sentou-se ao lado do jovem. – Não é tão simples assim – ele miou. – Por um lado, sempre houve quatro clãs na floresta. Por outro, isso significaria o fim do Clã do Trovão.

– Por quê?

– Porque não podemos acreditar em Estrela Tigrada quando diz que os quatro líderes governariam em conjunto. – O líder tentou ser suave, lembrando-se de que estava falando do pai do jovem, mas não havia como esconder a verdade nua e crua. – Estrela Tigrada assumiria o controle. Perderíamos tudo o que nos torna o Clã do Trovão.

Por alguns instantes Pata de Amora Doce ficou em silêncio. Então ele miou: – Entendo. Obrigado, Estrela de Fogo. Era o que eu queria saber.

– Então vamos continuar. – O gato de pelo rubro se levantou. – Há um movimento que você pode achar útil...

Mas, durante a sessão de treinamento, descobriu que seu otimismo a respeito da lealdade de Pata de Amora Doce tinha começado a diluir.

Terminado o exercício, Estrela de Fogo mandou o aprendiz caçar para os anciãos. Ele já ia voltar para o acampamento quando Cauda de Nuvem apareceu aos pulos, seguido de perto por Coração Brilhante.

– Estrela de Fogo! Vamos praticar os movimentos de luta de Coração Brilhante. Quer ver como ela está se saindo?

– Sim, é claro, vamos lá. – Mesmo com as feridas curadas, Estrela de Fogo achava difícil pensar em Coração Brilhante como um gato de luta. Não conseguia imaginar que um dia ela seria capaz de ir para o campo de batalha com seu clã. Mas, desde que mudara de nome, ela parecia muito mais feliz e confiante, e ele queria encorajá-la ao máximo.

Os dois jovens correram para o meio do vale. Por alguns tique-taques de coração, ficaram andando em círculos, depois Cauda de Nuvem correu e, com as garras desembainhadas, deu golpes no rosto da amiga, do lado que não enxergava. Ela rolou com o impacto e Estrela de Fogo ficou tenso, imaginando o dano que um inimigo com garras desembainhadas causaria com um golpe violento.

Mas, em vez de rolar para longe de Cauda de Nuvem, Coração Brilhante deu impulso em sua direção, enredando suas patas nas dele, fazendo-o perder o equilíbrio. Estrela de Fogo retesou as orelhas com interesse enquanto os dois jovens se embolavam no chão; de repente Coração Brilhante imobilizou o amigo, a pata em seu pescoço.

– Nunca vi isso antes – Estrela de Fogo miou, indo se juntar a eles quando Coração Brilhante liberou o jovem guerreiro branco, que se levantou e sacudiu a areia do pelo. – Coração Brilhante, tente comigo.

Parecendo nervosa, ela o encarou. Estrela de Fogo achou mais difícil do que pensava aproximar-se de seu lado cego; a jovem se movia para a frente e para trás, forçando-o a mudar de posição. Quando, finalmente, ele pulou, ela deslizou sob as patas estendidas do líder e deu-lhe uma rasteira, do mesmo modo como surpreendera Cauda de Nuvem. Por alguns tique-taques de coração eles lutaram até que, por fim, Estrela de Fogo conseguiu imobilizá-la. Mais difícil do que parece, não é? – Cauda de Nuvem miou, dando voltas ao lado deles com uma expressão de prazer.

– Com certeza. Muito bom, Coração Brilhante. – O líder deixou a gata se levantar; seu olho bom brilhava por causa do elogio. Pela primeira vez, ele se perguntava se ela teria futuro como guerreira, afinal. – Continue praticando. Quero observá-lo outra vez em breve. Acho que você tem algo a ensinar ao clã.

Depois da tempestade, o tempo esfriou novamente. Todas as manhãs a grama e as samambaias ficavam cobertas pela geada, e houve mais uma nevada. As presas tornaram-se mais escassas ainda, e as que os caçadores conseguiam capturar eram magras e esqueléticas, apenas um bocadinho para um gato com fome.

– Se eu não conseguir uma refeição decente em breve vou virar uma sombra – Listra Cinzenta reclamou.

Ele e Estrela de Fogo estavam em patrulha, não muito longe de Quatro Árvores, junto com Rabo Longo e Garra de Espinho. Estrela de Fogo esperava encontrar mais presas além do acampamento, aonde o fogo não chegara, mas a caça estava lamentavelmente reduzida.

– Vou tentar mais abaixo, perto do rio – Estrela de Fogo miou.

Ele desceu a encosta até onde samambaias mais espessas e arbustos marcavam o curso do rio. Ao fazer uma pausa para sorver o ar, o cheiro de presa era fraco, e ele não conseguia ouvir nenhum dos sons discretos que o alertariam para a presença de pequenas criaturas correndo pela grama.

Com tão poucas presas frescas, o clã ia ficando cada dia mais fraco. Já era difícil suportar a estação sem folhas, mas, além disso, havia a nova ameaça do Clã do Tigre. Estrela de Fogo se perguntava se estariam fortes o suficiente para se defender.

Por instinto, seus passos o levaram em direção ao rio e ele se agachou para matar a sede, cutucando o gelo fino bem na extremidade e sacudindo a pata para se livrar do gelo derretido.

Quando ele abaixou a cabeça para beber água, o Sol apareceu, brilhando através das folhas. A luz cintilou na água e rodeou o reflexo do líder com raios dourados. Por um momento, a imagem de sua cabeça desapareceu, sendo substituída pela de um leão que rugia. Era a criatura de quem Estrela de Fogo ouvira a descrição em diversas histórias contadas pelos anciãos, o pelo cor de fogo ardendo em uma juba exuberante, os olhos brilhando com força ilimitada e poder.

Assustado, pulou para trás. Soltou um uivo ao bater em uma árvore e caiu nas folhas mortas, entre as raízes. Quando olhou para cima, Folha Manchada olhava na sua direção, do outro lado do rio.

Um ar divertido enchia os olhos da bela gata atartarugada, e ela soltou um *mrriau* de risada.

– Folha Manchada! – Estrela de Fogo engasgou. A gata nunca lhe aparecera quando estava acordado, e ele se perguntava o que aquilo podia significar. Ele se ergueu nas patas, pronto para pular no rio e ter com ela, que, no entanto, sinalizou com a cauda para ele ficar onde estava.

– Reflita sobre o que você viu, Estrela de Fogo – ela disse, o ar divertido desaparecendo como a geada ao amanhecer. – Saiba o que você deve se tornar.

– O que você quer dizer? – ele perguntou, ansioso.

Mas, ao terminar de falar, Folha Manchada começou a desaparecer. Seus olhos pousaram sobre ele, cheios de amor, e sua imagem empalideceu até que Estrela de Fogo pudesse ver a margem do rio através dela.

– Folha Manchada, não me deixe ainda – ele implorou. – Preciso de você. – Os olhos dela brilharam por mais um instante, e então ela se foi.

– Estrela de Fogo! – Era Listra Cinzenta. O gato rubro balançou a cabeça para clarear as ideias e se virou para o amigo que chegava pela beira do rio.

– Você está bem? – Listra Cinzenta perguntou. – Você miou alto o suficiente para assustar todas as presas daqui até Quatro Árvores!

– Estou bem. Algo me surpreendeu, só isso.

Listra Cinzenta o observou por um bom tempo, não muito satisfeito com a explicação, e, em seguida, deu-lhe as costas. – Você é que sabe – ele miou, subindo de novo o barranco. – Venha ver o coelho que Rabo Longo pegou, do tamanho de uma raposa!

Estrela de Fogo não se mexeu. Ainda estava tremendo por causa da visão. Ele se vira como um dos grandes guerreiros de antigamente, um membro do Clã do Leão. A profecia de Estrela Azul ecoava em sua cabeça: *Leão e tigre se enfrentarão em batalha.*

Será que isso significava que um novo clã – o Clã do Leão – se levantará para combater o Clã do Tigre? Será que *Estrela de Fogo* vai ser escolhido pelo Clã das Estrelas como seu líder?

# CAPÍTULO 14

– Estrela de Fogo – miou Listra Cinzenta. – Quero lhe perguntar uma coisa.

Estrela de Fogo estava agachado perto do canteiro de urtiga. Acabara de ver Pelo de Musgo-Renda partir liderando a patrulha da noite, e agora comia sua cota de presa fresca antes de reunir sua patrulha para uma inspeção extra na fronteira do Clã das Sombras.

– Claro – respondeu ele. – O que é?

Listra Cinzenta se agachou ao seu lado, mas antes que pudesse falar Pata de Açafrão saiu da toca dos anciãos, cabeça e cauda erguidas, enquanto se dirigia para o túnel de tojo. Seus olhos cor de âmbar brilhavam de raiva. Pata de Amora Doce surgiu atrás dela, segurando com a boca um chumaço de musgo que forrava a cama. Ele parecia preocupado.

– Pata de Açafrão! – Estrela de Fogo chamou. – Qual é o problema?

Por um tique-taque de coração ele pensou que a aprendiz ia ignorá-lo. Mas ela se virou bruscamente para ele.

– Orelhinha – ela cuspiu. – Se eu pudesse arrancaria o pelo dele com as garras...

– Você não deveria falar assim de um ancião – Estrela de Fogo a repreendeu. – Orelhinha prestou bons serviços ao clã, e devemos respeitar isso.

– Que tal um pouco de respeito por mim? – Pata de Açafrão, furiosa, parecia ter esquecido que falava com seu líder. – Só porque eu me atrasei um tanto para limpar a cama, ele disse que Estrela Tigrada também nunca quis servir os mais velhos e que estava vendo que eu ia acabar ficando exatamente como meu pai. – Ela raspou as garras no chão de areia, como se visualizasse o pelo do ancião. – Não é a primeira vez que ele diz esse tipo de coisa. Não vejo por que tenho de aturar isso!

Enquanto ela falava, Pata de Amora Doce se chegara, soltando o musgo que carregava. – Você sabe que as articulações de Orelhinha estão doendo por causa do tempo frio – ele miou.

– Você não é o meu mentor – Pata de Açafrão contestou o irmão. – Não me diga o que fazer.

– Calma, Pata de Açafrão – Estrela de Fogo miou. Queria assegurar-lhe que nenhum gato acreditava que ela acabaria assassina e traidora como o pai, mas sabia que não era inteiramente verdade. – Você está se saindo muito bem como aprendiz, e será uma grande guerreira. Mais cedo ou mais tarde, o clã vai ver isso.

– É o que lhe tenho dito – Pata de Amora Doce miou, e acrescentou à sua irmã: – Temos que deixar o tempo passar e ver se todos esquecem o que Estrela Tigrada fez. É a única maneira de fazer o clã acreditar na nossa lealdade.

– Alguns já acreditam – Listra Cinzenta observou, e Pata de Amora Doce lançou-lhe um olhar agradecido.

A fúria de Pata de Açafrão começava a desaparecer, embora seus olhos cor de âmbar ainda ardessem. Com um meneio de cabeça afastou-se, proferindo palavras de despedida por cima do ombro enquanto se dirigia ao túnel de tojo. – Vou buscar um pouco de musgo fresco.

– Sinto muito, Estrela de Fogo – Pata de Amora Doce murmurou quando ela se foi. – Mas Pata de Açafrão tem razão.

– Eu sei – Estrela de Fogo o tranquilizou. – Se eu conseguir pegar Orelhinha em um bom momento, vou ter uma conversa com ele.

– Obrigado, Estrela de Fogo. – Pata de Amora Doce abaixou a cabeça em sinal de gratidão, pegou o musgo e correu atrás da irmã. Estrela de Fogo olhou preocupado para os dois aprendizes. Precisava conversar com Orelhinha, decidiu, e logo. Ficar constantemente insultando os jovens por conta do pai não era o melhor caminho para assegurar sua lealdade ao Clã do Trovão.

Percebendo que Listra Cinzenta, paciente, ainda o esperava, ele miou: – Ok, me conte o que está acontecendo.

– São os meus filhotes – Listra Cinzenta confessou. – Desde a Assembleia, não consigo tirá-los da cabeça. Pé de Bruma e Pelo de Pedra não estavam lá, então não pude pedir notícias, mas, agora que Estrela Tigrada praticamente assumiu o Clã do Rio, tenho certeza de que estão em perigo.

Estrela de Fogo deu uma mordida no rato silvestre e mastigou, pensando no assunto. – Não vejo por que estariam correndo mais risco do que qualquer um – respondeu, engolindo sua bocada. – Estrela Tigrada vai querer cuidar de todos os aprendizes para garantir uma boa força de combate.

Listra Cinzenta não parecia tranquilo. – Mas Estrela Tigrada sabe quem é o pai deles – ressaltou. – Ele me odeia, e estou preocupado que queira descontar em Pata de Pluma e Pata de Tempestade.

Estrela de Fogo percebeu que Listra Cinzenta tinha certa razão a respeito da hostilidade de Estrela Tigrada. – O que você quer fazer?

O gato cinza piscou, nervoso. – Quero que atravesse o rio comigo e os traga de volta ao Clã do Trovão.

O gato de pelo rubro encarou o amigo. – Seu cérebro definitivamente pensa como o de um camundongo. Você está pedindo ao seu líder para passear no território do Clã do Rio e roubar um par de aprendizes?

Listra Cinzenta raspou o chão com a pata. – Bem, se você colocar dessa forma...

– E qual é a outra forma? – Estrela de Fogo tentou controlar o choque, mas a sugestão do amigo, roubar filhotes, estava perto demais do velho crime cometido por Cauda Partida. Se ele concordasse, e o Clã do Rio descobrisse, haveria uma justificativa para atacar o Clã do Trovão. E, tendo o Clã das Sombras para ajudá-los... esse era um risco que o líder não poderia correr.

– Sabia que você não ia me ouvir. – Listra Cinzenta virou-se e começou a recuar, a cauda caída.

– Eu *estou* ouvindo, Listra Cinzenta, volte e vamos pensar no assunto. – Quando Listra Cinzenta parou, Estrela de Fogo continuou: – Você não *sabe* se Pata de Pluma e Pata de Tempestade estão em perigo. E eles são aprendizes agora, e não filhotes. Têm o direito de decidir o próprio futuro. E se quiserem ficar no Clã do Rio?

– Eu sei. – Listra Cinzenta parecia desesperado. – Não se preocupe, eu entendo que não há nada que você possa fazer para ajudar.

– Eu não disse isso. – Contrariando seu bom senso, Estrela de Fogo sabia que não podia deixar de ajudar o amigo. Listra Cinzenta retesou as orelhas, meio esperançoso, quando Estrela de Fogo continuou: – Que tal irmos lá discretamente, só os dois, para verificar? Se eles estiverem bem, você não precisará se preocupar mais. Se não estiverem, direi que há um lugar para eles no Clã do Trovão, se escolherem vir conosco.

Os olhos amarelos de Listra Cinzenta tinham começado a brilhar enquanto o líder falava. – Ótimo! – ele miou. – Obrigado, Estrela de Fogo. Podemos ir agora?

– Se você quiser. Mas deixe-me terminar este rato silvestre primeiro. Procure Nevasca e diga-lhe que ele está no comando do acampamento. Mas não conte aonde estamos indo – acrescentou rapidamente.

Listra Cinzenta foi aos saltos para a toca dos guerreiros, enquanto Estrela de Fogo engolia os últimos pedaços da presa e passava a língua em volta da boca. Quando ele acabou, Listra Cinzenta reapareceu e os dois amigos se dirigiram para o túnel de tojo.

Mas, ao chegarem, logo pararam quando uma forma negra familiar entrou na clareira.

– Pata Negra! – Estrela de Fogo exclamou, alegre. – É bom vê-lo.

– É bom ver *você* – o felino respondeu, saudando os dois amigos com toques de nariz. – Listra Cinzenta, há luas que não o vejo! Como você está?

– Estou bem. É fácil ver que você está bem – ele acrescentou, olhando o brilhante pelo preto de Pata Negra.

– Vim prestar minhas homenagens a Estrela Azul – Pata Negra explicou. – Você lembra, Estrela de Fogo, você disse que eu podia.

– Sim, é claro. – Estrela de Fogo olhou para Listra Cinzenta, cujas patas se mexiam nervosamente com pressa de partir. – Pata Negra, você pode ir encontrar Manto de Cinza? Ela vai mostrar o lugar onde Estrela Azul foi sepultada. Listra Cinzenta e eu vamos sair em uma missão.

– Parece como antigamente! – miou Pata Negra, com certa inveja. – O que é dessa vez?

– Vamos ao Clã do Rio dar uma olhada nos meus filhotes – Listra Cinzenta lhe disse, apressado. – Estou preocupado com eles, agora que Estrela Tigrada está assumindo.

O ar chocado de Pata Negra fez Estrela de Fogo lembrar que ele nada sabia dos últimos acontecimentos na floresta. Rapidamente, contou-lhe o ocorrido na última Assembleia.

– Mas isso é um desastre! – Pata Negra sibilou. – Posso ajudar de alguma forma? Eu poderia ir com vocês.

Seus olhos brilhavam. Estrela de Fogo adivinhou que Pata Negra estava empolgado com a perspectiva de aventura. Tão diferente agora do aprendiz nervoso que fora um dia, intimidado por seu feroz mentor, Estrela Tigrada!

– Tudo bem – o líder miou, confiando em seus instintos, que diziam que seria bom ter Pata Negra com eles. – Ficaremos felizes em ter você conosco!

Enquanto saltava pela floresta, os dois amigos mais antigos ao seu lado, Estrela de Fogo se lembrava dos treinos e caçadas do tempo de aprendizes. Por um instante, ele quase imaginou que esses dias estavam de volta, que tinha deixado suas responsabilidades de lado como folhas que caíam, voltando a ser jovem e despreocupado.

Mas sabia que era impossível. Ele era o líder do clã agora, e nunca poderia fugir de seu dever para com os gatos que dele dependiam.

O sol já se escondera quando Estrela de Fogo e seus amigos chegaram à fronteira da floresta. Avisando Listra Cinzenta e Pata Negra para que ficassem atrás, Estrela de Fogo rastejou pela vegetação até conseguir observar o rio.

Na frente dele estava o caminho de pedras, a forma mais fácil para chegar ao território do Clã do Rio. Quando olhou para a água fria e cinzenta, percebeu um forte cheiro de gatos – do Clã do Rio e do Clã das Sombras misturados. Uma patrulha caminhava ao longo da margem oposta. Eles estavam muito longe para que Estrela de Fogo tivesse certeza sobre que gatos eram, mas ele não via a pelagem azul-acinzentada de Pé de Bruma e Pelo de Pedra.

Sentiu uma pontada de decepção. Se um amigo estivesse perto da fronteira, Listra Cinzenta poderia pedir notícias, e o assunto estaria encerrado. Agora teriam de ir direto ao território do Clã do Rio.

Estrela de Fogo sabia que estava arriscando tudo entrando e saindo em silêncio, sem ser observado. Se algum dia descobrissem que um líder tinha ultrapassado a fronteira de outro clã, ele estaria em apuros. Mas sabia que tinha que fazer isso por Listra Cinzenta.

O guerreiro cinza tinha subido rastejando ao seu lado.
– Qual é o problema? – ele sussurrou. – Por que estamos esperando?

Estrela de Fogo inclinou as orelhas na direção da patrulha. Um momento depois, ela desapareceu entre os juncos e seu cheiro se esvaiu lentamente.

– Ok, vamos – Estrela de Fogo miou.

Guiando o caminho, ele saltou de uma pedra para outra em meio à água corrente, escura e rápida. Ele pensou nas enchentes da última estação sem folhas, quando ele e Listra Cinzenta quase tinham se afogado para salvar a vida dos filhotes de Pé de Bruma. Estrela de Leopardo tinha convenientemente esquecido aquilo, Estrela de Fogo se dava conta, bem como a ajuda dos dois guerreiros do Clã do Trovão aos gatos esfomeados do Clã do Rio, levando-lhes presa fresca de suas próprias zonas de caça.

Mas de nada adiantava pensar nisso agora. Chegando à margem oposta, Estrela de Fogo deslizou para o abrigo de uma moita de juncos e verificou, mais uma vez, que não havia inimigos por perto. Tudo o que ele podia farejar eram os vestígios da patrulha, cada vez mais fracos.

Pisando leve, seguiu rio acima em direção ao acampamento do Clã do Rio. Listra Cinzenta e Pata Negra o seguiram, silenciosos como sombras.

De repente, a brisa trouxe um novo odor. Estrela de Fogo parou, os bigodes se contraindo. Seus olhos se arregalaram quando reconheceu cheiro de podre, carniça apodrecida por dias, até o ar se envenenar.

– Eca! O que é isso? – rosnou Pata Negra, esquecendo a necessidade de silêncio.

Estrela de Fogo engoliu a bile que lhe subiu à garganta.
– Não sei. Diria que é um buraco de raposa, mas não há cheiro de raposa.

– Está fedendo, seja lá o que for – Listra Cinzenta murmurou. – Vamos lá, Estrela de Fogo, precisamos continuar antes que nos peguem.

– Não. – Sei que você está preocupado com os seus filhotes, Listra Cinzenta, mas isso é muito estranho. Temos que investigar.

A poucas caudas de distância, um pequeno riacho fluía preguiçoso para o rio principal. Estrela de Fogo virou-se para segui-lo através dos juncos. O odor ficou mais forte, e sob o cheiro de carniça ele começou a perceber o odor de muitos gatos, uma mistura de Clã das Sombras e Clã do Rio, como na patrulha. Ele parou e sinalizou aos amigos que fizessem o mesmo, então começou a perceber ruídos vindos de algum lugar à frente: movimento nos juncos e as vozes de gatos misturadas.

– O que é isso? – Listra Cinzenta sussurrou. – Não estamos nada perto do acampamento.

Estrela de Fogo pediu silêncio com a ponta da cauda. Pelo menos o fedor disfarçaria o cheiro deles, do Clã do Trovão, tornando mais fácil ficarem escondidos.

Com mais cautela do que nunca, o líder continuou se arrastando, até que os juncos foram rareando e ele chegou à beirada de uma clareira. Com o peito colado no chão úmido, se esticou o máximo possível e observou.

Imediatamente precisou cerrar os dentes com força para conter um uivo de choque e raiva. O riacho corria ao longo de um lado da clareira, suas águas quase estagnadas obstruídas pelos restos de presa fresca ali descuidadamente jogados e deixados para apodrecer. Gatos agachados na margem, fazendo presas em pedaços. Mas não foi isso que despertou a fúria de Estrela de Fogo.

Oposto ao seu esconderijo, do outro lado da clareira, estava um grande monte de ossos. Eles brilhavam como galhos despojados nas últimas luzes de um dia úmido, alguns pequenos, ossos de musaranho pouco maiores do que dentes, outros grandes, como da perna de uma raposa ou de um texugo.

Um tremor gélido se apoderou do corpo de Estrela de Fogo. Por um tique-taque de coração ele pensou estar de volta ao sonho de Quatro Árvores. Lembrou-se do sangue que escorria daquele monte de ossos, e desejou fugir apavorado. Mas isso era muito pior do que o sonho, porque Estrela de Fogo sabia que estava acontecendo agora, no mundo real. E agachado no topo do monte, o pelo negro contra os fracos reflexos do sol, estava Estrela Tigrada, líder do novo clã.

Estrela de Fogo não se deixou revelar. Tinha que descobrir o que Estrela Tigrada estava fazendo. Listra Cinzenta e Pata Negra rastejaram até o lado dele. Os pelos de Pata Negra se eriçaram, e parecia que Listra Cinzenta ia passar mal.

Quando o choque inicial diminuiu, o líder examinou a cena mais de perto. O monte era feito apenas de ossos de presas, não havia ossos de gato misturados como no sonho. De um lado de Estrela Tigrada estava o representante do Clã das Sombras, Pé Preto. Do outro, Estrela de Leopardo. O olhar dela não parava; nervosa, ia de um lado para o outro da clareira. Estrela de Fogo se perguntou se ela se arrependia do que acontecera com seu clã, e achou que a ambição dela de fortalecê-lo a deixara cega para a real natureza de Estrela Tigrada. Mas qualquer que fosse o sentimento da antiga líder do Clã do Rio, já era tarde demais para voltar atrás.

– Não consigo ver meus filhotes – Listra Cinzenta sussurrou, um sopro de som perto da orelha de Estrela de Fogo.

Pé de Bruma e Pelo de Pedra também não estavam lá, Estrela de Fogo percebeu. Na verdade, a maioria dos gatos na clareira era do Clã das Sombras, mas ele viu Pelo de Lama e Passo Pesado, guerreiros do Clã do Rio. Não havia sinal do curandeiro, e Estrela de Fogo se perguntou o significado desse fato.

Ele ainda estava olhando, atordoado demais para saber o que fazer, quando Estrela Tigrada se ergueu nas patas. Alguns ossos pequenos escorregaram para o lado da montanha. Os olhos do gato malhado escuro brilhavam na luz fraca quando ele soltou um uivo triunfante.

– Gatos do Clã do Tigre, convoco vocês para uma reunião de clã em torno da Montanha Sinistra.

Imediatamente os gatos na clareira se aproximaram do monte, se curvando em respeito. Outros foram aparecendo, vindos dos juncos.

– Ele deve ter construído aquela montanha para parecer a Pedra Grande – Pata Negra murmurou. – Então, ele pode olhar para o seu clã do alto.

O gato malhado de escuro esperou até que os guerreiros estivessem todos no lugar e, em seguida, anunciou: – É hora de começar o julgamento. Tragam os prisioneiros!

Estrela de Fogo trocou um olhar perplexo com Listra Cinzenta. Onde Estrela Tigrada havia encontrado prisioneiros? Será que já atacara o Clã do Vento?

Seguindo as ordens de Estrela Tigrada, um guerreiro do Clã das Sombras, Zigue-Zague, que tinha sido um dos vilões de Cauda Partida, desapareceu entre os juncos. Voltou minutos depois arrastando outro gato. No princípio Estrela de Fogo não reconheceu o guerreiro cinza magro, de pelo despenteado e uma orelha rasgada sangrando. Então, quando Zigue-Zague o empurrou para dentro do círculo de felinos sob a Montanha Sinistra, percebeu que era Pelo de Pedra.

Estrela de Fogo sentiu Listra Cinzenta se contrair ao seu lado; com a mão indicou ao amigo que não se deixasse ver. As orelhas do gato cinza se retesaram, mas ele permaneceu imóvel e em silêncio, observando.

Os juncos se abriram novamente. Desta vez, Estrela de Fogo reconheceu imediatamente o gato que chegou, o pelo lustroso e a cabeça erguida com orgulho. Era Risca de Carvão. *Traidor!* – estrela de Fogo pensou, e sua barriga se contraiu de raiva.

Mais um movimento nos juncos anunciou a chegada de outro guerreiro do Clã das Sombras trazendo dois gatos menores, um malhado cinza-prata e outro de pelo cinza e espesso. Estavam tão magros quanto Pelo de Pedra; com passos incertos cambalearam até a clareira. Juntos à sombra da Montanha Sinistra, eles olharam em volta com olhos arregalados e assustados.

Um arrepio gelado agarrou os músculos de Estrela de Fogo. Os dois jovens eram os filhotes de Listra Cinzenta, Pata de Pluma e Pata de Tempestade.

# CAPÍTULO 15

Listra Cinzenta rosnou no fundo da garganta e se preparou para pular.

– Não! – Estrela de Fogo engasgou, saltando sobre o amigo antes que ele saísse da sombra dos juncos. – Se Estrela Tigrada nos vir, viraremos carniça!

Do outro lado, Pata Negra segurou Listra Cinzenta pelo ombro. – Estrela de Fogo está certo – ele sussurrou. – Que chance temos contra todos esses gatos?

Listra Cinzenta se contorcia desesperadamente, como se não tivesse ouvido. – Deixe-me ir! – ele rosnava. – Vou esfolar aquele pedaço de cocô de raposa! Vou arrancar o coração dele!

– Não – Estrela de Fogo repetiu num sussurro angustiado. – Seremos mortos se aparecermos agora. Prometo que não vamos abandonar seus filhotes, Listra Cinzenta, mas temos que esperar o momento certo para resgatá-los.

O gato cinza continuou se debatendo ainda por algum tempo, depois, com um grunhido de concordância, parou.

Estrela de Fogo o deixou ir, acenando para Pata Negra ir também.

– Vamos – ele murmurou. – Vamos descobrir o que está acontecendo.

Enquanto estavam segurando Listra Cinzenta, Estrela Tigrada começara a falar, abafando com sua voz o barulho do movimento entre os juncos.

– Gatos do Clã do Tigre, vocês todos sabem as dificuldades que temos de enfrentar. O frio da estação sem folhas nos ameaça. Os Duas-Pernas nos ameaçam. Os outros dois clãs da floresta, que ainda não perceberam a sabedoria de se juntar ao Clã do Tigre, são também uma ameaça para nós.

A ponta da cauda de Estrela de Fogo se contorceu de raiva, e ele deu uma olhada rápida para Listra Cinzenta. *Estrela Tigrada* é que era a ameaça! Tudo o que o Clã do Trovão e o Clã do Vento queriam era continuar a viver em paz, de acordo com as antigas tradições do Clã das Estrelas e do Código dos Guerreiros.

Mas o olhar fulminante de Listra Cinzenta estava fixo em seus filhotes, encolhidos na base da Montanha Sinistra; ele nem via o olhar do líder de pelo rubro.

– Rodeados de inimigos como estamos – Estrela Tigrada prosseguiu –, devemos ter certeza da fidelidade de nossos guerreiros. Não há espaço no Clã do Tigre para indecisos. Não há espaço para os que possam vacilar no campo de batalha ou, pior ainda, se voltem contra os companheiros de clã. O Clã do Tigre não vai tolerar traidores!

*Exceto o traidor que o lidera,* Estrela do Fogo pensou. *Ou Risca de Carvão, que teria visto o próprio clã ser devorado pelos cães.*

Os gatos na clareira concordaram com uivos. Estrela Tigrada permitiu que o clamor continuasse por algum tempo antes de fazer um sinal com a cauda, pedindo silêncio. O barulho morreu, e ele recomeçou a falar.

– Sobretudo, não vamos tolerar a abominação dos meio-clãs. Nenhum guerreiro leal tomaria um companheiro de outro clã, diluindo o sangue puro que nossos ancestrais guerreiros nos designaram. Estrela Azul e Listra Cinzenta do Clã do Trovão desrespeitaram o Código dos Guerreiros quando tomaram companheiros do Clã do Rio. Os filhotes de tal união, como os que estão diante de vocês agora, nunca serão confiáveis.

Ele fez uma pausa, e seu representante Pé Preto uivou:
– Imoral! Imoral!

Risca de Carvão começou a gritar, e um coro de uivos e guinchos ecoou suas palavras. Desta vez Estrela Tigrada os deixou se acalmarem ao seu tempo, olhando de cima com calma satisfação.

*Ele e Pé Preto devem ter ensaiado tudo isso,* Estrela de Fogo percebeu, horrorizado.

Ele notou que os guerreiros do Clã das Sombras é que miavam mais alto. Os gatos do Clã do Rio gritavam com menos entusiasmo; talvez nem todos concordassem totalmente com o líder do Clã das Sombras, mas não se atreviam a ficar em silêncio.

Os dois aprendizes meio-clãs achataram os corpos bem próximo ao chão, como se estivessem com medo de serem varridos pela tempestade de fúria do clã. Pelo de Pedra se agachou sobre eles como se pudesse protegê-los, olhando ao redor desafiadoramente.

*Onde está Pé de Bruma?*, Estrela de Fogo se perguntou. *Estrela Tigrada sabe que ela também é meio-clã. O que terá feito com ela?*

Estrela Tigrada falou novamente: – Os meios-clãs foram tolerados até agora, mas esse tempo acabou. Não há lugar no Clã do Tigre para guerreiros que devem fidelidade a dois clãs. Como podemos confiar que eles não trairão os nossos segredos, ou até se voltarão contra nós e nos matarão? Podemos esperar que o Clã das Estrelas lute ao nosso lado, se permitirmos que aqueles que não são puros de coração e sangue caminhem livremente entre nós?

– Não! – gritou Risca de Carvão, flexionando as garras e chicoteando a cauda de um lado para outro.

– Não, meus amigos. Devemos nos livrar de abominações em nosso meio! Então, o nosso Clã estará limpo novamente e poderemos ter certeza do apoio do Clã das Estrelas.

Pelo de Pedra pulou nas patas; de tão fraco, tropeçou e quase caiu, mas conseguiu ficar de pé e encarou Estrela Tigrada.

– Minha lealdade jamais foi questionada – ele rosnou. – Desça aqui e diga na minha cara que sou um traidor!

Estrela de Fogo queria lamentar em voz alta a coragem desesperada do guerreiro azul-acinzentado. Estrela Tigrada poderia ter-lhe dado uma patada, ainda assim Pelo de Pedra continuava a desafiar.

– Pé de Bruma e eu nem sabíamos que Estrela Azul era nossa mãe até um par de luas atrás – Pelo de Pedra insistiu. – Temos sido guerreiros leais do Clã do Rio por toda a nossa vida. Quem não acredita, que venha aqui e prove!

Cheio de raiva, Estrela Tigrada chicoteou a cauda em direção de Estrela de Leopardo. – Você mostrou falta de discernimento ao escolher este gato como seu representante – ele rosnou. – O Clã do Rio está sufocado pelas ervas daninhas da traição, e devemos arrancá-las.

Para desânimo de Estrela de Fogo, Estrela de Leopardo inclinou a cabeça. O gesto mostrava a extensão do poder de Estrela Tigrada, tanto que a outrora formidável líder do Clã do Rio não podia ou não queria proteger o próprio representante.

No entanto, as palavras do gato malhado escuro deram esperança a Estrela de Fogo. Soava como se Estrela Tigrada estivesse prestes a banir Pelo de Pedra e os dois aprendizes. Se o fizesse, em seguida, Estrela de Fogo e seus amigos os esperariam na fronteira, prontos para levá-los de volta ao Clã do Trovão, onde estariam seguros.

Quando Estrela Tigrada falou novamente, sua voz estava controlada e fria. – Pelo de Pedra, vou dar-lhe uma chance de mostrar sua lealdade ao Clã do Tigre. Mate esses dois aprendizes meio-clãs.

Um silêncio sepulcral se espalhou pela clareira, quebrado apenas pelo grito de indignação de Listra Cinzenta. Felizmente os guerreiros do Clã do Tigre estavam tão concentrados na cena diante deles que nenhum gato ouviu.

– Estrela de Fogo! – Listra Cinzenta sussurrou. – *Temos* de fazer alguma coisa! – Suas garras cavaram o chão, seus músculos retesados, deixando-o pronto para saltar, mas seus olhos estavam fixos em Estrela de Fogo, como se esperasse do líder uma ordem de atacar.

O olhar de Pata Negra, brilhante de angústia, virou-se para Estrela de Fogo: – Não podemos só ficar assistindo à morte deles!

Estrela de Fogo sentia seu pelo formigar de tensão. Sabia que não podia ficar agachado ali escondido enquanto os filhotes de Listra Cinzenta eram abatidos a algumas raposas de distância. Se tudo mais falhasse, ele estaria pronto a dar a vida em uma batalha para salvá-los.

– Espere um momento – ele murmurou. – Vamos ver o que Pelo de Pedra vai fazer.

O guerreiro azul-cinza virara o rosto para Estrela de Leopardo. – Recebo ordens *suas* – ele rosnou. – Você deve saber que isso é errado. O que quer que eu faça?

Por um tique-taque de coração Estrela de Leopardo pareceu não ter certeza, e de novo Estrela de Fogo começou a ter esperança de que ela fosse se colocar contra Estrela Tigrada e impedir a destruição de seu clã. Mas ele subestimara a força da ambição da líder e sua fé cega de que Estrela Tigrada estava oferecendo um futuro invencível. – Estes são tempos difíceis – ela miou, afinal. – Visto que lutamos pela sobrevivência, devemos poder contar com cada um de nossos companheiros de clã. Não há espaço para lealdades divididas. Faça o que Estrela Tigrada diz.

Pelo de Pedra sustentou por mais algum tempo o olhar da líder, um momento que a Estrela de Fogo pareceu durar várias luas. Em seguida, ele encarou os dois aprendizes, que se afastaram encolhidos, os olhos vidrados de pavor.

Pata de Tempestade deu uma reconfortante lambida na irmã. – Nós o enfrentaremos – prometeu. – Não vou deixar que ele nos mate.

*Palavras corajosas*, Estrela de Fogo pensou em desespero. Pelo de Pedra era habilidoso e experiente, e mesmo debilitado representava uma enorme ameaça para os dois aprendizes mal treinados, que obviamente também tinham sido maltratados e presos.

O guerreiro do Clã do Rio fez um pequeno aceno para Pata de Tempestade, como faria qualquer mentor ao aprovar a coragem de seu aprendiz. Então ele se virou para olhar para Estrela Tigrada novamente.

– Você vai ter de me matar primeiro – ele cuspiu.

Estreitando os olhos, Estrela Tigrada balançou a cauda para Risca de Carvão. – Muito bem. Mate-o.

O guerreiro listrado agachou-se, cada fio de seu pelo tremia de alegria por Estrela Tigrada ter lhe dado uma chance de provar lealdade ao seu novo clã. Com um grunhido de esforço, ele se atirou sobre Pelo de Pedra.

Dó e medo pulsavam em Estrela de Fogo. Via apenas um resultado possível para aquela luta. O guerreiro azul-cinza estava tão fraco que não seria páreo para Risca de

Carvão. O líder de pelo vermelho queria saltar para a clareira e lutar ao lado de Pelo de Pedra, mas sabia que seria suicídio fazê-lo na presença de tantos inimigos. Tinha de se agarrar à esperança, ainda que pequena, de salvar os aprendizes. Estrela de Fogo jamais enfrentara tamanha provação, ficando escondido enquanto seu amigo era morto.

No entanto, as habilidades de Pelo de Pedra não o haviam abandonado. Rápido como um raio, ele se virou e, em vez de cair sobre seus ombros, Risca de Carvão teve de encarar quatro patas, com garras estendidas para rasgar seu pelo.

Estrela de Fogo sentiu a garganta apertar. Lembrou-se de um dia, durante a sua aprendizagem, quando a mãe de Pelo de Pedra, Estrela Azul, havia lhe ensinado exatamente aquele movimento. *Estrela Azul, se você está vendo isso, ajude-o agora!* – implorou.

Os dois guerreiros eram um nó emaranhado de pelos, gritando no chão da clareira. Os demais felinos se afastaram, abrindo espaço, mantendo o mesmo silêncio assustador. Estavam tão concentrados na luta, que Estrela de Fogo se perguntou se não seria o melhor momento para resgatar os aprendizes. Mas Estrela Tigrada ainda estava agachado em cima da Montanha Sinistra, com visão total de toda a clareira, e facilmente os veria chegar.

Pelo de Pedra cravou os dentes no pescoço de Risca de Carvão e tentou sacudi-lo, mas ele era grande e forte demais. O gato teve de soltá-lo e cada guerreiro saltou para um lado, respirando com dificuldade. O sangue escorria de um arranhão acima do olho esquerdo de Risca de Carvão, que tivera tufos de pelo arrancados da lateral do corpo. A pelagem de Pelo de Pedra estava ainda mais esfarrapada e, quando ele balançou uma das patas dianteiras, manchas de sangue respingaram no chão.

– Mexa-se, Risca de Carvão! – Pé Preto fez troça. – Você está lutando como um gatinho de gente!

Com um silvo de fúria, Risca de Carvão atacou novamente, mas Pelo de Pedra estava pronto. Escorregando para um lado, passou suas garras por baixo do corpo de Risca de Carvão, dando-lhe depois um golpe na perna traseira quando o guerreiro negro colidiu com ele. Pelo de Pedra ficou atordoado com a força do impacto, mas já estava recuperado quando Risca de Carvão se pôs de pé. Desta vez, o guerreiro do Clã do Rio partiu para o ataque, rolando sobre Risca de Carvão e lhe enfiando os dentes e as garras no pescoço.

Estrela de Fogo ouviu Listra Cinzenta tomar fôlego. Tinha os olhos amarelos em chamas; do outro lado, Pata Negra afundara as garras desembainhadas no chão. O líder do Clã do Trovão sentiu a esperança arder em sua barriga. Seria possível que Pelo de Pedra viesse a vencer a luta?

Mas Estrela Tigrada não tinha intenção de deixar Pelo de Pedra escapar. Enquanto Risca de Carvão lutava em vão para se libertar, o enorme gato malhado sacudiu as orelhas para Pé Preto. – Termine isso – ele ordenou.

O representante do Clã das Sombras atirou-se à luta. Mordeu Pelo de Pedra no ombro e soltou Risca de Carvão, abaixando-se para evitar as patas que se agitavam. Risca de Carvão saltou sobre Pelo de Pedra para manter baixa a traseira de seu corpo, enquanto Pé Preto enfiava as garras na garganta do guerreiro azul-acinzentado.

Pelo de Pedra soltou um grito gutural, que foi interrompido. Os dois gatos do Clã do Tigre o soltaram e recuaram. Pelo de Pedra teve convulsões, o sangue jorrando da garganta.

Um fraco gemido veio dos que assistiam, transformando-se logo em grito de triunfo. Até mesmo Estrela de Leopardo, depois de uma breve hesitação, juntou-se a eles. Os dois aprendizes eram os únicos a permanecer em silêncio, os olhos aterrorizados fixos no guerreiro que morreu para salvá-los.

Estrela de Fogo só conseguia olhar horrorizado enquanto Pelo de Pedra perdia as forças e exalava o último suspiro.

# CAPÍTULO 16

– Não. – A voz de Listra Cinzenta raspou na garganta.

Estrela de Fogo se chegou ainda mais ao amigo, partilhando a tristeza pela morte de Pelo de Pedra e sua raiva porque a coragem dos guerreiros do Clã do Rio de nada valera numa luta injusta.

Pé Preto olhou, com satisfação, para o corpo de Pelo de Pedra.

Risca de Carvão girou para confrontar os dois aprendizes. – Estrela Tigrada – ele disse –, deixe que *eu* os mate.

Listra Cinzenta quase pulou na frente, a despeito do que Estrela de Fogo pudesse fazer, mas, antes que ele se movesse, Estrela Tigrada balançou a cabeça marcada pelas batalhas. – É mesmo, Risca de Carvão? Um prisioneiro consegue derrotar você, mas você acha que pode dar conta de dois aprendizes?

Risca de Carvão, envergonhado, abaixou a cabeça. O líder estreitou os olhos friamente ao encarar os dois jovens. Eles estavam bem próximos, tremendo, em choque. Mal pareciam saber que tinham a vida por um fio.

– Não – Estrela Tigrada miou finalmente. – Por ora, eu os deixarei viver. Vivos me podem ser úteis.

Estrela de Fogo olhou rapidamente para Listra Cinzenta, que retornou o olhar com um misto de alívio e apreensão.

Estrela Tigrada convocou Zigue-Zague. – Leve os aprendizes de volta à cela.

O guerreiro do Clã da Sombra abaixou a cabeça e guiou os assustados prisioneiros através do junco. O olhar faminto de Listra Cinzenta os seguiu até perdê-los de vista.

– A reunião está encerrada – Estrela Tigrada declarou.

Imediatamente os gatos na clareira começaram a ir embora. Estrela Tigrada saltou da Montanha Sinistra e desapareceu entre os juncos, ladeado por Pé Preto e Risca de Carvão. No final, só Estrela de Leopardo permaneceu. Ela caminhou até o corpo inerte de seu antigo representante. Lentamente, abaixou a cabeça e passou o nariz em Pelo de Pedra. Se ela miou um último adeus, Estrela de Fogo não ouviu; um momento depois, ela se virou e seguiu Estrela Tigrada entre os juncos.

– Agora! – Listra Cinzenta saltou e ficou de pé. – Estrela de Fogo, temos que resgatar meus filhotes.

– Sim, mas não vamos nos precipitar. Temos que ter certeza de que todos se foram.

O corpo do amigo tremia por causa da tensão reprimida. – Não me importo! – ele cuspiu. – Se tentarem nos impedir, vou fazê-los em pedaços.

– Os filhotes estão seguros nesse momento – Pata Negra murmurou. – Não precisamos correr riscos.

Estrela de Fogo, cauteloso, levantou a cabeça acima dos juncos. Agora estava bastante escuro, a única luz vinha do Tule de Prata e de um brilho pálido da Lua que descia no céu. Os cheiros do Clã das Sombras e do Clã do Rio iam rapidamente desaparecendo. O único som era o farfalhar seco do vento nos juncos.

Agachando-se de novo, Estrela de Fogo murmurou: – Eles já se foram. Esta é a nossa chance. Temos que descobrir onde estão mantendo os aprendizes, e...

– E tirá-los de lá – Listra Cinzenta interrompeu. – Custe o que custar.

Estrela de Fogo concordou. – Pata Negra, contamos com você? Vai ser perigoso.

Os olhos do isolado se arregalaram. – Você acha que eu iria ficar de fora, depois de ter visto *isso*? De jeito nenhum. Podem contar comigo.

– Ótimo. – O gato rubro piscou em sinal de gratidão. – Sabia que você toparia.

Usando a cauda para guiar os dois amigos, o líder abriu caminho rumo à clareira, com as passadas cada vez mais hesitantes à medida que se afastava da proteção dos juncos. Sabia que estava ferindo o Código dos Guerreiros, mas Estrela Tigrada o deixara sem alternativa. Ele não conseguia compreender como os ancestrais guerreiros tinham assistido ao assassinato de Pelo de Pedra sem nada fazer para salvá-lo.

Rastejando, os três gatos chegaram ao riacho onde as presas podres estavam espalhadas ao longo da margem. Em meio à sua fúria, Estrela de Fogo teve tempo de se zangar com o desperdício de presa em uma estação tão difícil.

– Vejam isso! – ele sibilou.

– Nós poderíamos rolar nelas – Pata Negra sugeriu. – Vai disfarçar nosso cheiro.

Estrela de Fogo deu-lhe um aceno breve, a aprovação acalmou sua raiva. Pata Negra estava pensando como um guerreiro. Estrela de Fogo agachou-se e pressionou seu pelo contra uma carcaça de coelho em decomposição. Listra Cinzenta e Pata Negra fizeram o mesmo. Os olhos do guerreiro cinza eram como lascas de pedra amarela.

Quando os três estavam completamente impregnados com o cheiro de carniça, Estrela de Fogo se dirigiu para os juncos onde tinha visto Zigue-Zague desaparecer com os dois aprendizes. Havia um caminho estreito ao longo da lama congelada, como se os gatos normalmente entrassem e saíssem por ali. Todos os sentidos de Estrela de Fogo estavam alertas.

Enquanto se afastavam do rio em direção às terras do outro lado do território do Clã do Rio, os juncos rareavam, e o chão se elevava. Quando Estrela de Fogo e seus amigos chegaram à beira da vegetação que os protegia, deram com uma encosta gramada com uma inesperada moita de tojo e espinheiro. Logo acima, um buraco negro bocejava na encosta. Do lado de fora, Zigue-Zague estava agachado.

– Há marcas de patas levando até o buraco – Estrela de Fogo murmurou.

Listra Cinzenta ergueu o focinho para sorver o ar e soltou um leve som de nojo. – Gatos doentes – miou baixinho. – Você está certo, Estrela de Fogo, é aqui. – Ele mostrou os dentes. – Zigue-Zague é meu.

– Não. – A cauda do líder chicoteou, fazendo sinal para o amigo ficar onde estava. – Não podemos lutar aqui. O ruído atrairia os demais. Temos que nos livrar dele de outra maneira.

– Posso fazer isso. – Pata Negra, ansioso, arranhava o solo, mas sua expressão era de determinação. – Ele reconheceria vocês dois, mas não sabe quem eu sou.

Estrela de Fogo hesitou, depois concordou. – Como você vai fazer isso?

– Tenho um plano. – Os olhos de Pata Negra brilhavam ansiosos, e Estrela de Fogo percebeu que o isolado estava quase tendo prazer com o perigo, como se estivesse sentindo falta de usar suas habilidades guerreiras. – Não se preocupe, tudo vai dar certo – ele assegurou.

Endireitando-se, ele deixou os juncos e subiu a encosta, cabeça e cauda erguidas. Zigue-Zague levantou-se e caminhou ao seu encontro, o pelo malhado do pescoço eriçado.

Estrela de Fogo se aprontou para saltar se o guerreiro do Clã das Sombras atacasse. Mas, apesar de Zigue-Zague parecer agressivo, nada fez além de, desconfiado, cheirar Pata Negra.

– Não conheço você – ele rosnou. – Quem é, e o que quer?

– Você pensa que conhece todos os gatos do Clã do Rio, é? – Pata Negra perguntou friamente. – Tenho uma mensagem de Estrela Tigrada.

Zigue-Zague grunhiu, e seus bigodes tremeram ao cheirar o gato de novo. – Grande Clã das Estrelas, como você fede!

– Você também não cheira lá muito bem – Pata Negra replicou. – Quer saber a mensagem ou não?

Estrela de Fogo e Listra Cinzenta se entreolharam quando Zigue-Zague hesitou. O líder sentiu dor quando seu coração se bateu contra as costelas.

– Vá em frente, então – o guerreiro do Clã das Sombras miou finalmente.

– Estrela Tigrada quer que você vá ter com ele imediatamente – miou Pata Negra. – Ele me enviou para tomar o seu lugar na guarda dos prisioneiros.

– O quê? – Zigue-Zague, descrente, estalou a cauda. – Só o Clã das Sombras guarda os prisioneiros. Vocês do Clã do Rio são muito moles. Por que Estrela Tigrada enviaria você e não um do nosso clã?

Estrela de Fogo se encolheu. Pata Negra cometera um erro potencialmente fatal.

Mas o isolado não pareceu se importar. Afastando-se, miou: – Pensei que agora éramos todos um só clã. Mas fique à vontade. Vou dizer a Estrela Tigrada que você não irá.

– Não, espere. – Zigue-Zague contraiu as orelhas. – Eu não disse isso. Se Estrela Tigrada me quer lá... E aí, onde ele está?

– Lá. – Pata Negra apontou com a cauda na direção do acampamento do Clã do Rio. – Risca de Carvão e Pé Preto estão com ele.

Zigue-Zague decidiu. – Certo – murmurou. – Mas você fica aqui até eu voltar. Se eu sentir o seu cheiro dentro do buraco, arranco seu pelo!

Ele desceu a encosta. Pata Negra observou-o se afastar e, em seguida, foi até o buraco, sentando-se do lado de fora. Estrela de Fogo e Listra Cinzenta agacharam-se entre os juncos quando Zigue-Zague passou a algumas caudas de distância. Ele estava correndo e não parou sequer para sorver o ar enquanto desaparecia no caminho.

Assim que ele saiu de vista, Estrela de Fogo e Listra Cinzenta atravessaram com um pulo o campo aberto para se juntarem a Pata Negra. Listra Cinzenta fez uma breve pausa para farejar e miou: – Sim! Eles estão lá! – antes de sumir dentro do buraco.

Estrela de Fogo parou na frente do isolado. – Muito bem!

O gato negro lambeu a pata e passou-a por cima da orelha duas ou três vezes para disfarçar sua timidez. – Foi fácil. Ele é uma bola de pelos muito burra.

– Sim, mas ele vai saber que algo está acontecendo assim que encontrar Estrela Tigrada – Estrela de Fogo observou. – Continue vigiando e me chame se vir algum gato. – Com um último olhar para trás, ele mergulhou no buraco atrás de Listra Cinzenta.

Ele se viu em uma longa e estreita passagem esculpida no solo arenoso. Uma escuridão espessa o engolfou após a distância equivalente a poucas caudas. Havia um cheiro persistente de raposa, mas estava fraco e fétido, como se o ocupante original do buraco estivesse muito longe. Muito mais forte era o cheiro de medo que crescia na escuridão, o odor de felinos que haviam perdido totalmente a esperança.

A passagem os conduziu diretamente para baixo. Antes de chegar ao final, Estrela de Fogo ouviu pés raspando o chão e miados surpresos. Um dos aprendizes gritou: – Pai? É você mesmo?

Um instante depois, Estrela de Fogo já não conseguia sentir seu pelo tocando as paredes das laterais enquanto passava. Seu próximo passo levou-o até um gato que, pelo cheiro, o líder reconheceu ser Listra Cinzenta. O odor dos dois aprendizes estava mais forte do que nunca e, com uma sacudida de alívio, ele reconheceu outro gato.

– Pé de Bruma! – exclamou. – Obrigado, Clã das Estrelas, por tê-la encontrado.

– Estrela de Fogo? – A voz rouca da gata estava perto de sua orelha. – O que está fazendo aqui?

– É uma longa história. Vou lhe contar tudo, mas primeiro temos que sair daqui. Listra Cinzenta, você está pronto?

O amigo concordou com um miado tenso. Apesar de Estrela de Fogo não conseguir vê-lo, imaginava-o bem perto dos filhos.

– Vamos – Estrela de Fogo miou, virando-se com dificuldade dentro da boca estreita da caverna subterrânea. – Pé de Bruma, vamos levar todos vocês conosco para o Clã do Trovão. – Lembrando-se de como Pelo de Pedra e os

aprendizes tinham parecido enfraquecidos, acrescentou:
– Você consegue ir tão longe?

– Quando eu estiver fora desse buraco poderei qualquer coisa – Pé de Bruma miou, determinada.

– Nós também – Pata de Pluma acrescentou.

– Ótimo. Pé de Bruma, sinto muito, mas não conseguimos resgatar Pelo de Pedra... – Estrela de Fogo começou, procurando palavras para contar à gata sobre a morte do irmão.

– Eu já sei – miou Pé de Bruma, a voz áspera por causa do sofrimento. – Os aprendizes me contaram. Disseram que ele morreu bravamente.

– Muito bravamente. Todo o Clã das Estrelas vai homenageá-lo. – Estrela de Fogo empurrou o focinho no pelo de Pé de Bruma, em um gesto de conforto. – Vamos. Vamos nos assegurar de que ele não morreu em vão. Estrela Tigrada não vai machucar você também.

Com medo, o coração aos pulos, Estrela de Fogo se arrastou pelo caminho de volta até o túnel. No topo, parou para verificar se era seguro sair; depois, indicou o caminho aos gatos. Sentia como se o cheiro rançoso da prisão nunca fosse largar seu pelo. Pata Negra tomou o seu lugar na parte de trás do grupo, mantendo a vigilância enquanto se arrastavam descendo a encosta.

Silenciosos como sombras, os felinos seguiram o caminho por entre os juncos até chegarem à clareira de novo. Ela estava vazia, a Montanha Sinistra projetava sua sombra macabra muito longe, até o corpo de Pelo de Pedra, que ainda jazia ao luar.

Pé de Bruma aproximou-se do irmão e inclinou a cabeça para acariciar seu pelo. Fora da escuridão da prisão, Estrela de Fogo viu que ela estava tão magra e despenteada quanto o guerreiro morto, todas as costelas aparecendo, a pelagem emaranhada e os olhos sem brilho, tanto o sofrimento.

– Pelo de Pedra, Pelo de Pedra – ela murmurou. – O que vou fazer sem você?

Estrela de Fogo se arrepiou por causa da tensão ao ouvir o som de gatos se avizinhando, mas fez questão de dar a Pé de Bruma tempo para se despedir. Não poderiam levar o corpo de Pelo de Pedra para a devida vigília; era o último adeus de Pé de Bruma.

Pata de Tempestade, ex-aprendiz de Pelo de Pedra, também se chegou. Tocou com o nariz a cabeça do mentor antes de voltar para o lado do pai.

Foi inevitável Estrela de Fogo se lembrar de Estrela Azul, do quanto ela amava os filhotes perdidos. Será que estivera aqui, ele se perguntou, para guiar seu filho até o Clã das Estrelas? Ambos haviam morrido bravamente, mortes cruéis causadas pela ambição maligna de Estrela Tigrada. Cada pelo do líder tinha pinicado com o seu desejo de enfrentar o guerreiro malhado e fazê-lo pagar por seus crimes.

– Estrela de Fogo, temos que ir – Listra Cinzenta sibilou, o branco de seus olhos brilhando à meia-luz.

Suas palavras despertaram Pé de Bruma. Antes que Estrela de Fogo pudesse responder, ela levantou a cabeça, olhou o irmão pela última vez com muito amor e foi ter com os gatos que a esperavam.

Estrela de Fogo impôs um ritmo acelerado para voltar ao rio, sentindo-se relaxar quando o fedor da Montanha Sinistra e das presas espalhadas começou a desvanecer. Listra Cinzenta ajudava os dois aprendizes, incentivando-os com miados e empurrões suaves. Pé de Bruma aguentava bravamente, mancando por causa das patas rachadas e doloridas depois da prisão, enquanto Pata Negra fechava o grupo, as orelhas inclinadas para trás, atento aos sons de perseguição.

A noite estava silenciosa, exceto pelo murmúrio da água, e até avistarem o rio não haviam encontrado nenhum gato. Virando a jusante em direção ao caminho de pedras, Estrela de Fogo ousou ter esperança de que poderiam escapar sem serem detectados.

Então, um uivo distante soou por entre os juncos e os seis gatos congelaram na trilha.

– Os prisioneiros fugiram!

# CAPÍTULO 17

– RÁPIDO – PARA O CAMINHO DE PEDRAS! – ESTRELA DE FOGO SIBILOU.

Sozinhos, os gatos do Clã do Trovão poderiam ter corrido do perigo facilmente, mas não iam abandonar os prisioneiros. Listra Cinzenta se juntou a Pata Negra na retaguarda, enquanto Estrela de Fogo tentava apressar os gatos do Clã do Rio.

– Vocês precisam ir embora! – Pé de Bruma falou de modo entrecortado. – Não tem sentido todos nós sermos capturados.

– Nunca! – rosnou Listra Cinzenta. – Estamos todos juntos nessa.

Agora saltavam ao longo do rio, os gatos do Clã do Rio tropeçando em seus esforços para resistir. Estrela de Fogo já via as ondulações na água onde a corrente era quebrada pelas pedras. Mas o uivo atrás deles ficou mais alto e, quando ele virou a cabeça para farejar rapidamente o ar, sentiu o cheiro do Clã das Sombras.

– Grande Clã das Estrelas! – sussurrou. – Eles estão nos alcançando.

Nenhum dos perseguidores tinha aparecido ainda no caminho de pedras. Estrela de Fogo saltou sobre a primeira delas, depois sobre a segunda, e com um gesto da cauda indicou a Pé de Bruma que o seguisse.

– Rápido! – ele apressou.

Pé de Bruma flexionou as pernas traseiras e saltou, cambaleando quando as patas atingiram a superfície escorregadia, mas conseguiu se equilibrar. Os dois aprendizes vieram a seguir. Ao chegar do outro lado, Estrela de Fogo parou e ficou esperando, a água do rio lambendo-lhe as patas, enquanto os outros gatos saltavam atrás dele.

Os gatos do Clã do Rio, por estarem muito fracos, eram dolorosamente lentos, tendo que se preparar a cada salto. Pé de Bruma foi a primeira, e Estrela de Fogo ficou na ponta da pedra para lhe dar lugar. Os dois aprendizes ainda estavam um pouco atrás. Embora tentasse se manter calmo, Estrela de Fogo raspava a pedra bruta impacientemente. Quando as primeiras formas escuras dos perseguidores saíram dos juncos, de propósito ficou calado. Pata de Tempestade exatamente juntava coragem para saltar, e o líder o encarou de verdade. – Vamos – ele miou, firme. – Você está indo bem.

Mas, enquanto seu irmão se preparava, Pata de Pluma, algumas pedras atrás, viu os guerreiros do Clã das Sombras correndo ao longo da margem do rio. – Eles estão chegando! – ela uivou.

Pata de Tempestade, sem se concentrar, calculou mal a distância. Suas patas dianteiras pousaram na pedra, mas a traseira do corpo caiu no rio. A correnteza borbulhava em torno dele, arrastando-o com seu pelo espesso, apesar dos esforços para se salvar.

– Estou escorregando! – Ele arfou. – Não consigo me segurar!

Estrela de Fogo voltou uma pedra, mal conseguindo se equilibrar no espaço deixado por Pata de Tempestade. Cravou os dentes na nuca do aprendiz justo quando ele perdeu o controle e escorregou para trás, caindo no rio. Por alguns tique-taques de coração, Estrela de Fogo sentiu as próprias patas deslizarem na rocha lisa sob o peso do jovem e a força da correnteza.

Foi quando viu Listra Cinzenta nadando atrás do filho, as patas enfrentando com coragem a água gelada. O guerreiro cinza usou o ombro para suspender Pata de Tempestade e Estrela de Fogo conseguiu içá-lo para a rocha, onde ele ficou agachado, tremendo.

Olhando em direção à margem do Clã do Rio, Estrela de Fogo viu Pata Negra chamando Pata de Pluma para a próxima pedra, molhando as próprias patas para deixar para ela a parte mais seca.

Atrás deles, os perseguidores haviam alcançado a primeira pedra. Pé Preto estava na frente, ladeado por Zigue-Zague e três ou quatro outros – eram gatos demais para enfrentar, Estrela de Fogo percebeu.

– Venha! – uivou. – Depressa! – Ele cutucou Pata de Tempestade, que tremia. – Continue andando, siga Pé de Bruma!

Pé Preto se agachou, pronto para saltar, os olhos fixos na pedra onde Pata Negra tinha se colocado entre Pata de Pluma e o guerreiro do Clã das Sombras. O estômago de Estrela de Fogo se contraiu. O isolado era corajoso, mas seus dias de treinamento estavam muito longe e ele não seria páreo para um guerreiro experiente como o representante de Estrela Tigrada.

Listra Cinzenta começou a nadar de volta para onde estava Pata Negra. Um grito selvagem cortou o ar quando o restante dos guerreiros do Clã das Sombras se espalhou ao longo da margem, formando uma coluna ameaçadora.

– Continuem andando! – Estrela de Fogo disse a Pé de Bruma. – Leve Pata de Tempestade com você. Eu vou voltar.

Mas antes que ele pudesse se mover, um uivo feroz de batalha ecoou vindo da floresta, da margem do rio pertencente ao Clã do Trovão. Estrela de Fogo viu três formas surgindo da vegetação rasteira: Cauda de Nuvem, com Tempestade de Areia e Garra de Espinho logo atrás.

– Obrigado, Clã das Estrelas – ele começou, mas logo parou quando Cauda de Nuvem saltou para o rio, os olhos em chamas e as garras estendidas. Foi na direção de Pé de Bruma, que pulava da última pedra para a margem.

Estrela de Fogo correu pelas pedras restantes para interceptar o sobrinho, colocando-se ao seu lado, empurrando-o até fazê-lo cair. – Você pensa como camundongo! – ele retrucou. – O inimigo está lá atrás.

Ele apontou com a cabeça para o meio do rio, onde Pata Negra e Listra Cinzenta lutavam com Pé Preto na pedra central. Pata de Tempestade se preparava para o último salto para a margem, enquanto Pata de Pluma estava encolhida duas ou três pedras mais atrás. Quando Tempestade de Areia e Garra de Espinho se lançaram pelas pedras para enfrentar os guerreiros do Clã das Sombras, os dois aprendizes se encolheram na beira das pedras para deixá-los passar.

Murmurando "desculpe" para Pé de Bruma, Cauda de Nuvem pulou depois deles. Estrela de Fogo reuniu os músculos para fazer o mesmo, mas, antes que ele saltasse, viu Pé Preto escorregar na pedra e ser varrido pela correnteza. Ele afundou um pouco abaixo da superfície, reaparecendo em seguida, e nadou desajeitadamente de volta para o lado do Clã do Rio, as orelhas coladas na cabeça. Os três guerreiros do Clã do Trovão se amontoaram em uma pedra, cravando as garras e rosnando ferozmente para os perseguidores que ainda havia.

– Se quiser continuar vivo, não dê mais um passo – rosnou Tempestade de Areia.

Os guerreiros do Clã das Sombras avançaram indecisos nas primeiras duas ou três pedras. Não acostumados ao rio, não tinham equilíbrio e estavam claramente relutantes quanto a participar de uma batalha com os gatos furiosos do Clã do Trovão.

– Volte! – Pé Preto miou subindo na margem, o pelo escorrendo. – Deixe-os fugir, eles são só carniças meio-clãs.

Os guerreiros pareciam felizes em obedecer, e em poucos instantes todos os felinos do Clã das Sombras haviam desaparecido entre os juncos.

Estrela de Fogo se concentrou em ajudar os dois aprendizes a terminar a travessia. Listra Cinzenta e Pata Negra vinham logo atrás. Verificando se seus gatos estavam feridos, Estrela de Fogo viu que Listra Cinzenta tinha perdido um chumaço de pelo no ombro e a orelha esquerda de Pata Negra estava sangrando; fora isso, pareciam ilesos.

– Parabéns a todos – ele miou, voltando-se para os outros guerreiros do Clã do Trovão. – Nunca fiquei tão feliz em ver gatos como quando vocês surgiram da floresta. Quem trouxe vocês?

– Você – Cauda de Nuvem arfou. – Você ordenou a formação de patrulhas extras para observar a fronteira. Sorte sua que chegamos na hora certa.

Estrela de Fogo ficou tão aliviado que as pernas amoleceram. O Clã das Estrelas tinha enviado a patrulha no momento exato. – Tudo bem – ele miou –, é melhor voltarmos para o acampamento. Esses três precisam descansar. Pata Negra, venha também para Manto de Cinza dar uma olhada nessa orelha.

Estrela de Fogo ficou na retaguarda, caso os guerreiros do Clã das Sombras decidissem, afinal, atravessar o rio, mas atrás deles tudo estava tranquilo. Passados alguns instantes, Tempestade de Areia recuou para acompanhá-lo.

– O que aconteceu? – ela perguntou. – O que esses gatos do Clã do Rio estão fazendo aqui?

Estrela de Fogo parou e deu-lhe uma rápida lambida na orelha. – Eles estavam presos – explicou. – Se os tivéssemos deixado lá, Estrela Tigrada os teria matado.

A gata voltou seu olhar verde para ele, horrorizada. – Por quê?

– Porque seus pais vieram de clãs diferentes. – Estrela Tigrada diz que os meio-clãs não servem para viver na floresta.

– Mas seus próprios filhotes são meio-clãs! – Tempestade de Areia protestou.

Estrela de Fogo balançou a cabeça. – Não, porque Estrela Tigrada pertencia ao Clã das Sombras quando eles nasceram. Pelo menos, essa seria a sua desculpa. O grande Estrela Tigrada só seria pai de um puro-sangue, não é?

O choque e a repugnância nos olhos de Tempestade de Areia aumentaram, mas se transformaram em simpatia ao fitarem os gatos do Clã do Rio. – Pobres coitados – ela murmurou. – Você vai deixá-los ficar no Clã do Trovão?

Estrela de Fogo acenou que sim. – O que mais podemos fazer?

A Lua estava alta e banhava a ravina com sua luz prateada quando o grupo chegou ao acampamento. O líder mal podia acreditar na calmaria reinante, tão perto da clareira ensanguentada da Montanha Sinistra e de toda a violência desencadeada pela ambição de Estrela Tigrada.

Mas, ao sair do túnel de tojo para o acampamento, a ilusão de paz foi abalada. Nevasca veio correndo em sua direção com Pelo de Musgo-Renda nos calcanhares. O mais jovem parecia perturbado.

– Graças ao Clã das Estrelas por você estar de volta, Estrela de Fogo! – exclamou. – É Pata de Açafrão: ela desapareceu!

# CAPÍTULO 18

– Desapareceu? – Estrela de Fogo repetiu, alarmado. – O que aconteceu?

– Não temos certeza. – Nevasca estava mais calmo do que Pelo de Musgo-Renda, mas seus olhos traíam sua preocupação. – Foi Pata de Amora Doce quem disse primeiro que não conseguia encontrá-la. Pensei que ele estivesse fazendo tempestade em copo-d'água, mas procuramos por todo o acampamento. Ela não está aqui, e não a viram sair.

– A culpa é minha! – Pelo de Musgo-Renda interrompeu. – Sou seu mentor.

– Não é culpa sua! – Nevasca assegurou. – Eu enviei você em uma patrulha de caça. Nenhum gato espera que esteja em dois lugares ao mesmo tempo.

Pelo de Musgo-Renda balançou a cabeça em desespero.

– Vá buscar Pata de Amora Doce – Estrela de Fogo ordenou. Garra de Espinho saltou de imediato para a toca dos aprendizes.

Enquanto esperava, Estrela de Fogo enviou Pata Negra e os três gatos do Clã do Rio para Manto de Cinza. Listra Cinzenta foi também para explicar o que tinha acontecido e para se assegurar de que seus filhotes ficariam bem. Embora estivesse com frio e encharcado pelo rio gelado, só se preocupava com as crianças, e enquanto atravessavam a clareira ele se manteve bem próximo delas, como uma sombra maciça.

– Não sei o que pensar – Nevasca miou quando eles partiram. – Talvez Pata de Açafrão tenha tido alguma ideia e resolveu sair sozinha. Ela pode estar presa ou ferida em algum lugar...

– Ou pode estar no Clã das Sombras – Pelo de Musgo--Renda interrompeu, o pelo eriçado. – Estrela Tigrada pode tê-la sequestrado!

– Mas Estrela Tigrada estava no território do Clã do Rio – Estrela de Fogo disse em voz baixa. – E Pé Preto e Risca de Carvão também. – Ele viu as orelhas de Nevasca se contraírem de surpresa, e entendeu que teria de explicar ao representante tudo o que acontecera, o mais rapidamente possível.

– Ele poderia ter enviado algum outro gato para fazer o trabalho sujo – Cauda de Nuvem acrescentou.

– Você farejou gatos do Clã das Sombras ao redor do acampamento? – Estrela de Fogo perguntou a Nevasca. – Ou do Clã do Rio?

O guerreiro branco negou. – Apenas os nossos.

– Então, parece que ela partiu por vontade própria. Talvez apenas quisesse caçar sozinha, para variar. – Mas não lhe saía da mente o ocorrido antes de deixar o acampamento, quando a jovem se enfureceu porque Orelhinha a comparara ao pai. Estrela de Fogo se perguntava se não subestimara a dor que ela sentira.

Interrompeu seus pensamentos quando Pata de Amora Doce surgiu. – Diga-me o que Pata de Açafrão fez antes de desaparecer – Estrela de Fogo ordenou.

– Apenas as tarefas habituais de aprendiz. – O jovem parecia ansioso, tinha os olhos cor de âmbar arregalados e confusos. – Limpamos a cama dos anciãos e trouxemos presa fresca para eles, e eu fui pegar bile de camundongo com Manto de Cinza para colocar em um carrapato no pelo de Orelhinha. Quando voltei, Pata de Açafrão tinha ido embora, e eu não a vi desde então.

– Onde é que você já a procurou?

– Voltei aonde pegamos o musgo para a cama, mas ela não estava lá. E procurei no vale de treinamento.

Estrela de Fogo balançou a cabeça. – Você perguntou aos anciãos se ela disse alguma coisa a eles?

– Perguntei – respondeu Nevasca –, mas eles não conseguiram se lembrar de nada fora do comum.

– E Flor Dourada? Será que Pata de Açafrão disse alguma coisa a ela?

Nevasca balançou a cabeça. – Estava desesperada. Mandei que fosse na direção de Pinheiros Altos com Pelo de Rato. Ainda não voltaram.

– Você tentou rastrear Pata de Açafrão?

– Sim, claro – Pelo de Musgo-Renda respondeu. – Nós a rastreamos até o topo da ravina, mas depois perdemos o cheiro.

Estrela de Fogo hesitou. Mais do que tudo queria acreditar que havia uma explicação simples para a ausência da jovem. O Clã das Estrelas proibia desejar a um aprendiz uma situação difícil, mas seria melhor ela estar ferida em algum lugar, ele pensou, do que ter escolhido se juntar ao pai, o que ele temia.

– Vou tentar de novo – decidiu. – Provavelmente é tarde demais, mas...

– Vou com você – Cauda de Nuvem se ofereceu.

Estrela de Fogo acenou-lhe com gratidão. Cauda de Nuvem era um dos melhores rastreadores do clã. – Tudo bem – ele miou. – Tempestade de Areia, Garra de Espinho, venham também.

Estrela de Fogo guiou novamente o grupo para deixarem o acampamento. A exaustão pesava em suas patas, a noite estava quase terminada, e ainda não tinha dormido. Como teria sido bom se acomodar em sua toca com um pedaço de presa fresca, mas sabia que se passaria um longo tempo antes que ele pudesse fazer isso.

Não foi difícil rastrear o cheiro de Pata de Açafrão na ravina, embora estivesse começando a desaparecer agora. No entanto, indo para o topo, ele o perdeu, como acontecera a Pelo de Musgo-Renda. Estrela de Fogo começou a suspeitar de que a jovem tivesse saltado de rocha em rocha, onde seu cheiro não permaneceria, confundindo quem tentasse segui-la. Seus piores temores voltaram: será que ela estava realmente tão infeliz no Clã do Trovão a ponto de pensar em ir embora?

Seus pensamentos foram interrompidos por um uivo de Cauda de Nuvem entre os arbustos no topo da ravina.

– Aqui! Ela passou por aqui!

O líder foi ao seu encontro aos pulos e também conseguiu distinguir um vestígio do cheiro de Pata de Açafrão. Ambos farejaram as árvores, nariz no chão, concentrados no odor de gato entre outros mais fortes, de presas, que os distraíam. Mas odor de gato, só o dela. Até aqui, pelo menos, ela estava sozinha.

Então, na beira de uma clareira, perderam o rastro de novo, e nem mesmo o nariz afiado de Cauda de Nuvem conseguiu encontrá-lo.

Um vento frio surgiu, fazendo as nuvens cruzarem a Lua e despenteando o pelo dos felinos. E quando, em um último esforço, Estrela de Fogo pegou o caminho de volta, uma fina chuva gelada começou a cair.

– Cocô de rato! – Cauda de Nuvem cuspiu. – Isso acaba conosco.

Relutante, Estrela de Fogo concordou. Chamou de volta Tempestade de Areia e Garra de Espinho, que realizavam suas buscas. – Vamos voltar. Nada mais podemos fazer.

Tempestade de Areia ficou parada por um momento, olhando na direção em que a trilha de cheiro parecia levar.

– Acho que ela seguia para Quatro Árvores.

Isso fazia sentido, Estrela de Fogo refletiu. Quatro Árvores era o lugar óbvio para ir se ela quisesse encontrar um gato de outro clã, ou para atravessar em direção ao território de outro clã. Cada fio de seu pelo se arrepiou de medo. Não podia mais admitir que a jovem se afastara apenas para caçar, e ele via nos olhares preocupados de seus guerreiros que compartilhavam aquela convicção crescente: ela fora para o Clã das Sombras.

Quando a patrulha voltou para o acampamento, Pelo de Musgo-Renda e Pata de Amora Doce ainda esperavam ansiosamente na clareira. A eles tinham se juntado a mãe de Pata de Açafrão, Flor Dourada, e Pelo de Rato. Os quatro estavam enlameados e desesperados na chuva, agora mais pesada.

– E então? – Flor Dourada perguntou quando o líder se aproximou. – O que você descobriu?

– Nada. Não sabemos onde ela está.

– Então por que não continuam procurando? – a voz de Flor Dourada era cortante.

Estrela de Fogo balançou a cabeça. – Não há nada a se fazer no escuro e na chuva. Ela pode estar em qualquer lugar.

– Você não se importa, não é? – o miado de Flor Dourada se elevou, estridente de raiva. – Você acha que ela partiu por vontade própria! Você nunca confiou nela!

O líder se esforçou para responder, sabendo que a acusação era uma meia-verdade. Mas Flor Dourada não esperou. Virou-se e desapareceu sob os galhos da toca dos guerreiros.

– Espere! – Estrela de Fogo chamou, mas a gata o ignorou.

– Ela não sabe o que está dizendo – Tempestade de Areia miou com simpatia. – Vou acalmá-la. – Ela então entrou na toca atrás de Flor Dourada.

Cansado e desanimado, Estrela de Fogo se virou para Pata de Amora Doce, esperando uma acusação semelhante. Mas seu aprendiz estava calmo, os olhos cor de âmbar impenetráveis.

– Tudo bem – ele miou. – Sei que você fez tudo o que podia. Obrigado. – Cabeça e cauda baixas, ele fez o caminho de volta para a toca dos aprendizes.

O líder o observou partir. Estava exausto. Parecia que haviam se passado várias luas desde que Listra Cinzenta tinha sugerido ir ao Clã do Rio para ver seus filhotes. Um amanhecer cinzento e frio começava a dominar o céu, e Estrela de Fogo precisava desesperadamente descansar, mas antes havia mais uma obrigação: visitar Manto de Cinza e ter certeza de que os gatos do Clã do Rio se recuperariam da provação por que tinham passado.

Na ida para a toca da curandeira, Estrela de Fogo sentiu que voltavam todas as dúvidas sobre sua liderança. Um guerreiro banido e que passara para o lado inimigo – e disposto a matar para provar sua nova lealdade. Uma aprendiz desaparecida. E toda a floresta tomada de terror e ódio, que Estrela de Fogo não via como combater. A visão que tivera no riacho, ele mesmo usando a juba do Clã do Leão, parecia muito distante. Se o Clã das Estrelas realmente o destinara à grandeza, ele não podia deixar de se perguntar se não tinham escolhido o gato errado.

De pé na Pedra Grande, Estrela de Fogo viu os gatos de seu clã saindo das tocas. Era a manhã seguinte à expedição ao território do Clã do Rio, e ele convocara uma reunião para contar aos guerreiros exatamente o que tinha acontecido e para explicar a presença dos três gatos do Clã do Rio.

Pé de Bruma e os dois aprendizes estavam sentados na base da Pedra Grande com Listra Cinzenta e Manto de Cinza. Estrela de Fogo ficou satisfeito ao ver que eles já pareciam mais fortes, como se a sua energia estivesse voltando depois de uma boa refeição e com os cuidados da curandeira.

Pata Negra partira de madrugada, a orelha ferida envolta em teia de aranha e um brilho nos olhos ao recordar a batalha no caminho de pedras.

– Incrível como as lições do meu antigo treinamento voltaram – ele miou a Estrela de Fogo. – Não tinha esquecido os movimentos de luta.

– Você esteve perfeito. Você é um verdadeiro amigo do Clã do Trovão.

– Agora que Estrela Tigrada está subindo ao poder, acho que o Clã do Trovão vai precisar de todos os amigos que conseguir – disse o isolado, sério.

Pata Negra havia passado algum tempo no túmulo de Estrela Azul e, em seguida, partira para a fazenda perto de Pedras Altas. O gato de pelo rubro se perguntava se precisaria lhe pedir ajuda novamente. Os inimigos de Estrela Tigrada teriam de se unir para expulsá-lo da floresta, embora Estrela de Fogo soubesse que o confronto final seria com ele – só com ele.

O líder esperou até que todos os gatos do Clã tivessem se instalado em torno da Pedra Grande e, em seguida, começou a falar.

– A esta altura vocês já souberam que Listra Cinzenta, Pata Negra e eu fomos ao território do Clã do Rio na noite passada. – Ele descreveu a Montanha Sinistra e as presas podres espalhadas ao redor da clareira, e como Estrela Tigrada tinha atiçado o ódio de seus guerreiros contra os gatos meio-clãs, cujos pais vinham de clãs diferentes. Sua voz tremia ao descrever o assassinato de Pelo de Pedra, e os gatos que o ouviam, tremendo, encostaram o peito no chão em sinal de compaixão e horror.

Pelagem de Poeira rosnou: – E então por que não estamos atacando o Clã das Sombras agora, como vingança?

– Porque não é tão simples assim. O Clã do Trovão sozinho não pode lutar com o Clã das Sombras e o Clã do Rio juntos e esperar vencer.

– Mas podemos tentar – retorquiu Cauda de Nuvem, de pé em um pulo.

– Mas onde atacaríamos? – perguntou Estrela de Fogo. – Haverá guerreiros dos dois clãs no acampamento do Clã do Rio, e não acho que Estrela Tigrada tenha deixado o acampamento do Clã das Sombras desprotegido. Eu me sinto exatamente como vocês. Não gosto do que Estrela Tigrada está fazendo, e tenho medo do que poderá fazer no futuro. Gostaria de saber o que o Clã das Estrelas espera de nós, mas até agora nada me disseram. Manto de Cinza, falaram alguma coisa para você?

A curandeira olhou para ele. – Não, ainda não.

Com um movimento zangado das orelhas, Cauda de Nuvem sentou-se novamente, e Coração Brilhante fez-lhe um agrado no ombro, para acalmá-lo.

Naquela breve pausa, Estrela de Fogo se perguntou se era certo dizer que não recebera nenhuma mensagem do Clã das Estrelas. Afinal, houve a visão no riacho, ele representando a glória do Clã do Leão. Pensou novamente na profecia de Estrela Azul: *Quatro serão dois. Leão e tigre vão se enfrentar em batalha.*

De repente, Estrela de Fogo entendeu tudo, como se um raio de sol aparecesse entre os galhos de uma árvore. Quatro *clãs* se tornariam dois. Será que isso significava que o Clã do Trovão deveria se unir ao Clã do Vento?

– Ainda estamos aqui, Estrela de Fogo! – a voz de Pelagem de Poeira perturbou seus pensamentos.

Estrela de Fogo começou: – Desculpem. Chamei vocês aqui para darem as boas-vindas aos três gatos do Clã do Rio que resgatamos. Todos conhecem Pé de Bruma, Pata de Pluma e Pata de Tempestade, filhotes de Listra Cinzenta. Acho que devemos lhes oferecer um lugar conosco até que seja seguro voltarem para casa.

Murmúrios eclodiram na clareira. O líder percebeu que a maioria concordava, mas alguns pareciam não ter certeza.

Rabo Longo foi o primeiro a expressar suas dúvidas. – Isso é tudo muito bom, Estrela de Fogo, e lamento a situação por que passaram, mas, se ficarem aqui, o que eles vão comer? Estamos no meio da estação sem folhas. Já temos bastante trabalho para encontrar nosso alimento.

– Eu caçarei para eles! – Listra Cinzenta enfrentou o clã. – Posso alimentar os três, e o clã também.

– Não estamos incapacitados, vocês sabem – acrescentou Pé de Bruma. – Em um ou dois dias ficaremos mais fortes e poderemos caçar para nós e para vocês também.

Pelo de Rato levantou-se e falou diretamente ao líder. – Não se trata de quem vai caçar. Depois do incêndio, esta estação sem folhas está mais difícil do que nunca. Estamos todos com fome e vamos precisar de toda a força possível para lutar contra o tal Clã do Tigre. Acho que eles deveriam ir para casa.

Tempestade de Areia pulou nas patas antes mesmo que Estrela de Fogo pudesse falar. – Eles *não podem* ir para casa – ela ressaltou. – Você não estava ouvindo? Eles vão ser assassinados se voltarem, como Pelo de Pedra.

– Você quer que o Clã do Trovão seja conhecido por enviar felinos para a morte? – Pelo de Musgo-Renda acrescentou.

Pelo de Rato olhou para as próprias patas, a raiva eriçando seu pelo.

– Vale a pena mencionar – Nevasca miou calmamente – que todos esses gatos são metade Clã do Trovão. Eles têm o direito de nos pedir abrigo.

Do alto de seu ponto de vista na Pedra Grande, Estrela de Fogo viu uma onda de choque passar pelos gatos quando se viraram para olhar para Pé de Bruma, que estava de pé, dando a impressão de ser a sombra viva da antiga líder. Lembrando-se da hostilidade de alguns deles quando Pé de Bruma e Pelo de Pedra tinham vindo se despedir de Estrela Azul, Estrela de Fogo percebeu que Nevasca estava correndo um grande risco ao relembrar os fatos.

Mas dessa vez não houve problemas. Mesmo Pelo de Rato e Rabo Longo permaneceram em silêncio. A história do que aconteceu perto da Montanha Sinistra havia despertado a simpatia do clã em relação ao Clã do Rio. Os guerreiros relaxaram, o choque diminuiu, e houve alguns murmúrios de aprovação às palavras de Nevasca.

Estrela de Fogo olhou para os gatos do Clã do Rio, que estavam na base da rocha com Listra Cinzenta e Manto de Cinza.

– Bem-vindos ao Clã do Trovão – ele miou.

Pé de Bruma inclinou a cabeça em sinal de gratidão. – Obrigado, Estrela de Fogo. Jamais nos esqueceremos.

– Era a coisa certa a fazer. Só espero que vocês logo se sintam recuperados de todo.

– Eles vão ficar bem – Manto de Cinza miou. – Tudo o que precisam é de boa comida e um lugar quente para dormir.

– É, nem tinha cama naquele buraco horrível – Pata de Pluma disse com aflição, os olhos arregalados e perturbados.

– Você não precisa mais pensar nisso – Pé de Bruma prometeu com uma reconfortante lambida. – Só se concentre em voltar a ficar forte. Assim que estiverem em forma, vamos ter de continuar com seu treinamento.

Estrela de Fogo se lembrou de que Pé de Bruma era a mentora de Pata de Pluma. Imaginava as dificuldades de treinar um aprendiz em território desconhecido, quando Listra Cinzenta interrompeu seus pensamentos.

– Pelo de Pedra era o mentor de Pata de Tempestade, então ele vai precisar de outro agora. Algum problema se eu mesmo o treinar?

– Boa ideia – Estrela de Fogo miou, e foi recompensado com o brilho de orgulho e prazer nos olhos de Listra Cinzenta olhando para o filho. – Vamos realizar a cerimônia de imediato. – Ele não tinha certeza de que era necessário, uma vez que Pata de Tempestade não era verdadeiramente um membro do Clã do Trovão, mas algo dentro dele desejava fazer contato com o Clã das Estrelas através de rituais antigos e familiares.

Ele desceu da Pedra Grande e acenou para Pata de Tempestade com a cauda. O jovem se colocou à sua frente, ainda trêmulo, mas mantendo a cabeça erguida.

– Pata de Tempestade, você já iniciou seu treinamento – Estrela de Fogo começou. – Pelo de Pedra foi um mentor nobre, e o Clã Trovão chora por ele. Agora você deve continuar a aprender as habilidades de um guerreiro com um novo mentor. – Virando-se para Listra Cinzenta, determinou. – Listra Cinzenta, você vai continuar a formação de Pata de Tempestade. Você suportou os sofrimentos com o espírito de guerreiro, e espero que passe a esse aprendiz as habilidades que lhe foram ensinadas.

Listra Cinzenta solenemente acenou com a cabeça e, em seguida, trocou toques de nariz com o filho. Estrela de Fogo captou o olhar de Pelo de Musgo-Renda; o jovem estava obviamente satisfeito por seu antigo mentor ter um novo aprendiz.

Estrela de Fogo encerrou a reunião e desceu da Pedra Grande. Olhando em volta, viu Tempestade de Areia ali perto. – Quero lhe pedir um favor.

A gata cor de gengibre olhou para ele. – O que é?

– É sobre Pé de Bruma. Ela vai ter problemas para treinar Pata de Pluma corretamente aqui. Não conhece os lugares de treinamento, nem os perigos, nem os melhores lugares para caçar.

O líder hesitou, sem saber se o que estava prestes a sugerir era uma boa ideia. Havia pouco escolhera Pelo de Musgo-Renda para treinar Pata de Açafrão, o que deixou Tempestade de Areia profundamente sentida, por se sentir preterida. Ela poderia muito bem se ofender novamente.

– Pode falar – miou Tempestade de Areia.

– Eu... eu quero saber se você ajudaria Pé de Bruma com a formação de Pata de Pluma. Não consigo pensar em um gato melhor.

Ela deu-lhe um olhar longo, medido. – Você achou que poderia me dobrar com um pouco de bajulação, não é?

– Eu não...

A gata soltou um ronronar de riso. – Bem, talvez você possa. Claro que vou ajudá-la, sua bola de pelo boba. Vou falar com ela agora.

O líder sentiu o alívio tomar conta dele. – Muito obrigado.

Um gemido alto o interrompeu. Os felinos que ainda estavam na clareira olharam para a entrada do túnel de tojo. O gato rubro não podia ver o que os assustara, mas farejou um cheiro de sangue no ar, um cheiro de gato desconhecido.

Abrindo caminho entre os guerreiros, ele chegou à entrada. Um gato saiu do túnel mancando, tão ferido que era impossível reconhecê-lo. O sangue escorria de um corte longo em seu flanco. O pelo estava emaranhado com areia e poeira, e um olho, fechado.

Então o líder percebeu a pelagem escura sarapintada sob a sujeira e conseguiu distinguir o cheiro do Clã do Vento. O recém-chegado era Garra de Lama, que mal conseguia resistir à dor e à exaustão.

– Garra de Lama! – Estrela de Fogo exclamou. – O que aconteceu?

O gato cambaleou na sua direção. – Você tem de nos ajudar, Estrela de Fogo! – respondeu ofegante. – O Clã do Tigre está atacando nosso acampamento!

# CAPÍTULO 19

Estrela de Fogo subiu aos pulos a encosta que levava ao território do Clã do Vento, vindo de Quatro Árvores. Atrás dele seguia a patrulha composta de seus guerreiros: Listra Cinzenta, Pelo de Musgo-Renda, Tempestade de Areia, Cauda de Nuvem e Pelagem de Poeira com seu aprendiz, Pata Gris. O líder não ousara trazer mais felinos para ajudar o Clã do Vento. Havia deixado Nevasca no comando do acampamento do Clã do Trovão com todos os outros guerreiros vigiando, caso Estrela Tigrada planejasse atacá-los também.

Suas patas deslizavam na turfa maleável da charneca e suas pernas o levavam para o acampamento do Clã do Vento. Um vento frio achatava seu pelo, trazendo o cheiro distante do Clã das Sombras. Embora soubesse que os gatos ainda estavam bem longe, ele imaginou ouvir os gritos de batalha, os guerreiros de Estrela Tigrada se lançando sobre o desavisado Clã do Vento.

– Vai ser tarde demais – disse-lhe Listra Cinzenta, ofegante. – Quanto tempo Garra de Lama levou para chegar até nós, ferido como estava?

Estrela de Fogo não gastou seu fôlego respondendo. Sabia que o amigo estava certo. Não era a primeira vez que o Clã do Trovão lutava para ajudar o Clã do Vento contra uma aliança entre o Clã das Sombras e o Clã do Rio. Mas daquela vez eles tinham sido avisados e conseguiram dispersar os guerreiros que atacavam. Agora, quando chegassem ao acampamento do Clã do Vento, a batalha poderia estar terminada, mas ainda assim ele sabia que tinha de tentar. O Código dos Guerreiros, suas amizades dentro do Clã do Vento e a necessidade de se unir para resistir ao Clã do Tigre, tudo isso o obrigava a levar seus guerreiros para libertá-los o mais rápido possível.

À medida que se aproximavam, ao cheiro do Clã das Sombras somava-se um vestígio de Clã do Rio, misturados com um novo odor que Estrela de Fogo percebeu ser característico do Clã do Tigre. Eles estavam bem perto. Esperou dali mesmo ouvir uivos de combate, e o silêncio tomou conta de seu coração como garras frias. A batalha devia ter terminado. Estrela de Fogo diminuiu o ritmo, enquanto subia com a patrulha a última encosta para chegar ao acampamento, sua barriga denunciando o medo de imaginar o que poderiam encontrar.

Ele deslizou de mansinho até o cume, de onde poderia olhar o acampamento. Havia um forte odor de Clã do Vento no ar, assim como um ranço de sangue e medo. Um único grito estranho quebrou o silêncio quando chegou ao alto e viu o que Estrela Tigrada tinha feito.

O vale do acampamento do Clã do Vento era cercado de arbustos de tojo. Algumas flores amarelas ainda pendiam dos galhos espinhosos. Mais longe, no centro do acampamento, Estrela de Fogo via gatos amontoados, que mal conseguiam se mover. Enquanto observava, uma rainha casco de tartaruga levantou a cabeça e soltou outro gemido arrepiante.

– Flor da Manhã! – o líder exclamou.

Fazendo um sinal com a cauda para que seus guerreiros o seguissem, ele correu por entre os arbustos para entrar no acampamento. Irrompendo em campo aberto, ficou cara a cara com o líder do Clã do Vento, Estrela Alta, exausto, o pelo rasgado e coberto de poeira, a longa cauda pendendo.

– Estrela de Fogo! – Sua voz estava rouca de dor. – Sabia que você viria.

– Tarde demais. Sinto muito.

O líder do Clã do Vento balançou a cabeça, impotente. – Você fez o possível. – Ele se virou para os gatos agachados no chão da clareira, muito chocados ou feridos para se moverem. – Veja o que Estrela Tigrada fez.

– Conte o que aconteceu – pediu Listra Cinzenta.

Estrela Alta contraiu as orelhas. – Você pode ver. Estrela Tigrada e seus guerreiros nos atacaram... não tivemos nenhum aviso e, de qualquer jeito, eles eram muitos mais do que nós.

Estrela de Fogo avançou, sentindo o estômago embrulhar. Nenhum guerreiro do Clã do Vento escapara sem ferimentos.

Pé Morto, o representante, estava deitado, o sangue escorria de um corte em seu flanco. Ao seu lado estava Água Fugaz, uma gata cinza-claro cujo pelo pendia em tufos do ombro. Seus olhos olhavam para o nada, como se não conseguissem acreditar no que tinha acontecido.

Estrela de Fogo tampouco conseguia. O ataque fora completamente gratuito. Não houvera aviso na última Assembleia. Estrela Tigrada não conquistara território extra para o seu clã. O objetivo do ataque era apenas levar o *medo* para os gatos do Clã do Vento.

– Ei, Estrela de Fogo! – Uma voz fraca o fez virar: era seu velho amigo Bigode Ralo. O guerreiro marrom estava deitado de lado, com ferimentos profundos na garganta e no ombro. Casca de Árvore, curandeiro do Clã do Vento, pressionava teias de aranha nas feridas, mas o sangue ainda escorria lentamente.

– Bigode Ralo... – Estrela de Fogo ficou sem saber o que dizer.

Os olhos do felino brilhavam por causa da dor. – Não é tão ruim quanto parece – ele resmungou. – Você devia ter visto o outro gato.

– Gostaria de ter chegado a tempo – Estrela de Fogo miou.

– Eu também. Olhe ali.

Bigode Ralo virou a cabeça, e Casca de Árvore ralhou: – Fique quieto!

O gato de pelo avermelhado seguiu o olhar do guerreiro ferido. Flor da Manhã, a rainha casco de tartaruga que estivera se lamentando em voz alta, estava agachada sobre o corpo imóvel de outro gato, pequeno, de pelo alaranjado e branco.

– Não... – a garganta de Estrela de Fogo se fechou e ele teve de sufocar as palavras. – Pata de Tojo, não.

– Estrela Tigrada o matou. – A voz de Bigode Ralo estava cheia de raiva. – Ele o imobilizou no centro da clareira, rodeado por seus guerreiros para que nenhum gato conseguisse se aproximar o suficiente para detê-lo. Ele... ele disse que ia matá-lo para nos mostrar o que esperar se nos recusássemos a nos juntar a ele.

Estrela de Fogo fechou os olhos, incapaz de suportar a cena sangrenta à sua frente, e tudo o que conseguia ver era uma imagem do truculento líder do Clã do Tigre, as patas mantendo imóvel o aprendiz impotente, enquanto ele desafiava os guerreiros do Clã do Vento. Um arrepio o percorreu. Pensou no tempo em que ele e Listra Cinzenta tinham ido encontrar os guerreiros do Clã do Vento expulsos pelo Clã das Sombras, e os levaram de volta para casa. Estrela de Fogo tinha carregado Pata de Tojo, ainda um filhotinho na época, através do Caminho do Trovão.

E tudo em vão, graças a Estrela Tigrada. Estrela de Fogo teve a nítida impressão de que Pata de Tojo fora deliberadamente escolhido porque o malévolo líder sabia de sua ligação com o jovem aprendiz.

Abrindo os olhos, Estrela de Fogo deixou Bigode Ralo e caminhou suavemente até Flor da Manhã, tocando-lhe o ombro com o nariz para chamar sua atenção.

Ela elevou seus belos olhos entorpecidos pela dor. – Estrela de Fogo – sussurrou –, nunca pensei que você tivesse salvado meu filho para isso. O que o Clã das Estrelas fez conosco?

O líder do Clã do Trovão se agachou, pressionou o corpo contra o dela para confortá-la e tocou com o nariz o corpo de Pata de Tojo. – Ele estava se tornando um bom guerreiro – murmurou.

O som de outro felino o despertou: era Listra Cinzenta. O amigo abaixou a cabeça também e tocou o pelo de Pata de Tojo, miando algumas palavras de conforto para Flor da Manhã.

– Estrela de Fogo, o que devemos fazer? – ele perguntou, erguendo a cabeça novamente. – Não podemos simplesmente deixá-los assim.

Com uma última e suave lambida na orelha de Flor da Manhã, o felino de pelo vermelho se levantou e se afastou com o amigo. – Pegue dois ou três gatos para uma patrulha – ordenou. – Um ou dois do Clã do Vento, também, se houver algum gato em condição. Eles conhecem suas fronteiras melhor que nós. Certifique-se de que não há guerreiros do Clã do Tigre ainda à espreita. Se encontrar algum, sabe o que fazer: persiga-o ou mate-o se for preciso. E traga quanto conseguir de presas frescas. O Clã do Vento precisa comer, e eles não estão em condição de caçar.

– Certo – Listra Cinzenta miou. Ele chamou Tempestade de Areia, Cauda de Nuvem e Pelagem de Poeira, e pediu permissão a Estrela Alta para patrulhar em seu território. O líder do Clã do Vento concordou, agradecido, e ordenou a Pé de Teia, que havia escapado com o pelo rasgado e alguns arranhões, que os acompanhasse e mostrasse os melhores lugares para caçar.

– Precisamos conversar – o líder do Clã do Vento miou para Estrela de Fogo, que observava a patrulha sair. – Estrela Tigrada deixou uma mensagem para você.

Estrela de Fogo mexeu as orelhas. – Uma mensagem?

– Ele quer se encontrar conosco amanhã em Quatro Árvores, no sol alto – Estrela Alta respondeu. – Diz estar cansado de esperar. Quer a nossa decisão, se vamos participar do Clã do Tigre ou não... e nos mostrou o que vai fazer se recusarmos.

Ele balançou a cauda em direção aos guerreiros feridos e ao corpo inerte do aprendiz, toda a sua dor contida no gesto.

Os dois líderes se fitaram e compartilharam um longo olhar de compreensão.

– Prefiro morrer a me juntar ao clã de Estrela Tigrada – Estrela de Fogo declarou por fim.

– Eu também – concordou Estrela Alta. – E fico feliz de ouvir isso. Estrela Azul sempre esteve certa a seu respeito. Para muitos, você era muito jovem e inexperiente quando ela o nomeou representante, mas você está mostrando sua fibra. A floresta precisa de felinos assim.

Estrela de Fogo inclinou humildemente a cabeça pelo elogio inesperado. – Então, amanhã nos vemos em Quatro Árvores – miou.

Estrela Alta concordou, sério. – Siga o meu conselho, e traga com você alguns dos seus guerreiros. Quando recusarmos a união, não creio que Estrela Tigrada vá nos deixar ir embora sem lutar.

O gato de pelo rubro sentiu frio na ponta da cauda. Viu que o gato mais velho estava certo. – Então, se tivermos que fazê-lo, vamos lutar juntos?

– Juntos – Estrela Alta prometeu. – Nossos clãs vão se unir como um leão para lutar contra o tigre que ronda nossa floresta.

O líder do Clã do Trovão o olhou com espanto. Estrela Alta não poderia saber da profecia de Estrela Azul, nem da visão que tivera no riacho. E ainda assim repetira as palavras da profecia. *Quatro serão dois, leão e tigre vão se enfrentar em batalha*. Será que o Clã das Estrelas tinha falado com ele também? Estrela de Fogo sabia que o líder do Clã do Vento não contaria – o que se passa entre um líder de clã e os espíritos de seus ancestrais guerreiros é somente para seus ouvidos. Mas esse eco lembrava a ele que eram líderes em conjunto, apoiados por dois clãs poderosos por trás.

Olhando fixamente para o nobre gato preto e branco, Estrela de Fogo miou: – Juro pelo Clã das Estrelas que meu clã será o seu parceiro, para combater este mal lado a lado.

– Juro também – Estrela Alta respondeu solenemente.

Estrela de Fogo ergueu a cabeça, sorvendo o ar, que ainda carregava um leve vestígio dos invasores. Sabia que aquela promessa correria no sangue de ambos até que Estrela Tigrada tivesse sido expulso da floresta, ou até que perdessem suas nove vidas tentando expulsá-lo.

# CAPÍTULO 20

O sol começava a se pôr sobre o rio, tornando a água uma folha flamejante em movimento e enviando um calor reconfortante que percorria a pelagem de Estrela de Fogo. Do alto das Rochas Ensolaradas, via o território do Clã do Rio.

– Fico imaginando o que o amanhã nos trará – murmurou.

Tempestade de Areia, a seu lado, balançou a cabeça, sem responder em palavras, mas pressionando o flanco quente contra ele. Depois que retornaram do devastado acampamento do Clã do Vento, Estrela de Fogo a chamara para sair em patrulha com ele. Sentia a necessidade de se afastar do restante do clã por algum tempo para se preparar para o encontro com Estrela Tigrada. Mas não queria ficar completamente sozinho, e Tempestade de Areia o confortava.

Haviam contornado as Rochas das Cobras e seguido o Caminho do Trovão até a fronteira com o Clã das Sombras para renovar as marcas de cheiro até Quatro Árvores; agora voltavam pela fronteira do Clã do Rio.

Não havia sinal de intrusos do Clã do Tigre. As fronteiras estavam seguras e, ainda assim, Estrela de Fogo sabia que, se tivesse de lutar com o Clã do Tigre, a batalha iria muito além das fronteiras. Seria o clímax de seu conflito com Estrela Tigrada, que durava quase desde a primeira vez em que pusera a pata na floresta.

O líder rubro se acomodou nas rochas, saboreando o conforto de estar a sós com Tempestade de Areia. – Estrela Tigrada está determinado a governar sobre toda a floresta – ele miou. – Certamente haverá uma batalha.

– E o Clã do Trovão vai ficar com a pior parte. Quantos guerreiros o Clã do Vento poderá nos ceder depois de hoje?

Sua voz estava perturbada, mas Estrela de Fogo sabia que, com ou sem ajuda do Clã do Vento, cada gato do Clã do Trovão lutaria bravamente ao seu lado.

A luz flamejante morria. Estrela de Fogo virou-se para olhar sua amada floresta. Uma única estrela brilhava no céu violeta.

*É você, Estrela Azul*?, ele perguntou silenciosamente. *Você ainda está cuidando de nós*?

Com fervor ele esperava que a antiga líder ainda estivesse protegendo o clã que tanto amava. Se sobrevivessem à reunião com Estrela Tigrada e conseguissem ficar de fora de sua saga pelo poder absoluto, seria porque o Clã das Estrelas sabia que a floresta precisava de quatro clãs.

Tudo estava parado e silencioso. Não havia nenhuma brisa para ondular o pelo dos gatos, nenhum farfalhar de presas entre as rochas. Estrela de Fogo sentia como se toda a floresta estivesse prendendo a respiração, à espera do amanhecer.

– Gosto de você, Tempestade de Areia – ele murmurou, encostando seu focinho na lateral do corpo da guerreira.

Ela virou a cabeça e seus olhos verdes, brilhando, encontraram os do líder. – Também gosto de você. E sei que, não importa o que aconteça, você vai nos ajudar a ultrapassar o dia de amanhã.

O líder gostaria de ter a mesma convicção. Mas sentia-se reconfortado por sua confiança. – Precisamos voltar e descansar – ele miou.

O frio da noite havia aumentado quando chegaram à ravina. O gelo já brilhava na grama e na superfície das rochas. Quando Estrela de Fogo saiu do túnel de tojo, uma forma branca apareceu vinda da escuridão.

– Estava começando a me preocupar – Nevasca miou. – Achei que talvez estivessem com problemas.

– Não, estamos bem. Não há sequer um rato se mexendo lá fora.

– Que pena! Seriam bem úteis aqui. – Nevasca fez um rápido relatório sobre as patrulhas que formara e a vigilância que estabelecera no acampamento. – Vá dormir um pouco. Amanhã vai ser um dia difícil.

– Vou, sim. Obrigado, Nevasca.

O guerreiro branco desapareceu de novo na escuridão. – Vou verificar as sentinelas – ele miou enquanto se retirava.

– Você não poderia ter escolhido melhor representante – Tempestade de Areia comentou quando Nevasca já não podia mais ouvir.

– É verdade. Não sei o que eu faria sem ele.

A gata fitou Estrela de Fogo com tristeza e sabedoria. – Você pode descobrir amanhã – ela miou. – Ou talvez um dos outros. Se Estrela Tigrada nos fizer lutar, muitos vão morrer, Estrela de Fogo.

– Eu sei. – Mas ele não tinha realmente pensado sobre o significado daquilo tudo até aquele momento. Perderia alguns dos gatos que dormiam à sua volta, amigos que amava, guerreiros em quem confiava. Ganhando ou perdendo, alguns dos felinos que fossem com ele não voltariam. E morreriam porque havia ordenado que lutassem. Uma pontada de dor o sacudiu, tão profunda e dolorosa que ele quase chorou em voz alta. – Eu sei – repetiu. – Mas o que posso fazer?

– Vá em frente. – A voz de Tempestade de Areia era suave. – Você é o nosso líder. Tem um dever a cumprir. E faz isso de forma brilhante.

Sem jeito, o gato não encontrou o que dizer e, depois de algum tempo, a amiga pressionou seu rosto contra o dele. – É melhor eu ir dormir um pouco – murmurou.

– Não, espere. – Estrela de Fogo achava que não conseguiria suportar a perspectiva de ficar em sua toca solitária sob a Pedra Grande, cheia de sombras. – Não quero ficar sozinho esta noite. Venha e divida a toca comigo.

A gata cor de gengibre abaixou a cabeça. – Se você quiser que eu vá, tudo bem.

Estrela de Fogo deu-lhe uma lambida rápida na orelha e guiou o caminho pela clareira. A cortina de líquen sobre a entrada da toca ainda não havia crescido de novo após o incêndio, mesmo assim a toca estava em total escuridão.

Mais pelo cheiro do que pela visão, Estrela de Fogo percebeu que um dos aprendizes havia lhe deixado presa fresca, o que o fez lembrar de como estava faminto. A presa era um coelho, e o casal o partilhou, lado a lado, engolindo-o com bocadas rápidas.

– Era bem disso que eu precisava – Tempestade de Areia ronronou, estendendo as patas dianteiras e arqueando as costas em um espreguiçamento longo e provocante. Então ela bocejou: – Poderia dormir por uma lua.

Estrela de Fogo arrumou a cama de musgo para a amiga, que se enroscou em si mesma e fechou os olhos. – Boa-noite, Estrela de Fogo – murmurou.

O líder tocou-lhe o pelo com o nariz. – Boa-noite.

Logo a respiração regular e suave da gata indicava que ela estava dormindo. Por conta do cansaço, Estrela de Fogo não se sentia pronto para se enroscar ao lado dela. Em vez disso, ficou olhando a Lua subir e derramar sua luz esmaecida pela entrada da toca, colorindo de prateado o pelo de Tempestade de Areia. Ela era tão linda, o líder pensou, tão preciosa para ele. E, no entanto, ela também poderia morrer amanhã.

*Isto é o que significa ser líder*, ele percebeu. Não sabia se poderia suportar aquela dor, embora soubesse que, ao amanhecer, teria de carregar o fardo que o Clã das Estrelas lhe destinara.

*Por favor, Clã das Estrelas, me ajude a cumprir bem essa missão*, ele pensou enquanto se acomodava no musgo ao lado Tempestade de Areia. O calor da pelagem da guerreira o confortou, até que ele finalmente se entregou ao sono.

# CAPÍTULO 21

Estrela de Fogo acordou e viu o chão da toca iluminado pela luz tênue do amanhecer. Ao seu lado, Tempestade de Areia ainda dormia, agitando o musgo com sua respiração. Com cuidado para não acordá-la, ele se levantou e saiu na manhã fria, depois de se espreguiçar.

A clareira estava deserta, mas quase imediatamente Nevasca apareceu vindo da toca dos guerreiros.

– Já enviei a patrulha do amanhecer – relatou. – Pelo de Musgo-Renda, Pelo de Rato e Listra Cinzenta. Eu lhes disse para realizar uma vistoria rápida até a fronteira do Clã das Sombras e depois nos fazer um relatório.

– Bom – miou Estrela de Fogo. – Seria bem próprio de Estrela Tigrada marcar uma reunião em Quatro Árvores e, em seguida, armar um ataque em outro lugar. É por isso que vou deixar você no comando do acampamento, com o maior número de guerreiros que puder dispensar.

– Pode levar a força de combate de que precisar – Nevasca miou. – Vamos ficar bem. A jovem Coração Brilhante está se tornando uma lutadora muito valiosa, desde que começou a treinar com Cauda de Nuvem. E os anciãos ainda podem usar algumas garras, se forem forçados.

– Eles *vão* ser forçados, antes de tudo isso acabar – Estrela de Fogo previu. – Obrigado, Nevasca, sei que posso confiar em você.

O guerreiro branco acenou que sim e desapareceu na toca de novo. Estrela de Fogo o viu partir, em seguida caminhou pela clareira em direção ao túnel de samambaia que levava à toca de Manto de Cinza.

Quando chegou à toca da curandeira, ouviu sua voz que vinha da fenda na rocha.

– Frutinhas de junípero, folhas de calêndula, sementes de papoula...

Olhou para dentro e viu a pequena gata acinzentada verificando as pilhas de ervas medicinais e frutos variados ao longo da parede da toca.

– Olá, Manto de Cinza – ele miou. – Tudo em ordem?

A curandeira o fitou com os olhos azuis muito sérios. – Mais do que nunca.

– Você acha que a batalha será inevitável? O Clã das Estrelas já falou com você?

Manto de Cinza foi até a entrada da toca. – Não, nem uma palavra. Mas o bom senso diz que vai haver uma batalha, Estrela de Fogo. Não preciso que uma profecia do Clã das Estrelas me diga.

O líder sabia que ela estava certa, e ainda assim as suas palavras o fizeram gelar. Com uma reunião tão importante pela frente, *por que* não havia sinal do Clã das Estrelas? Será que os ancestrais guerreiros os haviam abandonado no momento de maior necessidade? Tarde demais, Estrela de Fogo se perguntava se deveria ter ido a Pedras Altas trocar lambidas com o Clã das Estrelas.

– Você sabe por que o Clã das Estrelas está em silêncio? – perguntou a Manto de Cinza em voz alta.

A curandeira acenou que não. – Mas sei de uma coisa – ela miou, como se lesse seus pensamentos. – O Clã das Estrelas não se esqueceu de nós. Há muito tempo eles decretaram que deve haver quatro clãs na floresta, e não vão ficar parados e deixar que Estrela Tigrada mude isso para sempre.

Ele agradeceu e, enquanto partia para encontrar seus guerreiros, Estrela de Fogo desejou poder compartilhar daquela fé.

Uma brisa forte soprava quando Estrela de Fogo levou seus guerreiros até a encosta de Quatro Árvores, ondulando o gramado e carregando o cheiro de muitos gatos. Cada rajada trazia uma pancada de chuva das nuvens cinza que empurravam umas às outras no céu.

No alto da encosta, Estrela de Fogo parou, se agachou sob os arbustos para olhar para a clareira. Quase ao mesmo tempo Cauda de Nuvem apareceu.

– Por que estamos esperando? Vamos acabar com isso.

– Não até eu checar o que está acontecendo. Pelo que sabemos, podemos estar caminhando para uma emboscada. – Encarando seus guerreiros, ele levantou a voz para que todos pudessem ouvi-lo. – Vocês sabem por que estamos aqui. Estrela Tigrada quer que nos juntemos ao seu clã e não aceitará "não" como resposta. Gostaria de acreditar que podemos sair dessa situação sem luta, mas não posso ter certeza.

Quando ele terminou de falar, Cauda de Nuvem cutucou seu ombro com a cauda e apontou para o outro lado do vale. O líder se virou e viu Estrela Alta se aproximando, vindo do território do Clã do Vento, seguido por seus guerreiros.

– Bom, o Clã do Vento está aqui – ele miou. – Vamos encontrá-los.

Estrela de Fogo seguiu ao longo da beira do vale até ficar cara a cara com o gato preto e branco de cauda longa.

O líder Clã do Vento abaixou a cabeça para saudá-lo. – De fato, Estrela de Fogo. Este é um dia negro para a floresta.

– É mesmo – Estrela de Fogo concordou. – Mas os nossos clãs vão lutar pelo que é certo segundo o Código dos Guerreiros, aconteça o que acontecer.

Estrela de Fogo se surpreendeu com o número de guerreiros que chegaram com Estrela Alta. Lembrando-se dos gatos feridos e arrasados no acampamento do Clã do Vento na véspera, ele esperava apenas um pequeno grupo. Mas praticamente todos estavam lá. Ainda mostravam as cicatrizes do ataque, mas tinham os olhos brilhantes e determinados. Estrela de Fogo reconheceu seu amigo Bigode Ralo, com um longo vergão vermelho na lateral do corpo, e Flor da Manhã, os olhos frios desejando vingar a morte do filho.

Estrela de Fogo imaginou que Estrela Tigrada talvez tivesse um choque desagradável quando visse tantos guerreiros do Clã do Vento prontos a lutar contra ele. Respirando fundo, ele miou: – Vamos.

Estrela Alta abaixou a cabeça. – Vá na frente, Estrela de Fogo.

Assustado por ter recebido tamanha honra de um líder mais velho e mais experiente, o jovem líder de pelo rubro usou a cauda para sinalizar para os dois clãs unidos... *o Clã do Leão*, pensou com uma onda de orgulho. Aquele era o seu destino.

Desceu a encosta por entre os arbustos, todos os seus sentidos alertas para o ataque. Mas ouvia apenas o farfalhar de seus guerreiros atrás dele. O cheiro do Clã do Tigre ainda estava um pouco distante.

Enquanto Estrela de Fogo levava seus gatos para a clareira sob os grandes carvalhos, os arbustos do lado oposto se abriram e Estrela Tigrada surgiu para desafiá-lo. Pé Preto, Risca de Carvão e Estrela de Leopardo vinham ao seu lado como sombras vingativas. Os olhos do maciço gato malhado brilharam quando viram Estrela de Fogo, que percebeu que essa guerra era pessoal para ele também. Tudo o que Estrela Tigrada queria era afundar suas garras e dentes em Estrela de Fogo e fazê-lo em pedaços.

Ao invés de causar-lhe medo, saber disso estimulou Estrela de Fogo. *Ele que tente!*

– Saudações, Estrela Tigrada – miou friamente. – Então, você veio. Não está mais procurando os prisioneiros que perdeu no território do Clã do Rio?

A resposta veio com um grunhido. – Você vai se arrepender daquele dia, Estrela de Fogo.

– Estou querendo ver.

O líder do Clã do Tigre ficou calado e esperou que seu grupo aumentasse, surgindo dos arbustos. Eles eram formidáveis, Estrela de Fogo percebeu, embora alguns trouxessem ferimentos e marcas de garras do ataque ao Clã do Vento no dia anterior. Seu coração começou a bater dolorosamente quando se deu conta de que a tão temida batalha podia se desencadear a qualquer momento.

Estrela Tigrada deu um passo à frente, a cabeça erguida, desafiador. – Você já pensou na minha oferta? Estou lhe dando uma escolha: juntar-se a mim agora e aceitar a minha liderança, ou ser destruído.

Estrela de Fogo trocou apenas um olhar com Estrela Alta. Não havia necessidade de palavras. Já tinham a resposta.

Estrela de Fogo falou pelos dois. – Nós rejeitamos a sua oferta. A floresta não foi concebida para ser governada por um clã, especialmente um liderado por um assassino sem honra.

– Mas será. – A voz de Estrela Tigrada era suave, ele não tentou sequer se defender da acusação. – Com você ou sem você, Estrela de Fogo, será. Ao pôr do sol de hoje, a era dos quatro clãs terá terminado.

– A resposta ainda é não. O Clã do Trovão jamais se dobrará.

– Nem o Clã do Vento – acrescentou Estrela Alta.

– Então, sua coragem só é igualada pela sua estupidez – rosnou Estrela Tigrada.

Ele fez uma pausa. Seu olhar esquadrinhou os guerreiros do Clã do Vento e do Clã do Trovão. Estrela de Fogo ouviu rosnados dos guerreiros do Clã do Tigre atrás de seu líder e intencionalmente não se esquivou de seus olhos brilhantes e pelos eriçados. Por alguns tique-taques de coração todos permaneceram imóveis, e ele se preparou para a ordem de atacar de Estrela Tigrada.

Foi quando de trás veio um som abafado e palavras ditas de modo ofegante: – Pata de Açafrão!

Pata de Amora Doce estava parado ao lado de Estrela de Fogo, fitando as fileiras inimigas. Seguindo seu olhar, Estrela de Fogo avistou a jovem ao lado de Pelagem de Carvalho, guerreiro do Clã das Sombras.

– O que ela está fazendo lá? – Era Pelo de Musgo-Renda, forçando passagem para chegar perto de Estrela de Fogo. – Estrela Tigrada realmente a *sequestrou*!

– Sequestrei? – Havia um ronronar na voz do felino. – De jeito nenhum. Pata de Açafrão veio a nós por conta própria.

Estrela de Fogo não sabia se acreditava. Pata de Açafrão olhava para o chão, como se não quisesse encarar seu irmão ou o antigo mentor. Realmente ela não parecia uma prisioneira, ele admitiu; dava a impressão de estar apenas desconfortável em ser o centro das atenções.

– Pata de Açafrão! – Pata de Amora Doce chamou. – O que você está fazendo? Você pertence ao Clã do Trovão. Volte para nós!

Estrela de Fogo estremeceu com a dor na voz do jovem. Lembrou-se da agonia de perder Listra Cinzenta quando seu amigo escolheu se juntar ao Clã do Rio.

Pata de Açafrão nada disse.

– Não, Pata de Amora Doce – Estrela Tigrada miou. – *Você* vem ficar conosco. Sua irmã fez a escolha certa. O Clã do Tigre reinará sobre toda a floresta, e você poderá compartilhar nosso poder.

Estrela de Fogo viu os músculos tensos de Pata de Amora Doce. Finalmente, depois de todas as dúvidas e suspeitas que o líder tivera em relação a ele, o jovem foi confrontado com uma escolha simples. Ele seguiria o pai ou permaneceria leal ao seu clã?

– O que você diz? – Estrela Tigrada insistiu. – O Clã do Trovão acabou. Não há nada lá para você.

– Juntar-me a você? – Pata de Amora Doce rosnou. Ele fez uma pausa, engolindo enquanto lutava para controlar a raiva. Quando voltou a falar, as palavras soaram claras, para que todos na clareira o ouvissem.

– Juntar-me a *você*? – ele repetiu. – Depois de tudo o que você fez? Prefiro morrer!

Um murmúrio de aprovação eclodiu entre o Clã do Trovão.

Os olhos de Estrela Tigrada queimavam de raiva. – Tem certeza? – ele sibilou. – Não vou repetir a oferta. Junte-se a mim agora, ou vai morrer.

– Então, pelo menos, irei para o Clã das Estrelas como um gato fiel ao Clã do Trovão – o jovem retrucou, cabeça erguida.

Estrela de Fogo sentiu o orgulho correr seu corpo, do nariz à ponta da cauda. Não poderia haver maior desafio ao poder de Estrela Tigrada do que ser rejeitado pelo próprio filho em favor do clã que seu pai desprezara.

– Tolo! – Estrela Tigrada cuspiu. – Fique, então, e morra com esses outros tolos.

Estrela de Fogo preparou-se enquanto esperava que o inimigo se lançasse ao ataque, convencido de que a batalha ia começar. Mas, para sua surpresa, Pé Preto levantou a cauda em um sinal.

Os arbustos na encosta oposta farfalharam, e os olhos de Estrela de Fogo se arregalaram em choque quando mais gatos surgiram na clareira. Ele não os conhecia. Eram magros, seu pelo era áspero, mas havia força em seus membros rijos, recendiam a carniça e ao Caminho do Trovão. Não eram da floresta.

Os guerreiros de Clã do Trovão e do Clã do Vento olhavam incrédulos à medida que mais e mais gatos estranhos entravam na clareira. Eles se espalharam em um semicírculo ao redor do Clã do Tigre, fileira após fileira, mais gatos do que Estrela de Fogo se lembrava de ter visto juntos na floresta, mesmo em uma assembleia.

– Então? – Estrela Tigrada perguntou suavemente. – Tem certeza de que você quer ficar e lutar?

# CAPÍTULO 22

O MEDO MANTEVE AS PATAS DE ESTRELA DE FOGO PRESAS AO chão enquanto observava a aproximação dos recém-chegados. Ele notou que alguns usavam coleiras.

– *Coleiras?* – Pata Gris cuspiu atrás dele, como um eco de seus pensamentos. A voz do aprendiz era afiada, cheia de nojo. – Olhe para eles – são *gatinhos de gente*! Não vamos ter nenhuma dificuldade para derrotá-los.

– Fique quieto – seu mentor, Pelagem de Poeira, advertiu baixinho – até saber com quem estamos lidando. Não sabemos nada sobre eles ainda.

Estrela de Fogo permaneceu em silêncio até todos os forasteiros estarem na clareira, em torno do Clã do Tigre. Um enorme gato preto e branco saiu das fileiras e colocou-se ao lado de Estrela Tigrada. Estrela de Fogo presumiu que se tratava do líder dos recém-chegados. Era musculoso e cheio de cicatrizes de batalha, e quase tão grande quanto o próprio Estrela Tigrada. Mesmo de coleira, Estrela de Fogo sabia que estavam longe de ser gatinhos de gente mimados.

Atrás do guerreiro preto e branco apareceu um gato preto muito menor, que se movia com agilidade pela grama e foi para o outro lado de Estrela Tigrada. Estrela de Fogo não conseguia imaginar quem fosse, parecia mais um curandeiro do que um guerreiro.

O líder de pelo vermelho sentia cada fio de seu pelo formigar, e o ar era pesado, como se uma tempestade estivesse prestes a irromper. – Então, Estrela Tigrada – ele miou, se esforçando para manter a voz firme. – Pode nos dizer quem são seus novos amigos?

– Esse é o Clã do Sangue. Eles vêm do Lugar dos Duas-Pernas. Eu os trouxe para a floresta para persuadir vocês, gatos tolos, a se juntarem a mim. Sabia que não teriam o bom senso de fazer isso por vontade própria.

Um silvo de indignação percorreu o Clã do Trovão e o Clã do Vento. Estrela de Fogo ouviu um sussurro de Garra de Espinho: – Lembra-se dos vilões que farejamos no dia de minha nomeação? Aposto que eram do Clã do Sangue.

*Ele poderia muito bem ter razão*, pensou Estrela de Fogo. Uma patrulha desses vilões do Lugar dos Duas-Pernas inspecionando a floresta para ver o que Estrela Tigrada tinha para oferecer. E o que exatamente ele tinha oferecido? Compartilhar a floresta em troca de sua ajuda na batalha?

– Está vendo, Estrela de Fogo? – A voz de Estrela Tigrada estava exultante. – Sou ainda mais poderoso do que o Clã das Estrelas, pois mudei os clãs da floresta de quatro para dois. Clã do Tigre e Clã do Sangue vão governar juntos.

Alarmado, Estrela de Fogo olhou para o inimigo. Não havia possibilidade de argumentar agora. Sua fome de poder tinha-lhe virado a cabeça, de forma que em sua mente a sua enorme figura tudo dominava, apagando até mesmo a luz do Clã das Estrelas.

– Não, Estrela Tigrada – ele respondeu, calmo. – Se você quiser lutar, vamos lutar. O Clã das Estrelas vai mostrar quem é mais poderoso.

– Seu tolo, que pensa como camundongo! – Estrela Tigrada cuspiu. – Eu estava preparado para vir aqui e falar com vocês hoje. Lembre que foi você quem nos levou a isto. E quando seus companheiros de clã estiverem morrendo ao seu redor, vão culpar você em seu último suspiro. – Ele virou-se e encarou a massa de gatos. – Clã do Sangue, atacar!

Nenhum gato se moveu.

Os olhos cor de âmbar de Estrela Tigrada se arregalaram e ele gritou. – Atacar, eu ordeno!

Os felinos continuaram imóveis, exceto o pequeno gato preto que deu um passo à frente e olhou em direção a Estrela de Fogo. – Eu sou Flagelo, o líder do Clã do Sangue – ele miou, a voz fria e calma. – Estrela Tigrada, você não comanda os meus guerreiros. Eles vão atacar quando *eu* mandar, não antes.

Estrela Tigrada lançou-lhe um olhar incrédulo, que brilhava com o mesmo ódio que já mostrara por Estrela de Fogo, como se não conseguisse acreditar que aquele pedacinho de gato o estava desafiando. O gato de pelagem rubra aproveitou a oportunidade. Avançou até estar bem na frente dos dois líderes. Atrás dele, Listra Cinzenta silvou: – Estrela de Fogo, cuidado!

Mas não era o momento para ser cuidadoso. O futuro da floresta estava em jogo, equilibrado sobre um fio de cabelo entre a busca sanguinária de Estrela Tigrada pelo poder e os caprichos daquele desconhecido Clã do Sangue.

Agora Estrela de Fogo via a coleira de Flagelo, cheia de dentes – dentes de cães, e... dentes de gatos, também. Grande Clã das Estrelas! Eles matam sua própria espécie e usam os dentes como troféus?

Outros gatos usavam os mesmos terríveis ornamentos. O estômago de Estrela de Fogo doía e sua mente oscilava com a visão de sangue escorrendo pelas laterais do vale, molhando as patas dos gatos em uma maré pegajosa, mau cheiro. Não sentia pavor apenas por si e por seu clã, mas por todos os gatos da floresta, amigos e inimigos.

O sangue realmente ditaria as regras na floresta, como Estrela Azul havia profetizado? Será que ela quis dizer que o Clã do Sangue governaria? Estrela de Fogo lançou um olhar contundente para Estrela Tigrada, querendo expressar todo o ódio que sentia pelo gato que os levara a isso.

Mas Estrela de Fogo sabia que tinha que se controlar se quisesse impressionar o Clã do Sangue. Abaixando a cabeça para o líder, ele miou de forma clara, para que todos o ouvissem. – Saudações, Flagelo. Sou Estrela de Fogo, líder do Clã do Trovão. Gostaria de dizer que você é bem-vindo à floresta. Mas você não acreditaria em mim, e não tenho por que mentir para você. Ao contrário desse seu suposto aliado, tenho palavra. – Ele balançou a cauda em direção a Estrela Tigrada, tentando colocar no gesto todo o seu desprezo. – Se acreditou nas promessas que ele lhe fez, você se enganou.

– Estrela Tigrada me disse ter inimigos na floresta. – Havia na voz do gato preto todo o frio da estação sem folhas. Estrela de Fogo o encarou. Ele parecia olhar as profundezas da noite, sem um ínfimo raio de luz do Clã das Estrelas. – Por que eu deveria acreditar em você e não nele?

Estrela de Fogo pegou fôlego. Era a oportunidade que ele sempre quisera, que havia perdido na última Assembleia, interrompida por trovões e relâmpagos. Finalmente, ele poderia trazer às claras a história terrível de Estrela Tigrada ante todos os clãs da floresta. Agora não se tratava apenas de manchar a reputação de Estrela Tigrada, mas de salvar toda a floresta da destruição.

– Gatos de todos os clãs – Estrela de Fogo começou – e especialmente os do Clã do Sangue, vocês não têm de acreditar em mim. Os crimes de Estrela Tigrada falam por si. Ainda como guerreiro de Clã do Trovão, ele assassinou o nosso representante, Rabo Vermelho, na esperança de tomar seu lugar. Primeiro Coração de Leão foi escolhido representante, mas, quando esse nobre guerreiro morreu em uma briga com o Clã das Sombras, Estrela Tigrada conseguiu realizar sua antiga ambição.

Ele fez uma pausa. Um silêncio sombrio tomou conta de toda a clareira, quebrado apenas por um ronco de desprezo de Estrela Tigrada. – Continue miando, gatinho de gente. Nada vai mudar.

Estrela de Fogo o ignorou. – Ser representante não bastava, ele queria ser líder do clã. Colocou uma armadilha para Estrela Azul no Caminho do Trovão, mas a vítima foi minha aprendiz. Foi assim que Manto de Cinza ficou aleijada.

Um murmúrio chocado atravessou a clareira. Exceto os gatos do Clã do Sangue, todos conheciam Manto de Cinza, e ela era muito popular, mesmo nos outros clãs.

– Então Estrela Tigrada conspirou com Cauda Partida, o antigo líder do Clã das Sombras, que foi prisioneiro do Clã do Trovão – Estrela de Fogo relatou o ocorrido. – Ele trouxe um bando de vilões ao acampamento do Clã do Trovão, e tentou assassinar Estrela Azul com as próprias garras. Eu o impedi e, após rechaçar o ataque, o Clã do Trovão o mandou para o exílio. Como um vilão, ele matou outro de nossos guerreiros, Vento Veloz. Então, antes que soubéssemos o que estava fazendo, ele se tornou líder do Clã das Sombras.

Estrela de Fogo parou e olhou em volta. Não tinha certeza de como o Clã do Sangue e seu líder Flagelo receberiam a história, mas viu que tinha a atenção dos demais gatos, horrorizados. Ele se aprumou, querendo ter certeza de que ouviriam a última e mais terrível parte da história.

– Mas Estrela Tigrada ainda queria se vingar do Clã do Trovão. Três luas atrás, uma matilha foi solta na floresta. Estrela Tigrada fez uma trilha de coelhos mortos entre o covil dos cachorros e o acampamento do Clã do Trovão para levá-los até nós. Ele matou uma das nossas rainhas, Cara Rajada, e deixou-a perto do acampamento para dar aos cães um gosto por sangue de gato. Se não tivéssemos descoberto seu plano a tempo de escapar, nosso clã teria sido feito em pedaços.

– O que não teria sido uma grande perda – Estrela Tigrada rosnou.

– O que acabou acontecendo – Estrela de Fogo continuou – foi que a nossa líder, Estrela Azul, teve a mais corajosa das mortes, salvando a mim e a todo o seu clã das garras da matilha.

Ele esperava uivos de indignação, mas apenas o silêncio se impôs quando a história chegou ao fim. Todos o fitavam, os olhos atordoados com o choque.

Estrela de Fogo olhou para Estrela de Leopardo, ainda ao lado de Pé Preto e Risca de Carvão, logo atrás de Estrela Tigrada. A líder do Clã do Rio parecia horrorizada. Por alguns tique-taques de coração Estrela de Fogo esperou que ela quebrasse imediatamente seu acordo com Estrela Tigrada, desprezando sua liderança, mas a gata permaneceu calada.

– Essa é a história da Estrela Tigrada – Estrela de Fogo miou de forma persistente, voltando-se para Flagelo. – Tudo isso deixa bem claro que ele fará qualquer coisa pelo poder. Se lhe prometeu uma parte da floresta, não acredite. Ele não vai abrir mão de nada, para você ou para qualquer outro.

Os olhos de Flagelo se estreitaram. Estrela de Fogo viu que ele estava refletindo cuidadosamente sobre a história, e a esperança ardeu no peito do gato de pelo rubro como uma pequena chama. – Estrela Tigrada me contou o que planejava fazer com os cães ao me visitar duas luas atrás. – O felino virou a cabeça para encarar o líder do Clã das Sombras. – Só não me disse que seu plano tinha falhado.

– Nada disso importa neste momento – Estrela Tigrada interrompeu bruscamente. – Temos um acordo com você, Flagelo. Lute ao meu lado agora, e você terá tudo o que lhe ofereci.

– O meu clã e eu lutaremos quando eu decidir – Flagelo miou. E, virando-se para Estrela de Fogo, acrescentou: – Vou pensar sobre o que você disse. Não haverá batalha hoje.

Os pelos de Estrela Tigrada se eriçaram de raiva, e sua cauda chicoteava de um lado para outro. Seus músculos se contraíram quando ele se agachou. – Traidor! – gritou e pulou sobre Flagelo com as garras estendidas.

Horrorizado, Estrela de Fogo esperava ver o gato menor dilacerado. Tivera a amarga experiência de conhecer a força dos músculos de Estrela Tigrada. Mas Flagelo saltou para o lado, evitando Estrela Tigrada. Quando o enorme gato malhado se virou para encará-lo, Flagelo o atacou com as patas dianteiras. O sol desvanecido da estação sem folhas brilhava estranhamente nas extremidades de cada garra. Estrela de Fogo sentiu o sangue gelar. As garras de Flagelo eram reforçadas com dentes de cão, longos e afiados.

Um golpe no ombro desequilibrou Estrela Tigrada. Ele caiu de lado, expondo a barriga, e as garras ferozes de Flagelo afundaram em sua garganta. O sangue jorrou quando o gato o rasgou até a cauda com um único golpe.

Estrela Tigrada soltou um grito desesperado de fúria; seguiu-se um som de terrível asfixia. Seu corpo estremeceu, entrou em convulsão, a cauda se agitou. Por um tique-taque de coração ele ficou imóvel, e Estrela de Fogo sabia que ele estava entrando no transe de um líder que perde uma vida, para acordar pouco depois com a força restaurada e as demais vidas intactas.

Mas nem mesmo o Clã das Estrelas podia curar aquela terrível ferida. Flagelo recuou e assistiu friamente a Estrela Tigrada ter outra convulsão. O sangue vermelho escuro continuava fluindo, se espalhando por todo o chão em uma maré contínua. O felino soltou outro grito. Estrela de Fogo queria tapar os ouvidos para não ouvir mais, mas ele parecia congelado.

De novo o corpo maciço ficou imóvel por um instante, mas a ferida era terrível demais para ceder ao transe de cura. Outro espasmo se deu. Naquela agonia, as garras do gato arrancavam tufos de grama, e seus gritos de fúria viravam gritos de terror.

*Ele está morrendo nove vezes*, Estrela de Fogo se deu conta. *Ah, Clã das Estrelas, não...*

Ele não desejaria aquela morte para nenhum gato, nem mesmo para Estrela Tigrada, e parecia não ter fim.

Quando viram o que estava acontecendo com o líder que acreditavam ser invencível, os guerreiros do Clã do Tigre soltaram uivos horrorizados. Estrela de Fogo percebeu que começaram a desfazer a formação, passando por ele e se empurrando com uma pressa louca para fugir. De algum lugar, Estrela Alta, líder do Clã do Vento, chamou seus guerreiros: – Esperem! Mantenham as posições!

Estrela de Fogo sabia que não precisava dar a seus guerreiros a mesma ordem, pois ficariam com ele até o fim.

Estrela Tigrada estava ofegante, a luta pela vida o desgastara. Estrela de Fogo vislumbrou, em seus olhos âmbar, vidrados pela dor, o medo e o ódio. Em seguida, seu corpo teve um último espasmo, e ficou imóvel.

Estrela Tigrada estava morto.

Congelado, sem acreditar no que tinha visto, Estrela de Fogo olhou para o corpo sem vida. Seu inimigo mais antigo, o gato mais perigoso da floresta, o gato com quem esperava lutar até a morte se fora, simples assim.

Ele ficou de frente para Flagelo. O pequeno gato preto parecia impassível. Agora o líder de pelo rubro sabia que não devia subestimá-lo por conta de seu tamanho. Sabia que jamais enfrentara gato mais perigoso, que em um único golpe destruíra um líder e suas nove vidas.

Atrás de Flagelo, os gatos do Clã do Sangue avançaram como se estivessem prestes a atacar, e Estrela de Fogo lançou um olhar para seus guerreiros para se certificar de que estavam prontos. Eles estavam alinhados com os guerreiros do Clã do Vento, e Estrela de Fogo se preparou para avançar, mas, quando voltou a olhar para o inimigo, Flagelo levantou uma pata encharcada de sangue.

Os gatos atrás dele pararam.

– Vejam o que acontece com gatos que desafiam o Clã do Sangue – o gato preto advertiu calmamente. – Seu amigo aqui... – com desprezo, tocou com a cauda o corpo imóvel de Estrela Tigrada – pensou que poderia nos controlar. Ele estava errado.

– Não queremos controlá-lo – Estrela de Fogo disse asperamente. – Só queremos levar nossa vida em paz. Lamentamos que Estrela Tigrada tenha trazido vocês aqui com mentiras. Sinta-se livre para caçar antes de ir para casa, por favor.

– Ir para casa? – Flagelo arregalou os olhos com desdém. – Nós não vamos a lugar nenhum, seu tolo da floresta. Na cidade de onde viemos há muitos, muitos gatos, e presas são escassas. Aqui na floresta não precisaremos depender do lixo dos Duas-Pernas para termos comida.

Seu olhar deslizou de Estrela de Fogo para onde o Clã do Trovão e o Clã do Vento aguardavam, prontos para a luta. – Nós estamos tomando este território, agora. Eu governarei a floresta, assim como a cidade. Mas entendo que vocês podem precisar de algum tempo para refletir a respeito. Você têm três dias para sair... ou enfrentar meu clã na batalha. Vou aguardar a sua decisão na madrugada do quarto dia.

# CAPÍTULO 23

ESTRELA DE FOGO TINHA O OLHAR FIXO. ESTAVA SEM PALAVRAS POR CAUSA DO CHOQUE, quando Flagelo virou-se e desapareceu no meio das fileiras de seus guerreiros. Silenciosamente, os gatos do Clã do Sangue o seguiram e sumiram entre os arbustos quase sem nenhum ruído. Estrela de Fogo controlou a debandada pelo movimento dos ramos pela lateral do vale, e eles se foram.

Estrela de Fogo olhou para o corpo de Estrela Tigrada. As pernas do enorme gato malhado estavam afastadas e os dentes à mostra em um último rugido de desafio à morte. Os olhos cor de âmbar que tinham queimado com uma ambição selvagem estavam agora sem expressão e cegos.

Estrela de Fogo deveria se sentir triunfante com a morte do inimigo. Sabia há muito tempo que essa morte era a única esperança de paz na floresta. Mas sempre pensou que seria ele o autor do golpe, arriscando a vida em um combate com o maciço guerreiro. Mas, agora que Estrela Tigrada jazia às suas patas, manchando-as com o seu sangue, ele se via lutando com o mais estranho dos sentimentos – tristeza. O líder morto tinha recebido do Clã das Estrelas toda a força, habilidade e inteligência para se tornar verdadeiramente grande, uma lenda entre os felinos. Mas ele abusara de seus dons, assassinara, mentira e fizera complôs de vingança, até que sua ambição o levou a esse terrível fim. E nada tinha sido resolvido. O destino de cada clã ainda estava ameaçado, e a maré de sangue ainda corria.

*Precisamos da sua força, Estrela Tigrada*, Estrela de Fogo sussurrou. *Assim como precisamos de todos os gatos que possam lutar para expulsar o Clã do Sangue da floresta.*

Então ele se deu conta de que havia um felino a seu lado. Era Listra Cinzenta. Os demais gatos do Clã do Trovão ainda estavam em suas fileiras de batalha do outro lado da clareira, com Estrela Alta e os guerreiros do Clã do Vento.

– Estrela de Fogo? – os olhos amarelos do gato cinza estavam arregalados de medo. – Você está bem?

O líder de pelo rubro se sacudiu. – Vou ficar. Não se preocupe. Vamos, preciso falar com Estrela Alta.

Assim que se viraram, Listra Cinzenta olhou para o líder morto e um tremor o atravessou. – Nunca mais quero ver algo assim – ele miou com a voz rouca.

– Se não nos livrarmos de Flagelo, provavelmente você verá – Estrela de Fogo respondeu.

Ele caminhou lentamente em direção ao líder do Clã do Vento, usando o tempo de travessia da clareira para pensar. Diante de Estrela Alta, ficou em estado de choque ao se ver refletido nos olhos do gato mais velho.

– Não consigo acreditar no que acabei de ver – disse o líder do Clã do Vento. – Nove vidas sumindo... num piscar de olhos.

Estrela de Fogo concordou. – Nenhum gato vai culpá-lo se você pegar o seu clã e sair da floresta para encontrar outro lugar onde viver. – Ele não duvidava da coragem de Estrela Alta, mas não conseguia supor que ele ficaria para enfrentar um inimigo tão terrível.

Estrela Alta se endireitou e o pelo de seu pescoço se eriçou. – O Clã do Vento foi expulso da floresta uma vez – ele sibilou. – Nunca mais. Nosso território é *nosso*, e vamos lutar por ele. O Clã do Trovão está conosco?

Antes mesmo de responder, Estrela de Fogo ouviu um murmúrio entre seus gatos, misturando desafio e determinação. – Nós vamos lutar – prometeu. – E teremos orgulho de estar lado a lado com o Clã do Vento.

Os dois líderes se encararam durante alguns tique-taques de coração. Estrela de Fogo viu que Estrela Alta compartilhava o medo sobre o qual nenhum dos dois falara: de que sua determinação em combater os invasores poderia significar a destruição dos dois clãs.

– Vamos agora nos preparar – Estrela Alta miou, afinal. – E nos encontraremos aqui novamente em três dias, ao amanhecer.

– Ao amanhecer – Estrela de Fogo repetiu. – E que o Clã das Estrelas esteja conosco.

Ele observou os gatos do Clã do Vento subindo a encosta rumo ao seu território e aí falou a seus guerreiros. Pareciam deprimidos, tinham os olhos arregalados de preocupação, mas Estrela de Fogo sabia que nenhum deles fugiria da batalha que se aproximava. Eles o haviam seguido para Quatro Árvores esperando lutar, e embora os inimigos fossem mais terríveis do que se poderia imaginar, eles os desafiariam para manter a floresta que amavam.

– Estou orgulhoso de todos vocês – Estrela de Fogo miou baixinho. – Se há quem possa expulsar o Clã do Sangue, são vocês.

Tempestade de Areia se aproximou e apertou o focinho contra o ombro do líder. – Tendo você para nos conduzir, podemos fazer qualquer coisa – ela prometeu.

Por um momento, Estrela de Fogo se sentiu muito arrasado para falar. Longe de animá-lo, as expectativas dos seus guerreiros pesavam como um fardo. – Vamos voltar para o acampamento – ele conseguiu miar, por fim. – Temos muita coisa para fazer. Listra Cinzenta, Cauda de Nuvem, vão à frente, patrulhando. Não me surpreenderia se Flagelo nos preparasse uma emboscada.

Os dois guerreiros foram aos saltos na direção do acampamento do Clã do Trovão. Alguns momentos depois, Estrela de Fogo guiou o restante de seus gatos, colocando Pelagem de Poeira na retaguarda para vigiar. Enquanto se moviam rapidamente pela floresta, o líder de pelo vermelho tinha a impressão de ser seguido pelos olhos frios e malignos de Flagelo. Uma vez, quando a matilha estava solta, Estrela de Fogo havia se sentido como uma presa na floresta, e agora seu inimigo tinha um rosto ainda mais terrível, por ser de sua própria espécie.

Mas se o líder do Clã do Sangue os estava observando, não deu sinal, e os guerreiros do Clã do Trovão atingiram a ravina sem problemas.

Estrela de Fogo percebeu que Pata de Amora Doce se atrasava, a cauda arrastando no chão. – Qual é o problema? – perguntou gentilmente.

O aprendiz levantou os olhos para o seu mentor, e Estrela de Fogo ficou chocado ao ver o profundo terror em seu olhar.

– Pensei que eu odiava meu pai – ele miou baixinho. – Não queria fazer parte de seu clã. Mas não queria que ele morresse *assim*.

– Eu sei – Estrela de Fogo pressionou o focinho contra a lateral do jovem. – Mas acabou, e você está livre.

Pata de Amora Doce virou a cabeça. – Acho que isso jamais vai acontecer – murmurou. – Mesmo agora que está morto, não vão esquecer que sou seu filho. E Pata de Açafrão? – Sua voz estava embargada. – Como ela *pôde* preferir ficar com ele?

– Não sei – Estrela de Fogo entendeu como a traição da jovem gata doera no irmão. – Mas, se sairmos desta, prometo que encontraremos uma maneira de falar com ela.

– Você vai deixar que ela volte para o Clã do Trovão?

– Não posso ter certeza de nada – Estrela de Fogo admitiu. – Nem sabemos se ela quer. Mas vou lhe dar um julgamento justo, e farei o que puder por ela.

– Obrigado, Estrela de Fogo. – Sua voz era de cansaço e derrota. – Acho que é mais do que ela merece. – Ele abaixou a cabeça em respeito ao mentor e foi em direção ao túnel de tojo.

Do alto da Pedra Grande, Estrela de Fogo viu os gatos do Clã do Trovão saírem das tocas, indo para a base da pedra. Percebeu por suas expressões de terror que a notícia da ameaça do Clã do Sangue e da morte terrível de Estrela Tigrada já havia se espalhado por todo o acampamento. Era seu dever lhes dar esperança e coragem, mas não sabia como, pois ele mesmo tinha tão pouco.

O sol já se despedia, e a pedra lançava uma longa sombra sobre o solo arenoso da clareira. Os raios escarlate do poente tornavam muito fácil para Estrela de Fogo imaginar que o acampamento já estava lavado em sangue. Ele se perguntava se não era um sinal do Clã das Estrelas de que todos os seus amigos, todos os seus guerreiros, seriam destruídos. Afinal, os ancestrais guerreiros não tinham mostrado nenhum sinal de raiva quando Flagelo arrancara as nove vidas da Estrela Tigrada e deixara correr o sangue de toda a sua vida na terra sagrada de Quatro Árvores.

*Não*, refletiu com seus bigodes. Pensar assim era entrar em desespero e nada fazer. Ele precisava continuar acreditando na derrota do Clã do Sangue.

Limpando a garganta, ele começou a falar. – Gatos do Clã do Trovão, vocês já ouviram falar da ameaça que estamos enfrentando. O Clã do Sangue veio do Lugar dos

Duas-Pernas e reivindicou a floresta. Querem que fujamos e os deixemos assumi-la sem luta. Mas, dentro de três dias, estaremos juntos com o Clã do Vento e lutaremos contra o Clã do Sangue por cada pedacinho da floresta.

Na clareira abaixo, Cauda de Nuvem se pôs de pé e miou concordando. Muitos fizeram o mesmo, mas Estrela de Fogo viu que alguns se entreolhavam em dúvida, como se temessem não ter a chance de sobreviver ao ataque do Clã do Sangue e seu líder assustador.

– E o Clã do Rio e o Clã das Sombras? – perguntou Nevasca. – Será que eles vão lutar? E se lutarem, de que lado estarão?

– Boa pergunta – Estrela de Fogo respondeu. – E não sei a resposta. Os guerreiros do Clã do Tigre fugiram quando Estrela Tigrada morreu.

– Então, precisamos saber para onde foram – Nevasca miou.

– Eu podia dar uma escapada até o território do Clã do Rio para ver – sugeriu Pé de Bruma, levantando-se de onde estava, na base da rocha. – Conheço os melhores esconderijos.

– Não – Estrela de Fogo ordenou. – Você é mais visado do que qualquer outro. Não sabemos se o Clã do Tigre ainda está perseguindo os meio-clãs, e não quero perder você, que é essencial para o Clã do Trovão.

Por um momento Pé de Bruma pareceu querer discutir, mas abaixou a cabeça e sentou-se novamente quando Nevasca miou: – Podemos ter informações pelas patrulhas de fronteira.

Estrela de Fogo concordou. – É sua tarefa, Nevasca. Quero patrulhas extras ao longo das fronteiras do Clã das Sombras e do Clã do Rio. O principal é descobrir o que os outros clãs estão fazendo, mas mantenha os olhos bem abertos para o Clã do Sangue também. Se Flagelo decidir atacar antes do prazo, não quero que sejamos apanhados desprevenidos.

Nevasca balançou a cauda concordando. – Considere feito.

Estrela de Fogo via que a eficiência calma do representante havia encorajado o restante do clã, e continuou rapidamente para o medo não voltar: – Próximo ponto: todos no clã devem estar preparados para lutar.

– Mesmo os filhotes? – Era Castanha, saltando ansiosamente nas patas. – Podemos ir para a batalha? Podemos ser aprendizes?

Apesar do perigo da situação, Estrela de Fogo reprimiu um ronronar divertido. – Vocês são ainda muito jovens para serem aprendizes – disse a Castanha com delicadeza. – E não posso levá-los para o campo de batalha. Mas se o Clã do Sangue vencer, eles virão aqui, e vocês precisam se defender. Tempestade de Areia, você se encarrega de treinar os filhotes?

– Claro. – Os olhos verdes de Tempestade de Areia brilharam com aprovação para Castanha e seus irmãos, Fuligem e Chuvisco, que se aproximaram. – No final do treinamento, eles estarão prontos para fazer ao Clã do Sangue uma surpresa desagradável.

– E Coração Brilhante? – Cauda de Nuvem perguntou. – Seus movimentos de luta estão muito bons.

– Eu quero lutar na batalha – Coração Brilhante miou com determinação. – Posso, Estrela de Fogo?

O líder hesitou. A jovem estava mais forte agora, tinha treinado arduamente com Cauda de Nuvem. – Vou pensar. Você está pronta para uma avaliação?

– Quando você quiser.

– Nós vamos lutar com você, também – Pé de Bruma disse de onde estava, perto da base da rocha. Pata de Pluma e Pata de Tempestade, a seu lado, endireitaram o corpo e pareceram determinados. – Estamos todos bastante fortes, graças a você.

– Ótimo. Quanto aos demais... – o olhar de Estrela de Fogo varreu a clareira – guerreiros, aprendizes e anciãos, vocês têm três dias para se preparar. Listra Cinzenta, você se encarrega de supervisionar o programa de treinamento?

Os olhos do amigo brilharam, e suas orelhas se empinaram – Sem problema, Estrela de Fogo.

– Leve outro também, para ajudá-lo... e alterne as sessões para que Nevasca tenha gatos suficientes para as suas patrulhas e para a caça. – Olhando ao redor, viu a curandeira perto do túnel de samambaia que levava à sua toca. – Manto de Cinza, você está preparada para cuidar dos feridos?

Particularmente, Estrela de Fogo sabia que não havia necessidade de perguntar, ela *sempre* estava preparada, mas ele sabia que os outros gatos ficariam mais tranquilos ouvindo-a dizer isso em voz alta.

O olhar que Manto de Cinza lhe deu mostrou que ela entendera. – Tudo está preparado. Mas haverá muito a fazer quando a luta começar. Se você me desse um aprendiz para me ajudar, seria ótimo.

– Claro. – Enquanto Estrela de Fogo se perguntava qual aprendiz escolher, seu olhar bateu em Pata de Avenca, e o líder se lembrou de sua delicadeza e sensibilidade às lesões de outros gatos. – Pode ficar com Pata de Avenca – ele anunciou, e viu Pelagem de Poeira lhe lançar um olhar de alívio. – Pata de Avenca, está bem para você?

A jovem abaixou a cabeça concordando. Por um momento, Estrela de Fogo se perguntou se esquecera alguma coisa, mas não conseguia pensar no que mais poderiam fazer para se preparar para o que estava por vir.

Olhando para o seu clã, suas formas começando a se fundir com o crepúsculo, ele respirou fundo. – Agora, comam bem, e tenham um bom sono esta noite – ele ordenou. – Amanhã vamos começar, e em três dias estaremos prontos para mostrar a Flagelo e seu clã que nossa floresta nunca será deles.

# CAPÍTULO 24

Quando Estrela de Fogo saiu de sua toca na manhã seguinte, o acampamento já estava em plena atividade. Pelo de Rato partia à frente de uma patrulha. Tempestade de Areia estava às voltas com os três filhotes de Pele de Salgueiro, que pulavam em torno dela bastante empolgados enquanto ela os guiava para o túnel de tojo, para irem ao vale de treinamento. Pé de Bruma e os dois aprendizes do Clã do Rio os seguiam. Pelo de Musgo-Renda passou por eles na entrada do acampamento, com uma peça de presa fresca entre as mandíbulas.

Estrela de Fogo avistou Nevasca com Pata de Amora Doce e Pata Gris ao lado do muro de espinhos que cercava o acampamento e foi se juntar a eles. O guerreiro branco foi ao seu encontro.

– Estou levando esses dois para inspecionar as defesas e corrigir eventuais lacunas – miou. – Se o Clã do Sangue chegar até aqui... – Ele parou, os olhos azuis preocupados.

– Boa ideia. – Estrela de Fogo reprimiu um arrepio ao pensar numa invasão do acampamento. Virou-se bruscamente ao perceber um movimento no túnel de tojo e lançou um olhar de espanto para Nevasca ao ver Pata Negra aparecer, seguido de Cevada. O isolado preto e branco jamais estivera no acampamento do Clã do Trovão.

Deixando o representante concluir a instrução dos aprendizes, Estrela de Fogo se aproximou. Pata Negra avançou confiante, mas Cevada ficou para trás, olhando cautelosamente ao redor, como se não tivesse certeza de ser bem-vindo.

– Precisamos falar com você – Pata Negra deixou escapar. – Na noite passada, encontramos Bigode Ralo na fronteira de seu território e ele nos contou sobre Flagelo e o Clã do Sangue. – A pelagem cor de corvo em seus ombros se arrepiou. – Queremos ajudar, mas o principal é que Cevada tem algumas informações para você.

Estrela de Fogo abaixou a cabeça numa saudação. – É bom ver vocês dois. E somos gratos por qualquer ajuda. Talvez seja melhor vir à minha toca.

Cevada relaxou depois da saudação cordial, e os dois isolados seguiram Estrela de Fogo para o vale sob a Pedra Grande. O primeiro sol da manhã entrava em diagonal na toca silenciosa. O líder quase conseguia esquecer a ameaça de Flagelo e de seus seguidores sedentos de sangue. Mas a expressão séria dos visitantes o fazia lembrar claramente a sombra que se abatia sobre o futuro da floresta.

– O que é? – ele perguntou quando os dois isolados tinham se instalado.

Pata Negra olhava ao redor com um olhar de quase pânico. – Estrela de Fogo supôs que fosse uma lembrança de Estrela Azul, talvez estivesse pensando em como o aprendiz com quem havia treinado viera a se tornar líder. Cevada, no entanto, parecia desconfortável, agachado com as patas sob o corpo, quando começou a falar.

– Eu nasci no Lugar dos Duas-Pernas – começou calmamente. – Conheço bem Flagelo e seus guerreiros. Eu... suponho que se possa dizer que eu fui um dia um membro do Clã do Sangue.

O interesse de Estrela de Fogo se acendeu. – Continue.

– A primeira coisa de que me lembro é de brincar com os meus irmãos de ninhada em um terreno baldio. Nossa mãe nos ensinou a caçar e a encontrar comida no lixo dos Duas-Pernas. Mais tarde, ela mostrou como nos defendermos.

– Sua mãe foi mentora de vocês? – perguntou Estrela de Fogo, surpreso. – De todos vocês?

Cevada concordou. – O Clã do Sangue não tem exatamente um sistema de mentores e aprendizes. Não é, de forma alguma, um clã na forma como vocês, gatos da floresta, compreendem. A maioria ouve Flagelo, porque ele é o mais forte e o mais cruel, e Osso é como um representante, encarregado do trabalho sujo.

– Osso? – perguntou Estrela de Fogo. – É um gato preto e branco grande? Ele estava lá em Quatro Árvores.

– Parece ser ele, sim. – A voz do isolado estava cheia de desgosto. – Ele é quase tão malvado quanto Flagelo. Quem não faz o que mandam, com sorte é expulso, mas o mais provável é que seja morto.

Estrela de Fogo olhou para ele. – Mas e quem cuida dos filhotes e dos anciãos?

Cevada deu de ombros. – O companheiro de uma gata provavelmente irá caçar para ela enquanto ela estiver amamentando – miou. – Mesmo Flagelo percebe que, se não há filhotes, mais cedo ou mais tarde, não haverá clã. Mas anciãos ou gatos doentes ou feridos... bem, eles são deixados para se defenderem sozinhos. É matar ou ser morto, caçar ou morrer de fome. Não há lugar para fraqueza.

Estrela de Fogo sentiu todos os seus pelos se eriçarem com a ideia de um clã que não se importava com seus membros que passavam necessidade, onde gatos que tinham prestado bons serviços deviam morrer se não pudessem mais cuidar de si mesmos.

– Então, por que tantos felinos seguem Flagelo? – ele se exasperou.

– Alguns gostam de matar. – O tom de Cevada era frio e seus olhos sombrios miravam algo que Estrela de Fogo não conseguia ver. – E outros estão com medo demais para fazer qualquer coisa. Você não pode viver no Lugar dos Duas-Pernas se não for um gatinho de gente com um ninho dos Duas-Pernas para onde ir. Ou você está com Flagelo ou contra ele, e quem está contra ele não dura muito.

Pata Negra se aproximou do amigo e apertou o focinho contra seu flanco para confortá-lo. – Foi por isso que Cevada partiu – ele miou. – Conte a Estrela de Fogo, Cevada.

– Não há muito a dizer. – Cevada vacilou, se encolhendo por conta de alguma lembrança sombria. – Eu não podia suportar o que Flagelo estava fazendo, então em uma noite fugi. Estava com medo de que Flagelo ou seus guerreiros me pegassem, mas alcancei a fronteira do Lugar dos Duas-Pernas e atravessei o Caminho do Trovão. Farejei gatos na floresta, mas naquele momento pensei que fossem Flagelo e sua gangue, então me mantive afastado. E, finalmente, cheguei à fazenda, onde parecia que eu poderia viver sem confrontos. Os Duas-Pernas me deixam em paz. Os camundongos de nada lhes servem.

Ele ficou em silêncio, enquanto Estrela de Fogo pensava rapidamente. As palavras de Cevada confirmaram o que ele já sabia: que Flagelo era um inimigo violento e perigoso. – Flagelo *deve* ter um ponto fraco – ele miou para Cevada. – Deve haver alguma maneira de derrotá-lo.

Cevada encarou Estrela de Fogo e se inclinou para ele. – Sua grande força é sua grande fraqueza – respondeu ele. – Flagelo e seus guerreiros não acreditam no Clã das Estrelas.

Estrela de Fogo se perguntou o que ele queria dizer. Cauda de Nuvem não acreditava no Clã das Estrelas, mas ainda assim era um gato leal ao Clã do Trovão. O que Cevada estava tentando lhe dizer?

– O Clã do Sangue não tem curandeiro. Já lhe disse, eles não se importam com os doentes, e se não acreditam no Clã das Estrelas, não há sinais a interpretar.

– Então... eles não seguem o Código dos Guerreiros? – Aquela era uma pergunta boba, Estrela de Fogo logo percebeu. Tudo o que Cevada tinha lhe dito, tudo o que ele próprio vira por si mesmo da maneira como Flagelo e seus gatos se comportavam, confirmava isso. – E você está me dizendo que é uma fraqueza? Tudo isso significa que eles podem fazer o que quiserem, sem código de honra para detê-los.

– É verdade. Mas pense, Estrela de Fogo. Sem o Código dos Guerreiros você poderia ser tão sanguinário quanto Flagelo. Você pode até ser melhor na luta com ele. Mas, sem a crença no Clã das Estrelas – o que você é, afinal?

Ele encarou Estrela de Fogo firmemente. A cabeça de Estrela de Fogo girava. Depois do que Cevada lhe tinha dito, ele temia o Clã do Sangue ainda mais, e mesmo assim em algum lugar em sua mente havia uma leve centelha de esperança, como se o Clã das Estrelas tentasse lhe dizer algo que ele não conseguia entender... ainda.

– Obrigado, Cevada. Vou pensar sobre o que você me disse. Não vou esquecer que você tentou nos ajudar.

– Isso não é tudo o que vamos fazer. – Pata Negra levantou-se. – Bigode Ralo nos disse que você vai enfrentar Flagelo numa batalha em três dias – dois dias, agora. Quando acontecer, vamos estar com você.

Estrela de Fogo olhou para ele, a boca aberta. – Mas vocês são isolados – ele começou. – Essa luta não é de vocês...

– Ora, vamos, Estrela de Fogo – Cevada miou. – Se Flagelo e sua gangue tomarem a floresta, quanto tempo você acha que duraremos? Em menos de um quarto de lua encontrariam nosso celeiro e todos os ratos gordos. Teríamos de escolher entre ir embora ou morrer.

– Preferimos lutar por nossos amigos – Pata Negra acrescentou calmamente.

– Obrigado. – Estrela de Fogo sentiu-se tocado pela profunda lealdade demonstrada pelos dois isolados. – Todos os clãs vão ficar reconhecidos.

Cevada bufou. – Não sei de nada a respeito. Tudo o que quero é uma vida tranquila, mas não a terei até que tenhamos tratado do Clã do Sangue.

– Nenhum de nós terá. – Estrela de Fogo concordou contraindo as orelhas. – Não haverá esperança para nenhum gato enquanto Flagelo estiver na floresta.

O gato de pelo rubro se despediu de Pata Negra e de Cevada e se dirigia para o vale para verificar o programa de treinamento, quando avistou Rabo Longo e Pele de Geada descendo a ravina. Parou e esperou por eles.

– Alguma novidade?

Rabo Longo fez que sim. – Andamos ao longo da fronteira do Clã das Sombras até Quatro Árvores – relatou. – Há um cheiro de Clã do Sangue vindo do território do Clã das Sombras. Você sente o fedor até do outro lado do Caminho do Trovão.

– Eles devem estar se escondendo lá – Pele de Geada acrescentou.

– Faz sentido – Estrela de Fogo miou pensativo. – Mas para onde foi o Clã das Sombras?

– Eu ia chegar aí. – Os olhos de Rabo Longo estavam arregalados de empolgação. – Sentimos o cheiro deles em Quatro Árvores, o cheiro de muitos gatos indo na mesma direção. Acredito que atravessaram em direção ao território do Clã do Rio.

– Então, eles foram ao encontro de seus aliados do Clã do Rio – Estrela de Fogo ponderou. Perguntava-se como seriam recebidos. Será que Estrela de Leopardo tentaria recuperar a antiga autoridade, agora que Estrela Tigrada estava morto?

Estrela de Fogo deu de ombros. Já tinha seus problemas, não precisava se preocupar com Estrela de Leopardo. – Obrigado, Rabo Longo – ele miou. – Precisávamos saber disso. Vá e pegue algo para comer.

Com um aceno de reconhecimento, Rabo Longo foi para o túnel de tojo, seguido de Pele de Geada. Estrela de Fogo os observou partir e, quando a ponta da cauda de Pele de Geada tinha desaparecido, ele passou a dar atenção ao treinamento dos gatos.

Listra Cinzenta estava sobre uma laje de rocha saliente, de onde via os aprendizes. Empinou as orelhas em saudação quando Estrela de Fogo foi se juntar a ele.

– Como está indo?

– Não poderia ser melhor – Listra Cinzenta respondeu. – Se Flagelo pudesse nos ver, voltaria direto para o Lugar dos Duas-Pernas com o rabo entre as patas.

O guerreiro cinza tinha um olhar de determinação e teimosia que fez Estrela de Fogo lembrar os dias de sua relação proibida com Arroio de Prata. Por instantes teve vontade de contar que a vira em seu sonho na Pedra da Lua, mas isso não ajudaria a tristeza do amigo. A bela gata ainda continuava morta, e Estrela de Fogo esperava que se passasse muito tempo antes que o amigo fosse se juntar a ela nas fileiras do Clã das Estrelas.

– De qualquer forma – Listra Cinzenta continuou – somos a melhor força de combate que a floresta já viu. – Ele se espantou ao ver uma briga simulada entre Pata de Amora Doce e Garra de Espinho. – Espere um minuto, preciso dar uma dica a Pata de Amora Doce sobre golpes de garra.

Ele saltou da rocha e pulou para o outro lado do vale, deixando Estrela de Fogo olhando em volta. Mais próximos a ele, Cauda Sarapintada e Orelhinha espiavam, rodando um em volta do outro, esperando uma chance de pular. Tempestade de Areia estava instruindo os três filhotes de Pele de Salgueiro do outro lado do vale. Estrela de Fogo desceu para assistir e ouviu seu miado – Ok, eu sou um guerreiro do Clã do Sangue e acabei de invadir o seu acampamento. O que você vai...

A última palavra tornou-se um grito quando Castanha atacou Tempestade de Areia, mordendo-lhe a cauda com força. A gata cor de gengibre se virou, uma pata levantada com garras desembainhadas, mas, antes que ela pudesse se afastar, Castanha, Fuligem e Chuvisco pularam em cima dela por trás. A gata desapareceu sob uma massa de filhotes que se contorciam.

No momento em que Estrela de Fogo a alcançou, ela estava lutando para se livrar deles, os olhos verdes brilhando de tanto rir. – Muito bem! – ela miou. – Se eu realmente fosse do Clã do Sangue, estaria correndo apavorada agora. – Virando-se para Estrela de Fogo, acrescentou:

– Olá, você aí. Viu só estes três? Em algumas luas serão grandes guerreiros!

– Claro que sim. Vocês estão se saindo muito bem – ele os elogiou. – E não há gato melhor do que Tempestade de Areia para ensinar.

– Eu quero que ela seja minha mentora quando eu for aprendiz – Castanha miou. – Pode, Estrela de Fogo?

– Não, *eu* é que quero! – Fuligem protestou.

– Não, *eu*! – Chuvisco acrescentou.

Sacudindo a cabeça, a gata soltou um *mrriau* de riso. – Estrela de Fogo vai decidir quem serão seus mentores – disse aos filhotes. – Agora, deixem que ele os veja praticar os movimentos defensivos.

O líder os observou lutarem, fingindo atacar e se defender. Mesmo empolgados, conseguiram se lembrar das lições de Tempestade de Areia, esquivando-se habilmente ou correndo para dar ao atacante de mentira um rápido golpe.

– Eles são bons – Tempestade de Areia comentou calmamente. – Sobretudo Castanha. – Com um olhar de soslaio para Estrela de Fogo, acrescentou: – Se você me pedisse para orientá-la, eu não negaria.

– Cá entre nós, ela será sua quando chegar a hora – Estrela de Fogo prometeu, piscando para ela.

Mesmo que ele e Tempestade de Areia, os filhotes e todo o clã estivessem à beira de um desastre, Estrela de Fogo não deixaria de ter uma explosão de orgulho e esperança. Pressionou o focinho contra o corpo de Tempestade de Areia.
– Nós vamos ganhar a batalha. Tenho de acreditar nisso.

Ela não respondeu com palavras, mas seu olhar disse tudo.

Deixando-a continuar com a lição, Estrela de Fogo atravessou o vale para o outro lado, onde Cauda de Nuvem e Coração Brilhante treinavam com Pata Gris e Pelagem de Poeira. Coração Brilhante tinha acabado de derrubar Pelagem de Poeira, que se levantou, cuspindo areia, e miou:
– Nunca vi esse movimento! Mostre de novo.

Coração Brilhante se agachou, mas relaxou logo depois, quando viu o líder.

Cauda de Nuvem foi até ele, a cauda erguida. – Você viu isso? – perguntou com orgulho. – Ela está lutando muito bem agora.

– Continue – Estrela de Fogo insistiu. – Isso parece interessante.

Coração Brilhante lhe lançou um olhar nervoso com seu olho bom, e então se virou para se concentrar. Pelagem de Poeira tentava se aproximar pelo lado cego, mas ela não parava de se mover para a frente e para trás, sem perdê-lo de vista. Quando ele pulou, ela deslizou sob as patas estendidas do gato e o atingiu nas patas traseiras, fazendo-o rolar no chão novamente.

– Agora sei por que você é chamado Pelagem de Poeira – Cauda de Nuvem brincou quando o guerreiro marrom se levantou outra vez, sacudindo o pelo.

– Muito bem, Coração Brilhante – Estrela de Fogo falou.

Ele mexeu as orelhas para indicar a Cauda de Nuvem que se afastasse com ele. – Eu esperava que você estivesse aqui – miou baixinho. – Vou ver Princesa, e pensei que talvez você quisesse vir também.

As orelhas de Cauda de Nuvem se mexeram. – Você vai avisá-la?

– Sim. Com o Clã do Sangue à espreita, ela deve saber do perigo. Sei que ela não costuma ir para a floresta, mas mesmo assim...

– Vou com você – Cauda de Nuvem miou, caminhando de volta para falar com Coração Brilhante.

Um momento depois, os dois gatos seguiram para Pinheiros Altos. Estrela de Fogo despediu-se de Listra Cinzenta quando deixaram o vale. A luz fraca do sol da estação sem folhas caía sobre as cinzas restantes do incêndio. As poucas plantas que haviam brotado estavam secas e murchas, e não havia som nem cheiro de presa. Essa estação sem folhas tem sido difícil o suficiente, o líder refletiu, fora o Clã do Sangue.

Quando chegaram ao ninho dos Duas-Pernas onde Princesa vivia, Estrela de Fogo ficou aliviado ao ver a bela gata malhada sobre a cerca do jardim. Ela soltou um trinado de boas-vindas enquanto ele atravessava correndo o campo aberto na beira da floresta e saltava para cima da cerca. Cauda de Nuvem seguiu-o alguns tique-taques de coração depois.

– Coração de Fogo! – exclamou Princesa, pressionando seu focinho contra o flanco do irmão. – E Cauda de Nuvem! É tão bom ver vocês dois. Vocês estão bem?

– Estamos, sim – Estrela de Fogo respondeu.

– Ele é líder do clã agora – Cauda de Nuvem disse. – Você tem de chamá-lo de *Estrela de Fogo*.

– Líder do clã? Isso é maravilhoso! – Princesa soltou um ronronar sincero e satisfeito. Estrela de Fogo sabia que ela estava orgulhosa, mesmo sem ter a dimensão real do que aquilo significava – nem a dor pela morte de Estrela Azul, nem o peso da responsabilidade que acompanhava a liderança. – Estou tão feliz por você. – Princesa continuou. – Mas vocês estão muito magrinhos – acrescentou, meio em dúvida, recuando para observar o irmão e o filho. – Vocês estão comendo direito?

Era difícil responder. Estrela de Fogo e todos do clã estavam acostumados a sentir fome naquela difícil estação sem folhas, mas Princesa não tinha como saber que as presas estavam escassas, não quando seus Duas-Pernas a alimentavam com a mesma comida de gatinho de gente todos os dias.

– Estamos nos virando bem – Cauda de Nuvem repetiu impaciente, antes que Estrela de Fogo pudesse responder. – Mas viemos para lhe dizer para ficar fora da floresta. Há gatos maus por lá.

Estrela de Fogo lançou um olhar irritado ao sobrinho esquentadinho. Ele teria tentado encontrar uma maneira mais suave de avisar Princesa. – Uns gatos do Lugar dos Duas-Pernas vieram para a floresta – explicou, pressionando seu corpo no de Princesa para acalmá-la. – São criaturas ferozes, mas devem deixá-la em paz.

– Eu os vi se esgueirando por entre as árvores – a gata admitiu com a voz abafada. – E já ouvi histórias sobre eles. Aparentemente, até matam cães e outros gatos.

As histórias eram verdadeiras, Estrela de Fogo refletiu, lembrando-se da coleira com dentes espetados de Flagelo. E não passaria muito tempo, haveria mais mortes com a assinatura dele.

– Todos os bons contadores de histórias exageram – ele disse a Princesa, esperando soar convincente. – Você não precisa se preocupar, mas é melhor que fique em seu jardim.

Princesa sustentou o olhar com firmeza, e Estrela de Fogo percebeu que, pela primeira vez, ela não se deixou enganar pelo seu tom alegre. – Vou fazer isso. E vou avisar os outros gatos da casa.

– Bom – Cauda de Nuvem miou. – E não se preocupe com nada. Em breve nos livraremos do Clã do Sangue.

– Clã do Sangue? – Princesa repetiu, sentindo um arrepio. – Estrela de Fogo, você está em perigo, não está?

Ele acenou que sim, de repente, sem vontade de tratá-la como um filhotinho de gente delicado que não conseguiria lidar com a verdade. – Estou – ele respondeu. – O Clã do

Sangue nos deu três dias para sairmos da floresta. Não temos a intenção de sair, o que significa que temos de lutar contra eles.

Princesa continuou a lhe dar aquele olhar pensativo e longo. A ponta de sua cauda ia de lá para cá, e tocou uma cicatriz no flanco do irmão, uma ferida antiga de uma batalha que acontecera havia tanto tempo que ele esquecera qual fora. Estrela de Fogo teve uma súbita visão de como ele devia aparecer para ela: magro e esfarrapado, apesar de seus músculos definidos, a pelagem marcada pelas batalhas, um lembrete constante da dureza de sua vida na floresta.

– Sei que você vai fazer todo o possível – ela miou baixinho. – O clã não poderia ter um líder melhor.

– Espero que você esteja certa. Esta é a pior ameaça que o clã já teve de enfrentar.

– E você vai sobreviver, eu sei que vai. – Princesa passou a língua sobre a orelha do irmão e apertou-se contra ele. Ela exalava cheiro de medo, mas mantinha a calma, e suas feições suaves estavam excepcionalmente sérias. – Volte em segurança, Estrela de Fogo – ela sussurrou. – Por favor.

# CAPÍTULO 25

Depois de dizerem adeus a Princesa, Cauda de Nuvem saiu para caçar e Estrela de Fogo voltou ao acampamento. O crepúsculo caía quando ele chegou à ravina e percebeu o odor de Nevasca antes mesmo de ver o guerreiro à sua frente. Estrela de Fogo alcançou-o pouco antes de chegar ao túnel de tojo. Trazia entre os dentes um rato silvestre que largou ao ver o líder.

– Quero ter uma palavrinha com você – ele começou, sem nem mesmo esperar por uma saudação. – E é melhor aqui, onde nenhum gato vai nos ouvir.

O coração de Estrela de Fogo balançou. – Qual é o problema? Tem algo errado?

– Quer dizer, além de Flagelo? – o guerreiro veterano miou, irônico. Ele se sentou sobre uma rocha e, com a cauda, fez um sinal para Estrela de Fogo se juntar a ele. – Não, não há nada errado. As patrulhas e o treinamento estão indo bem... mas continuo me perguntando: será que realmente pensamos sobre o que estamos fazendo?

Estrela de Fogo o olhou. – Como assim?

O representante respirou profunda e dolorosamente. – Flagelo e seu clã são muito mais numerosos do que nós, mesmo com o Clã do Vento lutando do nosso lado. Sei que nossos guerreiros lutarão até a última gota de sangue para salvar a floresta, mas talvez o preço seja alto demais.

– Você está dizendo que devemos ceder? – A voz de Estrela de Fogo tornou-se aguda: nunca imaginaria ouvir conselhos como esse de seu representante. Se a coragem de Nevasca não fosse inquestionável, diria ser o discurso de um covarde. – Deixar a floresta?

– Não sei. – Nevasca parecia cansado, e Estrela de Fogo se lembrou de repente da idade do representante. – As coisas estão mudando, nenhum gato pode negar, e talvez seja hora de seguir em frente. Deve haver outros territórios além de Pedras Altas. Poderíamos encontrar outro lugar...

– Nunca! – Estrela de Fogo o interrompeu. – A floresta é *nossa*.

– Você é jovem. – Nevasca olhou solenemente para ele. – É normal que veja as coisas dessa forma. Mas muitos vão morrer.

– Eu sei. – Estrela de Fogo tinha passado o dia ocupado, encorajando os guerreiros e a si mesmo com pensamentos de vitória sobre Flagelo. Agora Nevasca o forçava a encarar o fato de que, mesmo que ganhassem, seria a um custo terrível. O Clã do Trovão poderia expulsar da floresta os invasores e ficar com poucos sobreviventes, enfraquecidos como se tivessem sido derrotados.

– Nós *temos* que continuar – ele miou. – Não podemos virar as costas e correr como ratos. Você está certo, Nevasca. Sei que está, mas que escolha temos? *Não pode* ser a vontade do Clã das Estrelas que deixemos a floresta.

Nevasca concordou. – Sabia que você diria isso. Bem, já falei o que penso. É para isso que serve um representante.

– E lhe agradeço por isso, Nevasca.

O guerreiro branco se ergueu nas patas, voltou-se para seu rato silvestre e, então, olhou de novo para Estrela de Fogo. – Nunca tive o tipo de ambição que movia Estrela Tigrada... ou você – ele miou. – Jamais quis ser líder. Mas estou particularmente feliz por não sê-lo agora. Nenhum gato em sã consciência invejaria as decisões que você tem de tomar.

Estrela de Fogo piscou, sem saber o que dizer.

– Tudo o que espero é dar o melhor de mim quando chegar a hora.

Uma sombra de incerteza atravessou seu rosto, e o líder se deu conta de que, com a idade de Nevasca, muitos felinos já haviam se juntado aos anciãos. Era natural que o representante temesse que sua força de combate viesse a falhar.

– Tenho certeza – ele concordou. – Não há guerreiro mais nobre em toda a floresta.

Nevasca sustentou o olhar por um longo momento, sem nada dizer. Então pegou sua presa e caminhou para o acampamento.

Estrela de Fogo permaneceu na pedra. As palavras de Nevasca o haviam perturbado, e ele de repente relutava em voltar para o acampamento e se acomodar em sua toca sombria sob a Pedra Grande. Sabia que não conseguiria dormir.

Após alguns momentos ouvindo os sons suaves da noite que chegava, Estrela de Fogo levantou-se e voltou para a ravina. Riscas de um vermelho desbotado indicavam o caminho do sol poente, mas sobre a sua cabeça o céu estava escuro, e de lá os primeiros guerreiros do Clã das Estrelas o olhavam.

O gato de pelagem rubra deslizou pela vegetação rasteira sem fazer barulho, um pouco antes de perceber que as suas patas o conduziam às Rochas Ensolaradas. Estava completamente escuro quando chegou à beira das árvores. As formas arredondadas das rochas delineavam-se contra o céu como se fossem as costas de animais agachados, com um brilho de gelo na superfície. Mais além, ouvia o borbulhar suave do rio sobre as pedras e, muito mais perto, um barulho fraco denunciava a presença de presas.

Estrela de Fogo ficou com a boca cheia d´água ao identificar o cheiro de um camundongo. Quase sem tocar o chão, se arrastou e pulou sobre a presa. Não tinha percebido como estava faminto até seus maxilares se fecharem, devorando o camundongo com avidez.

Sentindo-se melhor, ele pulou para o topo da rocha e encontrou um lugar onde podia se sentar e olhar para o rio. A água escura brilhava com a luz das estrelas. Uma brisa arrepiava a superfície, despenteando o seu pelo e remexendo a floresta sem folhas em torno dele.

Estrela de Fogo voltou seu olhar para o Tule de Prata. Os guerreiros do Clã das Estrelas estavam observando, mas pareciam frios e distantes naquela noite gelada. Será que realmente se preocupavam com o que acontecia na floresta? Ou será que Estrela Azul estava certa o tempo todo, ao se enfurecer contra eles em sua guerra particular? Por um instante, Estrela de Fogo teve um vislumbre da terrível sensação de isolamento da antiga líder. Ele realmente não sentia o mesmo, pois, ao contrário de Estrela Azul, jamais perdera a fé nos guerreiros de seu clã, mas começava a entender por que ela chegara a duvidar do Clã das Estrelas.

Tantos gatos já haviam morrido por causa da luta feroz de Estrela Tigrada pelo poder, e o Clã das Estrelas não os salvara. O líder se perguntava se estava sendo tolo de pensar que os ancestrais guerreiros iriam ajudá-lo agora.

Mas, sem o Clã das Estrelas, como *poderiam* os clãs sobreviver? Erguendo a cabeça, ele miou para a majestade do Tule de Prata: – Mostrem-me o que devo fazer! Mostrem-me que vocês estão conosco!

Nenhuma resposta veio da flama ardente acima dele.

Dolorosamente consciente de quanto era pequeno e fraco comparado com o Clã das Estrelas que se espalhava pelo céu, Estrela de Fogo encontrou um vão na rocha que era protegido do vento frio. Não esperava dormir, mas estava exausto e, depois de um tempo, seus olhos se fecharam.

Sonhou que estava sentado em Quatro Árvores, os sentidos embalados pelo ar quente e os doces aromas da estação do renovo. Os guerreiros do Clã das Estrelas cercavam-no nas quatro encostas, como haviam feito em sua visita à Pedra da Lua quando ele recebera as nove vidas de líder de clã. Lá ele viu Folha Manchada e Presa Amarela, e todos os guerreiros que o Clã do Trovão perdera, assim como outros que havia pouco tinham se juntado às suas fileiras de luz: Pelo de Pedra e o jovem aprendiz Pata de Tojo.

Em seu sonho, Estrela de Fogo saltou nas patas e os confrontou. Pela primeira vez, não sentia medo dos ancestrais guerreiros. Parecia que eles o haviam abandonado, e a toda a floresta, ao seu destino terrível. – Vocês governam a floresta! – sussurrou o líder, derramando toda a sua raiva por aquela traição. – Vocês mandaram a tempestade na noite da Assembleia, para eu não poder contar aos clãs o que Estrela Tigrada tinha feito. Vocês lhe permitiram trazer Flagelo para a floresta! Por que estão fazendo isso? *Querem* que sejamos destruídos?

Uma figura familiar se adiantou; o pelo acinzentado de Estrela Azul brilhava à luz das estrelas, os olhos como chamas azuis. – Estrela de Fogo, você não entende – ela miou. – O Clã das Estrelas *não* governa a floresta.

O gato de pelo rubro ficou boquiaberto, sem nada para dizer. Será, então, que estava errado tudo o que tinha aprendido desde que viera para a floresta há tanto tempo, como gatinho de gente?

– O Clã das Estrelas cuida de todos os gatos na floresta – a gata continuou – do filhote cego e indefeso ao ancião mais velho que existe sob o sol. Nós velamos por eles. Enviamos presságios e sonhos para os curandeiros. Mas a tempestade não foi coisa nossa. Flagelo e Estrela Tigrada chegaram ao poder através do sangue, porque essa é a natureza deles. Nós velamos – a antiga líder repetiu –, mas não interferimos. Se o fizéssemos, vocês seriam verdadeiramente livres? Você e todos os gatos têm a opção de seguir ou não o Código dos Guerreiros. Vocês não são brinquedos do Clã das Estrelas.

– Mas... – Estrela de Fogo tentou interromper.

Estrela Azul o ignorou. – E agora estamos cuidando de você. Nós o escolhemos. Você é o fogo que vai salvar o clã. Nenhum guerreiro do Clã das Estrelas o trouxe aqui. Você veio por sua própria vontade, porque você tem o espírito de um guerreiro e o coração de um verdadeiro gato de clã. Sua fé no Clã das Estrelas lhe dará a força necessária.

Enquanto falava, uma sensação de paz o tomou. Como se a força da Estrela Azul fluísse para ele. O que quer que acontecesse na batalha entre o seu clã e o Clã do Sangue, Estrela de Fogo sabia que o Clã das Estrelas não o abandonaria.

Estrela Azul descansou o nariz sobre a cabeça do jovem, como no dia de sua nomeação como guerreiro. Ao seu toque, o fogo pálido dos guerreiros reunidos começou a desaparecer, e Estrela de Fogo caiu na acolhedora escuridão do sono profundo. Quando abriu os olhos, viu a primeira luz da madrugada manchando o céu.

O líder se levantou e se espreguiçou, a lembrança de seu sonho enchendo suas patas de energia. Era seu dever de líder salvar o clã. E com a força do Clã das Estrelas ajudando-o, ele encontraria uma maneira de fazê-lo.

# CAPÍTULO 26

Estrela de Fogo se perguntou se o restante do Clã tinha notado sua ausência, se os gatos estavam preocupados com ele. Sabia que deveria voltar para o acampamento, mas permaneceu um pouco sobre a rocha, vendo a luz da aurora se espalhar acima da floresta.

O território do outro lado do rio estava quieto e silencioso. O líder de pelagem rubra tentou imaginar como Estrela de Leopardo estava lidando com aquilo. Supôs que os guerreiros do Clã das Sombras que haviam invadido o seu território eram agora hóspedes indesejáveis, sem presas de reserva para as difíceis luas da estação sem folhas.

Então ele se sentou rapidamente, pelo eriçado e orelhas em pé. Acabara de lhe ocorrer uma ideia, e não imaginava por que não tinha pensado nisso antes. Talvez o Clã do Trovão não estivesse tão em desvantagem quanto ele temia. Do outro lado do rio estavam os guerreiros de dois clãs e, com Estrela Tigrada morto, nenhum gato tinha motivos para apoiar o Clã do Sangue.

– Você pensa como camundongo! – murmurou em voz alta. Havia uma chance de que os quatro clãs da floresta pudessem se unir para expulsar os gatos assassinos que ameaçavam cada bigode de suas vidas. Quatro não se tornariam dois, quatro se tornarão *um*, mas não da maneira que Estrela Tigrada queria.

Quando os primeiros raios do sol apareceram acima do horizonte, Estrela de Fogo saltou da rocha e desceu ao longo do rio em direção ao caminho de pedras.

– Estrela de Fogo! Estrela de Fogo! – O grito o fez parar assim que avistou as pedras. Virou-se e viu uma patrulha do Clã do Trovão saindo das árvores atrás dele. Listra Cinzenta ia à frente, seguido por Tempestade de Areia, Cauda de Nuvem e Pata de Amora Doce.

– Onde você estava? – Tempestade de Areia miou aborrecida enquanto se dirigia até ele. – Ficamos muito preocupados.

– Sinto muito. – O gato rubro lhe deu uma lambida de desculpas. – Eu precisava refletir sobre algumas coisas, só isso.

– Nevasca disse que ia ficar tudo bem – Listra Cinzenta miou. – E Manto de Cinza não parecia preocupada. Tive a impressão de que ela sabia mais do que estava dizendo.

– Bem, estou aqui agora – Estrela de Fogo miou de forma animada. – E fico feliz por encontrar vocês. Estou indo ao território do Clã do Rio, e é melhor eu levar alguns guerreiros comigo.

– Clã do Rio? – Cauda de Nuvem olhou espantado. – O que você quer com eles?

– Vou pedir a eles que lutem conosco contra Flagelo amanhã.

O jovem guerreiro o encarou. – Você perdeu o juízo? Estrela de Leopardo vai arrancar a sua pele!

– Acho que não. Agora que Estrela Tigrada está morto, assim como nós, ela não vai querer o Clã do Sangue na floresta.

Cauda de Nuvem deu de ombros, e Listra Cinzenta parecia em dúvida, mas os olhos verdes de Tempestade de Areia brilhavam de alegria.

– Sabia que você ia pensar em uma maneira de derrotar o Clã do Sangue – ela ronronou. – Vamos.

Estrela de Fogo se virou para pegar o caminho de pedras, mas fez uma pausa quando Pata de Amora Doce se aproximou.

– Estrela de Fogo, podemos falar com Pata de Açafrão se ela estiver lá? – perguntou o aprendiz, esperançoso. Sua voz tremia. – Pode não haver outra oportunidade.

Estrela de Fogo hesitou. – Sim, se você a vir – ele miou. – Ouça seu lado da história. Aí decidiremos o que fazer.

– Obrigado, Estrela de Fogo! – Os olhos de Pata de Amora Doce brilhavam de alívio.

O líder desceu a encosta deslizando até o caminho de pedras seguido por seus guerreiros. Enquanto atravessava, manteve-se atento para movimentos do outro lado do rio, mas nada viu. Nem sequer uma patrulha do Clã do Rio, embora àquela altura o sol já estivesse bem acima do horizonte.

Atingindo a outra margem, Estrela de Fogo seguiu rio acima em direção ao acampamento do Clã do Rio. Antes de chegar, alcançou o riacho que levava à clareira da Montanha Sinistra. Um arrepio o percorreu ao se lembrar da última vez em que estivera ali. O fedor de carniça estava mais fraco agora, mas a brisa trazia cheiros de muitos gatos. Estrela de Fogo reconheceu o cheiro misturado do Clã do Tigre, outrora tão sinistro, agora quase familiar em comparação com o fedor do Clã do Sangue.

– Acho que devem estar na clareira perto da Montanha Sinistra – ele miou por cima do ombro. – Alguns deles, pelo menos. Vamos ver... e você, Listra Cinzenta, fique de guarda.

O gato cinza ficou para trás enquanto Estrela de Fogo seguia o riacho, rastejando tranquilamente por entre os juncos, até chegar ao extremo da clareira. Ao espiar, viu que a Montanha Sinistra já estava começando a desmoronar, de modo que parecia nada mais do que um monte de lixo. O riacho já não estava entupido pelas presas apodrecidas e havia um pequeno monte de presas frescas, como se tivessem começado a montar um novo acampamento.

Vários guerreiros estavam amontoados na clareira, com o pelo despenteado e sem brilho, os olhos arregalados. Estrela de Fogo ficou surpreso ao ver felinos do Clã do Rio e do Clã das Sombras. Esperava encontrar apenas guerreiros do Clã das Sombras montando um acampamento ali; os gatos do Clã do Rio estariam ocupando seu antigo acampamento, na ilha rio acima.

Estrela de Leopardo estava agachada ao pé da Montanha Sinistra. Olhava fixo para a frente, e Estrela de Fogo pensou que ela o avistara, mas não havia sinal disso. O representante do Clã das Sombras, Pé Preto, estava por ali. Quando a surpresa inicial diminuiu, Estrela de Fogo ficou aliviado de poder tratar diretamente com Estrela de Leopardo que, sem dúvida, estava tentando governar os dois clãs.

Ele olhou para Tempestade de Areia. – O que há de errado com eles? – Estrela de Fogo murmurou. Quase acreditou que os guerreiros estivessem doentes, mas não havia sinal de doença no ar.

Tempestade de Areia balançou a cabeça, impotente, e Estrela de Fogo se voltou para a clareira. Fora à procura de uma força de combate, mas aqueles gatos pareciam meio mortos. Ainda assim, não havia sentido em voltar. Sinalizou com a cauda para que seus gatos o seguissem e entrou na clareira.

Nenhum gato o desafiou, apesar de um ou outro guerreiro levantar a cabeça e encará-lo de maneira indiferente. Com um olhar para Estrela de Fogo, Pata de Amora Doce fugiu para procurar Pata de Açafrão.

Estrela de Leopardo se esforçou para ficar de pé. – Estrela de Fogo. – Sua voz era um murmúrio, como se não tivesse sido ouvida por muitos dias. – O que você quer?

– Falar com você. Afinal, o que está acontecendo? Qual é o problema com vocês? Por que não estão no antigo acampamento?

Estrela de Leopardo sustentou o olhar do gato rubro por um bom tempo. – Sou a única líder do Clã do Tigre agora – ela miou enfim, uma centelha de orgulho brilhando em seus olhos opacos. – O antigo acampamento do Clã do Rio é muito pequeno para abrigar os dois clãs. Deixamos as rainhas, os filhotes e os anciãos lá, com alguns guerreiros para protegê-los. – Ela soltou um riso zombeteiro. – Mas para quê? O Clã do Sangue vai nos massacrar.

– Você não deve pensar assim – ele insistiu com a líder do Clã do Rio. – Se nós todos nos unirmos, poderemos expulsar o Clã do Sangue.

Uma luz selvagem brilhou nos olhos de Estrela de Leopardo. – Seu tolo, você pensa como camundongo! – ela cuspiu. – Expulsar o Clã do Sangue? Como você acha que vai fazer isso? Estrela Tigrada foi o maior guerreiro que esta floresta já conheceu, e você viu o que Flagelo fez com ele.

– Eu sei – Estrela de Fogo respondeu firmemente, escondendo o tremor de puro pavor que o tomou. – Mas ele enfrentou Flagelo sozinho. Podemos nos unir para lutar, para mais tarde voltarmos a ser quatro clãs, como manda o Código dos Guerreiros.

Um olhar sarcástico cruzou o rosto de Estrela de Leopardo e ela não respondeu.

– O que você vai fazer, então? – perguntou Estrela de Fogo. – Deixar a floresta?

A líder hesitou, jogando a cabeça de um lado para o outro como se o esforço de falar com Estrela de Fogo a irritasse. – Enviei um grupo de reconhecimento para procurar lugares depois de Pedras Altas – admitiu. – Mas temos bebês, e dois dos nossos idosos estão doentes. Nem todos podem ir, e os que ficarem vão morrer.

– Eles não têm de morrer – Estrela de Fogo lhe prometeu em desespero. – O Clã do Trovão e o Clã do Vento vão lutar. Junte-se a nós.

Ele esperava mais zombaria, mas a gata o olhava com mais atenção. Perto dali, Pé Preto levantou-se e foi ficar ao lado dela. Quando encarou os gatos do Clã do Trovão, Estrela de Fogo ouviu um rosnado baixo de Listra Cinzenta, que começou a desembainhar as garras. O líder lhe fez com a cauda um sinal de alerta. Também detestava Pé Preto, mas era hora de se aliar para enfrentar um inimigo ainda maior.

– Você tem cérebro de camundongo? – o representante do Clã das Sombras rosnou. – Você não pode estar pensando seriamente em se juntar a esses idiotas! Eles não são fortes o suficiente para enfrentar o Clã do Sangue. Vamos ser trucidados.

Estrela de Leopardo o olhou com frieza, e Estrela de Fogo percebeu com uma súbita explosão de esperança que ela tampouco gostava de Pé Preto. Pelo de Pedra, que havia morrido sob as garras do guerreiro preto e branco, fora seu leal representante.

– Eu sou a líder aqui, Pé Preto – ela ressaltou. – Eu tomo as decisões. E não estou pronta para desistir ainda... não se há uma chance de expulsar o Clã do Sangue. – Tudo bem – ela miou, encarando Estrela de Fogo novamente. – Qual é o seu plano?

O felino de pelagem rubra desejou ter algum truque inteligente para propor uma forma de expulsar o Clã do Sangue sem arriscar a vida dos gatos na floresta. Mas não havia nenhum truque. O caminho para a vitória, se houvesse, seria difícil e doloroso.

– Na madrugada de amanhã – respondeu –, o Clã do Trovão e o Clã do Vento vão se encontrar com o Clã do Sangue em Quatro Árvores. Se o Clã das Sombras e o Clã do Rio se juntarem a nós, vamos ser duas vezes mais fortes.

– E você vai nos liderar? – perguntou Estrela de Leopardo. Relutante, acrescentou: – Não tenho forças agora para levar os meus gatos para a batalha.

Estrela de Fogo piscou com surpresa. Esperava que ela fosse exigir autoridade sobre os outros clãs. Ele mesmo não fazia ideia se teria forças para assumir a liderança, mas sabia não ter escolha.

– Se você quer assim, vou.

– Liderar-nos? – A voz áspera, cheia de zombaria, veio de trás de Estrela de Fogo. – Um gatinho de gente? Você está maluca?

O gato de pelo rubro se virou, sabendo o que iria ver. Risca de Carvão empurrava os gatos para abrir caminho entre seus antigos companheiros de clã.

Estrela de Fogo o encarou. Nos tempos do Clã do Trovão, ele sempre fora elegante. Agora seu casaco riscado de preto estava fosco, como se o dono tivesse parado de cuidar dele. Parecia magro, e a ponta da cauda se contraía nervosamente.

Só a hostilidade fria em seus olhos era familiar, assim como a insolência com que olhava o líder do Clã do Trovão de alto a baixo quando parou na frente dos líderes.

– Risca de Carvão. – Estrela de Fogo o cumprimentou com um aceno de cabeça. Embora nunca tivesse sentido verdadeira pena do guerreiro escuro, percorreu-lhe uma pontada ao vê-lo tão assombrado, os olhos vazios, como se já estivesse sendo punido por trair seu clã de nascimento.

Estrela de Leopardo avançou. – Risca de Carvão, a decisão não é sua – ela miou.

– Devíamos matar ou expulsar você – Risca de Carvão rosnou para Estrela de Fogo. – Você virou Flagelo contra Estrela Tigrada. É sua culpa ele estar morto.

– A culpa é minha? – Estrela de Fogo engasgou com o espanto. Seus olhos queimavam de ódio, e Estrela de Fogo sabia que, à sua maneira, ele estava de luto pela morte do líder. Agora que Estrela Tigrada morrera, Risca de Carvão estava completamente sozinho. – Não. Foi culpa de Estrela Tigrada. Se ele não tivesse trazido o Clã do Sangue para a floresta, nada disso teria acontecido.

– E como foi que isso aconteceu? – Listra Cinzenta interrompeu. – É o que eu gostaria de saber. O que Estrela Tigrada estava pensando? Ele não viu a gravidade do que estava fazendo na floresta?

– Ele pensava que fosse o melhor. – Estrela de Leopardo tentou defender Estrela Tigrada, embora suas palavras parecessem vazias. – Ele acreditava que os gatos da floresta estariam mais seguros se estivessem todos unidos sob a sua liderança, e pensou que o Clã do Sangue iria convencer você de que ele tinha razão.

Um bufo de desprezo veio de Listra Cinzenta, mas Estrela de Leopardo o ignorou. Ela balançou a cauda e outro gato se aproximou, magro e cinza, com uma orelha rasgada. Estrela de Fogo o reconheceu: Rochedo, um dos vilões que Estrela Tigrada tinha trazido para o Clã das Sombras.

– Rochedo, conte a Estrela de Fogo o que aconteceu – Estrela de Leopardo ordenou.

O guerreiro do Clã das Sombras parecia magro e cansado quando encarou Estrela de Fogo. – Antigamente eu pertencia ao Clã do Sangue – confessou. – Parti muitas luas atrás, mas Estrela Tigrada sabia sobre meu passado. Ele me pediu para levá-lo ao Lugar dos Duas-Pernas porque precisava de mais gatos para garantir o controle da floresta. – Olhou para as suas patas, as orelhas se mexendo desconfortavelmente. – Eu... tentei dizer a Estrela Tigrada que Flagelo era perigoso, mas nenhum de nós podia imaginar o que ele faria. Estrela Tigrada ofereceu a Flagelo uma parte da floresta se trouxesse os seus gatos para ajudá-lo a lutar. Ele pensou que, uma vez que tivesse feito todos os outros clãs se juntarem ao Clã do Tigre, poderia se livrar do Clã do Sangue.

– Mas estava errado – Estrela de Fogo murmurou, sentindo de novo a dor estranha de quando viu seu mais antigo inimigo morto a seus pés.

– Não conseguíamos acreditar quando ele morreu. – Os olhos de Rochedo estavam espantados, como se estivessem compartilhando as memórias de Estrela de Fogo. – Pensávamos que nada poderia derrotar Estrela Tigrada. Quando o Clã do Sangue atacou o nosso acampamento depois de sua morte, estávamos muito chocados para lutar, embora nem todos tenham partido. Alguns pensaram que seria mais seguro se juntar a Flagelo. Zigue-Zague, por exemplo. – A voz de Rochedo ficou mais amarga. – Valeria a pena lutar contra o Clã do Sangue para cravar as minhas garras no pelo desse traidor.

– Então vocês aceitam? – Estrela de Fogo olhou ao redor e percebeu que todos na clareira tinham se aproximado e escutavam em silêncio. Só Pé Preto e Risca de Carvão estavam distantes, fora da multidão. – Vocês ficarão conosco e com o Clã do Trovão amanhã?

Os gatos permaneceram em silêncio, esperando Estrela de Leopardo falar.

– Não sei – ela miou. – Talvez a batalha já esteja perdida. Preciso de tempo para pensar.

– Não há muito tempo – Tempestade de Areia observou.

Estrela de Fogo reuniu seus guerreiros acenando com a cauda e os chamou para o lado da clareira. – Pense agora, Estrela de Leopardo – ele miou. – Nós esperamos.

A líder do Clã do Rio lançou-lhe um olhar desafiador, como se insistisse em levar o tempo que fosse preciso, mas nada disse, apenas chamou dois ou três dos guerreiros do Clã do Rio, com quem conversou baixinho e com uma voz premente. Com raiva ardendo nos olhos, Pé Preto empurrou, abrindo caminho, e foi se juntar a eles.

Os demais ficaram em silêncio, paralisados e infelizes, e Estrela de Fogo se perguntou que tipo de força de combate eles representavam.

– Como será que conseguem pensar como camundongos? – rosnou Cauda de Nuvem. – O que há para discutir? Estrela de Leopardo diz que não podem partir em segurança... o que mais podem fazer além de lutar?

– Fique quieto, Cauda de Nuvem – mandou Estrela de Fogo.

– Estrela de Fogo. – A voz de Pata de Amora Doce interrompeu. O líder virou-se e viu o seu aprendiz de pé, a uma cauda de distância, com a irmã. – Pata de Açafrão quer falar com você.

A jovem devolveu o olhar firme do líder do Clã do Trovão, fazendo-o lembrar, de forma irresistível, sua mãe, a formidável Flor Dourada.

– Pode falar.

– Pata de Amora Doce diz que devo lhe contar por que deixei o Clã do Trovão – ela miou sem preâmbulos. – Mas você já sabe, não é? Queria ser julgada pelo que sou, não pelo que o meu pai fez. Eu precisava sentir que pertencia a algum lugar.

– Nenhum gato disse que você não fazia parte dali – Estrela de Fogo protestou.

Ela o encarou com um brilho nos olhos. – Não acredito nisso. Nem você.

A culpa fez o pelo do líder esquentar. – Cometi um erro. Eu olhava para vocês dois, e tudo o que conseguia ver era seu pai. Outros fizeram a mesma coisa, também. Mas eu não queria que você fosse embora.

– Os outros queriam – Pata de Açafrão miou baixinho.

– Ela ainda pode voltar para o clã, não é? – Pata de Amora Doce implorou.

– Espere um minuto – Pata de Açafrão interrompeu bruscamente. – Não estou perguntando se posso voltar. Tudo o que quero é ser a melhor guerreira que puder, e não posso fazer isso no Clã do Trovão.

Estrela de Fogo mal suportava ver toda a coragem e lealdade que estavam perdendo. – Sinto muito que você tenha deixado o Clã do Trovão – ele miou – e desejo-lhe tudo de bom, Pata de Açafrão. Realmente acredito que, se os quatro clãs lutarem amanhã, poderemos recuperar a floresta. O Clã das Sombras vai sobreviver, e será um clã do qual você poderá se orgulhar, um clã que terá orgulho de você.

Pata de Açafrão fez um breve aceno de cabeça. – Obrigada.

Pata de Amora Doce parecia perturbado, mas Estrela de Fogo sabia que não havia mais nada a dizer. Ouviu seu nome e viu que era Estrela de Leopardo, que atravessava a clareira em sua direção.

– Tomei minha decisão – disse ela.

Estrela de Fogo sentiu o coração começar a bater. Tudo dependia da escolha de Estrela de Leopardo. Sem o apoio do Clã do Rio e do Clã das Sombras – mesmo que os guerreiros estivessem em um estado tão lamentável – não havia esperança de expulsar o Clã do Sangue da floresta. Os poucos instantes antes de Estrela de Leopardo se aproximar pareceram se estender por uma lua.

– O Clã do Rio lutará contra o Clã do Sangue amanhã – ela anunciou.

– E o Clã das Sombras também – Pé Preto acrescentou, andando atrás dela. Seus olhos brilharam para Estrela de Leopardo como se ele silenciosamente afirmasse sua autoridade.

Apesar de aliviado com a decisão a favor da batalha, Estrela de Fogo percebeu olhares indecisos entre os demais. Risca de Carvão foi o único a falar.

– Vocês estão todos loucos – ele cuspiu. – Juntar-se a um gatinho de gente? Bem, eu não vou segui-lo, não importa o que digam.

– Você vai obedecer às ordens – disparou Estrela de Leopardo.

– Tente me obrigar – Risca de Carvão replicou. – Você não é minha líder.

Por alguns instantes a gata o fuzilou com olhos frios. Então, ela deu de ombros. – Obrigada, Clã das Estrelas, por eu não ser. Você é tão inútil quanto uma raposa morta. Muito bem, Risca de Carvão, faça o que quiser.

O guerreiro escuro hesitou; passou o olhar de Estrela de Leopardo para Pé Preto e vice-versa, e depois fitou em volta os demais felinos na clareira. Os guerreiros ainda murmuravam entre si, e nenhum deles prestava atenção em Risca de Carvão.

Ele olhou de novo para Estrela de Leopardo como se fosse falar, mas a gata já tinha se afastado. Risca de Carvão se virou com um rosnado rancoroso para Estrela de Fogo:

– Seus tolos, vocês todos serão estraçalhados amanhã.

Ele se afastou com um silêncio mortal. Os gatos abriram espaço para que passasse e o observaram até desaparecer entre os juncos. Estrela de Fogo se perguntou aonde iria o guerreiro solitário agora.

Estrela de Leopardo deu um passo adiante. – Juro pelo Clã das Estrelas que vamos encontrá-los ao amanhecer em Quatro Árvores. Vamos lutar com vocês e o Clã do Vento contra o Clã do Sangue. – Mais vigorosamente, acrescentou: – Pelugem de Sombra, você vai enviar patrulhas de caça? Vamos precisar de toda a nossa força de batalha para amanhã.

Uma gata cinza-escuro do Clã do Rio balançou a cauda e começou a circular entre os felinos, escolhendo guerreiros para as patrulhas.

Estrela de Leopardo olhou para a Montanha Sinistra com profunda tristeza, e um arrepio percorreu seu pelo mosqueado. – Temos que derrubar isto – murmurou. – Faz parte de um tempo mais sombrio.

Ela cravou as garras no monte de ossos de presas. Lentamente, e hesitando como se ainda pensassem que Estrela Tigrada apareceria para acusá-los de traição, seus guerreiros se juntaram a ela. Osso por osso, a pilha foi espalhada por toda a clareira. Pé Preto e alguns dos guerreiros do Clã das Sombras ficaram olhando mais ao longe. O rosto do representante estava sombrio, impossível adivinhar seus pensamentos.

Estrela de Fogo chamou seus guerreiros para ir embora. Tinha atingido seu objetivo, e não podia deixar de admirar a coragem de Estrela de Leopardo, mas no lugar de satisfação sentiu uma onda sombria de mau pressentimento quando lançou um último olhar para os dois clãs na clareira.

*E se eu estiver condenando-os à morte*?

# CAPÍTULO 27

Era aquele intervalo entre a Lua se esconder e o Sol surgir no horizonte com seus raios leitosos de luz. A noite estava calma e fria, escura como água congelada.

Estrela de Fogo saiu da toca. A clareira estava vazia, mas ele percebia sons fracos de guerreiros acordando. A geada brilhava no chão, enquanto acima de sua cabeça o Tule de Prata fluía como um rio cruzando o céu.

Parando para sorver o ar da noite repleto dos odores de tantos gatos conhecidos, Estrela de Fogo sentia cada fio de seu pelo se eriçar. Aquela poderia ser a última manhã que passaria no acampamento. Poderia ser a última para todos os clãs. Sentia como se tudo saísse de seu controle e, quando buscava força no fato de que o Clã das Estrelas controlava seu destino, encontrava apenas incerteza.

Ele suspirou e se sacudiu antes de passar pelo túnel de samambaia até a toca de Manto de Cinza. A curandeira estava arrastando ervas e frutas para a clareira, onde Pata de Avenca as transformava em feixes, prontos para carregar.

– Está tudo pronto? – Estrela de Fogo perguntou.

Acho que sim. – Os olhos azuis de Manto de Cinza estavam cheios de dor, como se já estivesse vendo os feridos que logo seriam atendidos por ela. – Vou precisar de mais ajuda para carregar tudo isso até Quatro Árvores. Pata de Avenca e eu não podemos fazer tudo sozinhas.

– Pode chamar todos os aprendizes – Estrela de Fogo miou. – Pata de Avenca, você pode ir dizer a eles?

A jovem concordou com a cabeça e saiu em disparada.

– Quando chegarmos, precisaremos dos outros aprendizes para lutar – Estrela de Fogo continuou. – Mas Pata de Avenca pode ficar com você. Procure um abrigo afastado. Acho que há um vale protegido do outro lado do rio...

A curandeira se irritou. – Você não pode estar falando sério. Que utilidade terei se não estiver no campo de batalha?

– Mas os gatos precisam de você – ele insistiu. – Se você for ferida, o que acontecerá conosco?

– Pata de Avenca e eu podemos nos cuidar. Não somos filhotes desamparados, você sabe. – A resposta cáustica fez Estrela de Fogo se lembrar da mentora de Manto de Cinza, Presa Amarela.

Suspirando, ele foi até a curandeira e trocaram toques de nariz. – Faça do seu jeito – ele miou. – Sei que nada que eu diga a fará mudar de ideia. Mas, por favor... tenha cuidado.

A gata soltou um ronronar suave. – Não se preocupe. Vamos ficar bem.

– O Clã das Estrelas falou com você sobre a batalha? – Estrela de Fogo sentiu necessidade de saber.

– Não, não vi nenhuma profecia. – A curandeira levantou os olhos para o Tule de Prata, que desaparecia no céu antes do amanhecer. – Não é próprio do Clã das Estrelas ficar em silêncio quando algo tão importante está para acontecer.

– Eu... tive um sonho enviado por eles, Manto de Cinza – Estrela de Fogo lhe disse, hesitante –, mas não tenho certeza se entendi, e não há tempo para lhe contar tudo agora. Só espero que signifique algo bom para nós.

Apesar da curiosidade nos olhos azuis da curandeira quando ele falou sobre o sonho nas Rochas Ensolaradas, ela não fez perguntas.

O líder voltou pelo túnel de samambaia e atravessou a clareira em direção à toca dos anciãos. No caminho, passou por Pelo de Musgo-Renda, que estava de vigia, e fez uma saudação com a cauda.

Quando chegou à árvore caída, carbonizada pelo fogo que varrera o acampamento na estação do renovo, ele encontrou todos os anciãos ainda dormindo, menos Cauda Sarapintada, sentada com a cauda em torno das patas.

A gata se levantou quando Estrela de Fogo se aproximou. – Está na hora?

– Sim. Vamos partir em breve... mas você não virá conosco, Cauda Sarapintada.

– O quê? – O pelo sobre os ombros da gata endureceu, tal seu aborrecimento. – Por que não? Podemos estar velhos, mas não somos inúteis. Você realmente acha que vamos ficar aqui parados e...

– Ouça, é importante. Honestamente, você sabe que Orelhinha e Caolha mal conseguiriam chegar a Quatro Árvores, imagine ainda ter de lutar. E Cauda Mosqueada está ficando muito frágil. Não posso levá-los para a batalha contra Flagelo.

– E quanto a mim?

– Sei que você é uma lutadora, Cauda Sarapintada. – Estrela de Fogo tinha pensado com cuidado no que ia dizer, mas sob o olhar da veterana sentia-se novamente um aprendiz. – É por isso que preciso de você aqui, onde estarão os outros três anciãos e os filhotes de Pele de Salgueiro. Eles aprenderam alguns movimentos de defesa, mas não estão prontos para a batalha. Estou colocando você no comando do acampamento enquanto o restante de nós estiver longe.

– Mas eu... Ah. – Cauda Sarapintada parou ao entender o pedido. Lentamente, o pelo de seus ombros tornou a abaixar. – Entendi. Tudo bem, Estrela de Fogo. Pode contar comigo.

– Obrigado. – O líder piscou sua gratidão para ela. – Se tudo correr mal na batalha, vamos tentar voltar para cá e trazer reforços para você, mas talvez não dê. Se o Clã do Sangue vier até aqui, você será tudo o que restará do Clã do Trovão. – Seus olhos encontraram os da gata. – Você terá de levar os filhotes e os anciãos para longe. Tente atravessar o rio, e vá para a fazenda de Cevada.

– Certo. – Ela lhe fez um aceno rápido. – Vou fazer o melhor possível. – Virando-se, olhou para Coração Brilhante, que dormia no abrigo do tronco da árvore. – E quanto a ela?

– Ela está tão forte quanto qualquer guerreiro agora – Estrela de Fogo miou, o coração aliviado. – Ela vem conosco. – Aproximou-se da jovem e a cutucou com uma pata. – Acorde, está na hora de ir.

A gata piscou para ele com seu olho bom, levantou-se e se espreguiçou. – Certo. Estou pronta.

Ela estava saindo para a clareira quando o líder a chamou. – Coração Brilhante, se sobrevivermos, você passará a dormir na toca dos guerreiros.

As orelhas da jovem se empinaram e ela pareceu ficar mais alta. – Obrigada, Estrela de Fogo! – miou, e saiu correndo. Ela estava bem acordada.

O gato rubro abaixou a cabeça, se despedindo de Cauda Sarapintada, e seguiu Coração Brilhante na clareira. Os outros felinos começavam a surgir, saindo das tocas. Os aprendizes, Pata de Pluma e Pata de Tempestade entre eles, rodeavam Manto de Cinza, cada um carregando um maço de ervas. Pelagem de Poeira estava com eles, falando com Pata de Avenca em voz baixa e aflita.

Mais perto da toca dos guerreiros, Coração Brilhante tinha se juntado a Cauda de Nuvem, enquanto Pelo de Rato e Rabo Longo giravam um em volta do outro em uma prática final dos movimentos de luta. Enquanto Estrela de Fogo observava, Listra Cinzenta e Tempestade de Areia deslizaram por entre os ramos da toca com Garra de Espinho e Pé de Bruma logo atrás. Nevasca apareceu e chamou os felinos para o canteiro de urtiga para saborear uma peça de presa fresca.

Estrela de Fogo sentiu uma onda de orgulho. Aqueles eram os seus gatos, todos eles corajosos e leais.

Acima dele, a silhueta negra dos galhos nus contra o céu. Estrela de Fogo sentiu um momento de puro terror ao lembrar que o sol já iria nascer. Obrigou-se a atravessar a clareira com confiança até se juntar a Nevasca ao lado da pilha de presas frescas.

– É isso – o guerreiro branco miou.

Estrela de Fogo pegou um rato silvestre da pilha de presa. Sua barriga se contorcia de tensão, mas ele se forçou a engolir alguns bocados.

– Estrela de Fogo – Nevasca continuou depois de um momento. – Só queria dizer que Estrela Azul não teria feito melhor nestes dias terríveis. Tenho orgulho de servir como seu representante.

O líder olhou para ele. – Nevasca, você está falando como se... – Não conseguia colocar o seu medo em palavras. O respeito do guerreiro veterano significava mais do que ele poderia dizer, e não conseguia imaginar como seria se o representante não voltasse do campo de batalha.

Nevasca concentrou-se no melro que estava comendo, evitando os olhos do líder, e nada mais disse.

O acampamento ainda estava escuro quando Cauda Sarapintada surgiu com os outros anciãos para ver os guerreiros saindo. Os filhotes de Pele de Salgueiro saíram correndo do berçário para dizer adeus à mãe e a Tempestade de Areia. Pareciam animados, sem entender de todo o que o clã iria enfrentar.

– Bem, Estrela de Fogo – Cauda de Nuvem miou. – Está tudo pronto? – A ponta de sua cauda se contraiu nervosamente quando admitiu: – Vou ficar muito mais feliz quando estivermos a caminho.

O gato de pelagem vermelha engoliu o último bocado da presa. – Eu também, Cauda de Nuvem. Vamos.

Erguendo-se nas patas, ele reuniu seu clã com um movimento de cauda. Quando fitou Tempestade de Areia, sentiu-se fortalecido ao ver seus olhos verdes brilhando com confiança e amor.

– Gatos do Clã do Trovão – Estrela de Fogo convocou –, vamos agora lutar contra o Clã do Sangue. Mas não estamos sozinhos. Lembrem-se de que há quatro clãs na floresta, e sempre haverá, e os outros três vão lutar ao nosso lado hoje. *Vamos* expulsar esses gatos malvados!

Seus guerreiros saltaram, uivando em concordância. Estrela de Fogo os guiou pelo túnel de tojo, rumo à ravina, em direção a Quatro Árvores.

Quando fez uma pausa no topo para dar um último olhar ao acampamento, não sabia se veria seu amado lar novamente.

# CAPÍTULO 28

As primeiras cores da aurora começavam a aparecer quando Estrela de Fogo se aproximou de Quatro Árvores. Parando na margem do riacho, ele fitou os guerreiros que o seguiam. Seu coração se encheu de orgulho quando olhou para cada um. Tempestade de Areia, a sua amada; Listra Cinzenta, o amigo mais verdadeiro que se poderia ter; Pelo de Musgo-Renda, sensível e fiel; Nevasca, seu sábio representante; Garra de Espinho, o mais novo guerreiro do Clã do Trovão, parecendo tenso e ansioso com a perspectiva de sua primeira batalha; Rabo Longo, que tinha descoberto finalmente onde estava o seu coração; Pele de Geada e Pelo de Rato, que formavam uma dupla formidável; Pelagem de Poeira, reservado mas verdadeiro, e seu aprendiz, Pata Gris; o aprendiz de Estrela de Fogo, Pata de Amora Doce, um brilho nos olhos cor de âmbar e seu pelo eriçado; e Cauda de Nuvem, desobediente, mas comprometido com o clã, junto com Coração Brilhante, que ele trouxera de volta das portas da morte. Parecia que garras lhe cortavam o coração ao perceber quanto significavam para ele e que perigo terrível enfrentavam agora.

Ele elevou a voz para que todos pudessem ouvi-lo.

– Vocês sabem o que nos espera – miou. – Só quero dizer uma coisa: desde que o Clã das Estrelas colocou os quatro clãs na floresta, nenhum líder teve um grupo de guerreiros como vocês. Aconteça o que acontecer, quero que se lembrem disso.

– Nunca houve um líder como você – miou Listra Cinzenta.

O gato rubro sacudiu a cabeça, a garganta apertada demais para falar. Era como se Listra Cinzenta o comparasse aos verdadeiros grandes líderes como Estrela Azul, mas ele sabia estar muito aquém disso. Restava-lhe dar o melhor de si para viver de acordo com a confiança que os amigos nele depositaram.

Cruzando o riacho, percebeu um leve movimento vindo da direção do rio e olhou encosta abaixo; viu os gatos do Clã do Rio e do Clã das Sombras deslizando silenciosamente rumo ao ponto de encontro. Saudou a todos com a cauda, e os guerreiros se aglomeraram à sua volta, engrossando as fileiras.

Ficou aliviado ao ver que eles tinham mantido a promessa, ainda que o olhar de hostilidade de Pé Preto lhe dissesse que, apesar de o Clã das Sombras estar lutando ao seu lado desta vez, os gatos nunca seriam amigos do Clã do Trovão.

Estrela de Fogo viu Rochedo entre os guerreiros do Clã das Sombras. Pata de Açafrão também estava lá, parecendo nervosa, mas determinada. Pé de Bruma avançou hesitante para cumprimentar seus amigos entre os gatos do Clã do Rio, trocando toques de nariz com Pelugem de Sombra. Nariz Molhado e Pelo de Lama, os dois curandeiros, chegaram juntos, cada um com um aprendiz carregando seus suprimentos, e abriram caminho através da multidão, até encontrar Manto de Cinza. Os três clãs continuaram juntos até Quatro Árvores, com Estrela de Fogo e Estrela de Leopardo à frente.

Quando chegaram ao topo do vale, tudo estava silencioso. A brisa corria em direção ao território do Clã das Sombras, e o medo fazia o pelo de Estrela de Fogo formigar. Seu cheiro seria levado até o Clã do Sangue, que os esperava, enquanto eles próprios não tinham ideia de onde estavam os inimigos.

– Listra Cinzenta, Pelo de Rato – ele sussurrou. – Vasculhem todo o vale. Não se deixem ver. Se virem algum gato, voltem para me dizer.

Os dois deslizaram em direções opostas, sombras quase invisíveis à luz cinza. Estrela de Fogo esperou, tentando parecer calmo e confiante, grato pela proximidade de Nevasca e de Tempestade de Areia. Mal teve tempo de pensar no que poderia acontecer logo mais, e Listra Cinzenta voltou com outro gato. Era Estrela Alta.

– Saudações, Estrela de Fogo – ele murmurou. – O Clã do Vento está aqui. Todos os nossos guerreiros, além de seus amigos, Cevada e Pata Negra.

Os isolados apareceram quando o líder do Clã do Vento mencionou seus nomes. – Viemos ajudar, como prometemos – Pata Negra miou, entrelaçando a cauda com a de Estrela de Fogo em uma saudação. – Vamos lutar ao seu lado, se você nos aceitar.

– Se eu aceitar? – Estrela de Fogo repetiu, um ronronar de gratidão inchando dentro dele. – Vocês são bem-vindos, e sabem disso.

– Estamos orgulhosos de lutar com você – Cevada miou. Tempestade de Areia surgiu para cumprimentar seu antigo companheiro de clã, e os dois isolados tomaram posição ao lado dela.

– Você sabe onde está o Clã do Sangue? – Estrela de Fogo perguntou a Estrela Alta.

Os olhos do líder do Clã do Vento estavam sombrios enquanto ele mirava o vale na direção do território do Clã das Sombras. – Em algum lugar por lá, nos observando, acho.

Sua voz era firme, e Estrela de Fogo começou a invejar sua calma, sua coragem inabalável, até que sentiu nele o cheiro do medo e o ouviu murmurar baixinho: – Clã das Estrelas, ajude-nos! Ponha-nos frente a um inimigo com quem possamos lutar!

De alguma forma, saber que o líder mais velho sentia medo como ele só aumentou o respeito de Estrela de Fogo. Estrela Alta nunca demonstraria medo na frente de seu clã. Iria deixar de lado seus sentimentos para cumprir seu dever como líder. O líder de pelo rubro só esperava conseguir fazer o mesmo.

Ele olhou para as sombras, procurando um sinal de que Pelo de Rato estava voltando. Quase imediatamente a viu saltando na sua direção e, no mesmo tique-taque de coração, percebeu movimento na clareira abaixo. Formas escuras surgiam dos arbustos ao pé da encosta oposta, enquanto o Clã do Sangue avançava em uma única fileira ameaçadora. O estômago do líder se contraiu de medo quando a pequena figura de Flagelo apareceu.

– Sei que você está aí! – o líder Clã do Sangue disse. – Dê sua resposta.

Estrela de Fogo parou por um tique-taque de coração e olhou para os gatos atrás dele. Embora soubesse como deviam estar aterrorizados, via em seus rostos feroz determinação. O Clã do Leão estava pronto para a batalha.

– Vá, Estrela de Fogo – Estrela de Leopardo miou baixinho. Ela tinha o pelo eriçado e as orelhas achatadas contra a cabeça, em uma mistura de medo e desafio. – Guie-nos.

Estrela de Fogo olhou para Estrela Alta, que concordou.

– Você falou por nós antes – ele miou. – É você que deve nos guiar agora. Todos nós confiamos em você.

Estrela de Fogo levou os clãs unidos para a clareira. Flagelo o esperava perto da base da Pedra do Conselho. Sua pelagem negra estava bem penteada, e ele tinha as patas dobradas sob o corpo. Os olhos eram lascas de gelo, e o sol nascente brilhava sobre os dentes encravados em seu colar de gatinho de gente.

– Saudações – ele miou e passou a língua em volta da boca, como se saboreasse uma suculenta peça de presa.

– Decidiram partir? Ou pensam que podem lutar contra o Clã do Sangue?

– Nós não temos de lutar – Estrela de Fogo foi firme na resposta. Para sua surpresa, sentia-se friamente calmo. – Vamos deixá-los voltar em paz para o Lugar dos Duas--Pernas.

Flagelo soltou um frio *mrrriau* de riso. – Voltar? Você acha mesmo que somos tão covardes? Não, esta é a nossa casa agora.

Sentindo a última centelha de esperança ser drenada de suas patas, Estrela de Fogo olhou para as fileiras de guerreiros do Clã do Sangue que estavam atrás de Flagelo. Eram magros e vigorosos, a maioria usava coleiras encravadas de dentes como a de Flagelo, troféus de batalhas. Alguns estavam flexionando as garras reforçadas com dentes de cães, e Estrela de Fogo se lembrou de como as garras de Flagelo tinham rasgado o ventre de Estrela Tigrada. Seus olhos brilhavam enquanto esperavam a ordem para atacar.

A floresta é nossa – Estrela de Fogo disse ao gato preto. – Nós governamos aqui segundo a vontade do Clã das Estrelas.

– Clã das Estrelas! – Flagelo zombou. – Historinhas para bebês. Seus tolos da floresta, o Clã das Estrelas não vai ajudá-los agora. – Ele pulou nas patas, o pelo se eriçando de repente, fazendo-o parecer ter o dobro do tamanho. – Ao ataque! – ele rosnou. A fileira de guerreiros do Clã do Sangue avançou.

– Clã do Leão, ao ataque! – Estrela de Fogo miou.

Saltou em direção a Flagelo, mas o líder do Clã do Sangue se esquivou agilmente para o lado. Um enorme gato malhado saltou para o seu lugar, batendo na lateral de Estrela de Fogo, fazendo-o cair das patas. A clareira não estava mais silenciosa. Enquanto Estrela de Fogo golpeava com as patas traseiras o guerreiro do Clã do Sangue, ouviu gatos saindo da vegetação rasteira em volta do vale. Estrela de Leopardo pulou dos arbustos com Estrela Alta; Pé Preto avançou para um emaranhado de guerreiros do Clã das Sombras e Nevasca correu à frente dos gatos do Clã do Trovão, enquanto os quatro clãs da floresta invadiam a clareira e atacavam, rosnando, os inimigos.

Estrela de Fogo conseguiu se livrar do gato do Clã do Sangue e se ajeitar nas patas. Flagelo tinha desaparecido. O gato de pelo vermelho foi cercado por uma massa de gatos irrequietos; surpreendeu-se com a velocidade com que o caos se instalara. Viu Listra Cinzenta lutando bravamente com um enorme gato preto e Pele de Salgueiro rolando no chão, os dentes trincados no ombro de uma casco de tartaruga do Clã do Sangue. Rabo Longo estava por perto, também, se contorcendo, impotente sob o peso de dois guerreiros do Clã do Sangue. Estrela de Fogo se lançou em combate e arrastou um dos gatos para longe, sentindo a força do corpo musculoso quando o guerreiro inimigo se voltou contra ele. Sentiu garras cortando seu ombro, e revidou com as suas no rosto do guerreiro. O sangue jorrava de um corte em sua testa, pingando nos olhos. Sem enxergar, o gato perdeu o controle sobre Estrela de Fogo, que mirou um golpe final antes de pular para trás e girar em busca de Rabo Longo.

O gato de manchas claras tinha se safado de outro adversário, mas sangrava de verdade no ombro e na lateral do corpo. Estrela de Fogo viu Manto de Cinza sair rapidamente dos arbustos. Ela cutucou Rabo Longo até colocá-lo de pé, ajudando-o a se afastar, cambaleando, do centro da luta.

O líder de pelo rubro pulou de volta ao campo de batalha. Bigode Ralo passou correndo por ele, perseguindo um guerreiro do Clã do Sangue, e viu de relance Pé de Bruma lutando ombro a ombro com Pata de Pluma e Pata de Tempestade. Coração Brilhante confrontava um gato malhado do Clã do Sangue, duas vezes o seu tamanho, suas novas técnicas de combate já confundindo o gatão enorme. Cauda de Nuvem lutava ao seu lado. Coração Brilhante escapou por baixo das patas estendidas de um inimigo, enfiando-lhe as garras bem fundo no nariz. O gato malhado virou-se e fugiu. Cauda de Nuvem soltou um uivo de triunfo, e os dois deram meia-volta, voltando ao grupo rodopiante de gatos.

Não muito longe, Cevada e Pata Negra lutavam lado a lado contra um par de gatos cinzentos idênticos, magros, com colares cheios de dentes. – Eu conheço você! – um deles cuspiu para Cevada. – Você não teve coragem de ficar com Flagelo.

– Pelo menos tive a coragem de ir embora – Cevada sibilou para ele, erguendo-se para bater com as patas dianteiras nas orelhas do guerreiro cinza. – É a sua vez de fugir. Você não faz parte daqui.

Pata Negra forçou o caminho, empurrando os gatos que estavam a seu lado, e os dois guerreiros do Clã do Sangue foram aos poucos forçados a voltar para os arbustos. Um guerreiro branco do Clã do Sangue surgiu; ele fugia de Flor da Manhã, que lhe golpeava ferozmente as patas traseiras.

– Pata de Tojo! Pata de Tojo! – miava, dando voz a toda a sua tristeza pelo filho morto. Ela saltou e derrubou o gato, arrancando-lhe tufos de pelo branco.

Estrela de Fogo procurou Flagelo. Não haveria vitória até que o líder do Clã do Sangue estivesse morto, e no instante em que parou para respirar Estrela de Fogo refletiu como era estranho que a batalha final pela floresta não se desse com Estrela Tigrada, mas com o seu assassino.

O líder do Clã do Sangue, porém, não estava à vista. Lutando para chegar à base da Pedra do Conselho, atacando com dentes e garras, Estrela de Fogo ficou cara a cara com uma gata magra e cinzenta. Seus olhos verdes brilhavam com ódio quando ela o atacou, os dentes e as garras cravados profundamente em seu ombro. Estrela de Fogo sentiu o colar de dentes esmagando seu rosto enquanto ela o mordia. Ele se contorceu, rasgando o pelo do pescoço para se livrar dos dentes da guerreira do Clã do Sangue e se lançando na barriga desprotegida da gata para cravar-lhe as garras. Ela pulou para trás e fugiu para os arbustos.

Estrela de Fogo ofegava, o sangue jorrando do ombro. Quanto tempo aguentaria, ele se perguntava, antes de ficar fraco demais para continuar? Parecia haver no vale tantos guerreiros do Clã do Sangue quanto antes, todos fortes e saudáveis, e hábeis no combate. Será que a batalha jamais acabaria?

Uma gata atartarugada do Clã do Sangue apareceu à sua frente, a face distorcida em um grito de ódio. No mesmo tique-taque de coração, uma forma escura pulou dos arbustos, fazendo uma barreira ao lado da gata, empurrando-a para longe de Estrela de Fogo. Atônito, o líder reconheceu Risca de Carvão. Teria ele decidido, finalmente, ser leal ao Clã do Trovão?

Um momento depois, percebeu o quanto estava errado. Risca de Carvão virou-se para encará-lo, sibilando: – Você é meu, gatinho de gente. É hora de morrer.

O líder de pelo vermelho se preparou para o ataque. – Então agora você está lutando ao lado do assassino de Estrela Tigrada? – ele zombou. – Não há *nenhuma* lealdade em você?

– Não mais – Risca de Carvão rosnou. – Por mim, todos os gatos da floresta podem virar carniça, não me importo. Tudo o que quero é ver você morto.

Estrela de Fogo escorregou para um lado quando Risca de Carvão saltou em sua direção, mas uma das patas do guerreiro escuro pegou na lateral de sua cabeça e ele perdeu o equilíbrio. Risca de Carvão aterrissou sobre ele e o imobilizou. O líder se contorceu, tentando libertar as patas traseiras. Arranhou furiosamente a barriga de Risca de Carvão, mas não conseguiu se soltar. O guerreiro mostrou os dentes, apontando para o pescoço de Estrela de Fogo, que se preparou para um último esforço desesperado.

De repente, Risca de Carvão deixou de pressioná-lo. Estrela de Fogo se ergueu nas patas e viu Listra Cinzenta lutando com o antigo companheiro de clã em um nó de pelos e garras que soltavam guinchos. O pelo de Listra Cinzenta estava rasgado e seu ombro já ferido brilhava com sangue, mas, antes que Estrela de Fogo pudesse ajudá-lo, o guerreiro atirou Risca de Carvão ao chão e caiu em cima dele, ofegante.

– Traidor! – sibilou.

Risca de Carvão se contorceu violentamente, criando sulcos no chão, mas sem se livrar do guerreiro cinza. – Cocô de raposa! – cuspiu. Virou a cabeça, tentando cravar os dentes no pescoço de Listra Cinzenta.

O gato cinza o atacou com uma pata dianteira. Suas garras perfuraram a garganta de Risca de Carvão e o sangue jorrou. O gato escuro tremeu em convulsão. Suas mandíbulas se separaram enquanto ele fazia esforço para respirar. – Não há mais nada... – ele engasgou. – Tudo está escuro... Tudo se foi...

Estrela de Fogo viu seus olhos refletindo um terrível vazio. Ele parou de se debater e seu corpo ficou inerte.

Cuspindo desdenhosamente, Listra Cinzenta o largou. – Um traidor a menos na floresta – rosnou.

Estrela de Fogo tocou com o nariz o ombro do amigo que, de repente, ficou rígido, olhando além de seu líder. – Estrela de Fogo... – disse com a voz arranhando.

O líder de pelo rubro se virou e viu Tempestade de Areia e Pelagem de Poeira lutando lado a lado nos limites do campo de batalha. Não pareciam precisar de ajuda, e a princípio o líder do Clã do Trovão não conseguia entender o que afligia Listra Cinzenta. Em seguida, a massa de gatos se abriu brevemente, revelando Osso, o enorme representante do Clã do Sangue, agachado sobre outro gato que se mexia debilmente sob ele. Havia tanto sangue coagulado sobre o pelo da vítima que Estrela de Fogo mal conseguia distinguir sua cor, e ele levou alguns tique-taques de coração para reconhecer Nevasca.

– Não! – o líder miou, e se atirou sobre Osso, seguido de Listra Cinzenta logo atrás de suas patas.

Osso saltou para trás, apenas para colidir com Pata de Amora Doce e Pata Gris, que vieram correndo pela clareira no mesmo momento. Estrela de Fogo viu seu aprendiz pular nas costas do enorme representante, enquanto Pata Gris mordia a sua perna.

Confiante de que Osso ficaria distraído por algum tempo, Estrela de Fogo se agachou ao lado de Nevasca, quase alheio à batalha em torno. Seus olhos brilhavam de reconhecimento quando viu Estrela de Fogo, e a ponta de sua cauda se contraiu. – Adeus, Estrela de Fogo – ele gemeu.

– Nevasca, não! – O líder sentiu um gemido de agonia crescendo dentro dele. Não deveria ter trazido o seu representante para a batalha, pois o tempo todo o guerreiro branco parecia saber que seria a última. – Listra Cinzenta, encontre Manto de Cinza.

– Tarde demais – Nevasca ofegava. – Vou caçar com o Clã das Estrelas.

– Você não pode... o clã precisa de você! Eu preciso de você!

– Você vai encontrar outro... – Os olhos do guerreiro branco, que ficavam cada vez mais escuros, piscaram para Listra Cinzenta e voltaram para o líder. – Confie no seu coração, Estrela de Fogo. Você sempre soube que Listra Cinzenta é o gato destinado pelo Clã das Estrelas para ser seu representante.

Deixando escapar um longo suspiro, ele fechou os olhos.

– Nevasca... – Estrela de Fogo queria miar a sua dor como um filhotinho. Por um tique-taque de coração ele empurrou o nariz no pelo encharcado de sangue do representante, o único ritual de luto que a batalha permitiria.

Então, virou-se para Listra Cinzenta, que, em choque, fitava o corpo do velho guerreiro: – Você ouviu o que ele disse – Estrela de Fogo miou. – *Ele* escolheu você. – Ficando de pé, ele ergueu a voz acima do tumulto da batalha. – Digo estas palavras diante do corpo de Nevasca, para que seu espírito possa ouvir e aprovar a minha escolha. Listra Cinzenta será o novo representante do Clã do Trovão.

Um uivo de concordância o assustou, e Estrela de Fogo se virou e viu Tempestade de Areia e Pelagem de Poeira parando para acenar brevemente para Listra Cinzenta antes de correr de volta para o campo de batalha.

Listra Cinzenta não se moveu, seus olhos amarelos fixos em Estrela de Fogo. – Você... você tem certeza?

– Nunca tive tanta certeza – Estrela de Fogo rosnou. – Agora, Listra Cinzenta!

Com o canto do olho, ele viu o representante do Clã do Sangue lutando para se libertar de Pata de Amora Doce e Pata Gris. Antes que Estrela de Fogo pudesse pular sobre ele, um grito de desafio soou acima do ruído da batalha e mais alguns aprendizes se arremessaram pela clareira. Osso estava quase invisível sob a pilha de jovens furiosos que se contorciam. Pata de Amora Doce e Pata Gris estavam lá, com Pata de Pluma e Pata de Tempestade e, sim, Pata de Açafrão lutando ao lado do irmão. Em alguns tique-taques de coração Osso tinha parado de tentar se defender; teve uma série de espasmos, até a cauda enrijecer e, enquanto Estrela de Fogo assistia, os espasmos cessaram. Pata Gris soltou um grito rouco de triunfo.

No mesmo instante Zigue-Zague apareceu do nada. Estrela de Fogo sentiu seu pelo se eriçar. Primeiro, vilão; depois, membro do Clã das Sombras e agora parte daquele insulto ao Código dos Guerreiros que era o Clã do Sangue. O guerreiro enorme atirou-se sobre os aprendizes e prendeu os dentes no mais próximo – Pata de Amora Doce –, arrancando-o do corpo de Osso. Imediatamente Pata de Açafrão lançou-se para o vilão. – Solte o meu irmão! – ela cuspiu. O restante dos aprendizes saltou para a frente com ela, e Zigue-Zague soltou Pata de Amora Doce bruscamente, fazendo meia-volta e fugindo pela clareira, perseguido por todos os aprendizes.

Respirando com dificuldade, Estrela de Fogo olhou ao redor, e seu estômago revirou quando tentou avaliar como estava indo a batalha. Embora Risca de Carvão e Osso estivessem mortos e Zigue-Zague tivesse sido expulso, a clareira ainda parecia cheia de guerreiros do Clã do Sangue, e outros mais ainda vinham descendo a encosta. O Clã do Trovão tinha perdido Nevasca, e entre os gatos que estavam lutando Estrela de Fogo vislumbrou Orelha Rasgada, do Clã do Vento, deitado imóvel. Pelo de Musgo-Renda e Pelo de Rato lutavam lado a lado, mas Pelo de Musgo-Renda estava mancando e Pelo de Rato tinha marcas profundas de garras na lateral de todo o corpo. Nos limites da clareira, Pele de Geada foi se arrastando para os arbustos, ajudado por Pata de Avenca, e não muito longe Nariz Molhado, o curandeiro do Clã das Sombras, pressionava teias de aranha em um ferimento no ombro de Pé Preto, até que o representante do Clã das Sombras o sacudiu e se jogou de volta na luta. Estrela de Leopardo apareceu brevemente, encorajando com uivos roucos os seus guerreiros, antes de desaparecer novamente em uma onda de gatos do Clã do Sangue.

*Estamos perdendo*, Estrela de Fogo pensou, lutando contra o pânico. *Preciso encontrar Flagelo*! Com a morte do líder do Clã do Sangue, ele sabia que a batalha estaria terminada. Os gatos do Lugar dos Duas-Pernas não tinham senso de tradição ou lealdade para com o Código dos

Guerreiros. Flagelo mantinha-os juntos, e sem ele não seriam nada.

Estrela de Fogo sentiu seu pelo começar a se arrepiar quando finalmente seu olhar encontrou Flagelo. O pequeno gato preto estava agachado na base da Pedra do Conselho, suas garras cortando um guerreiro que ele tinha prendido lá. A barriga de Estrela de Fogo se contraiu quando ele reconheceu Bigode Ralo.

Com um uivo de rebeldia ele saltou do outro lado da clareira. Flagelo se virou, deixando Bigode Ralo rastejar para longe, sangrando.

O líder do Clã do Sangue mostrou os dentes em um grunhido. – Estrela de Fogo!

Sem aviso, ele saltou. Estrela de Fogo rolou com o impacto e caiu em cima do gato menor, plantando uma pata em seu pescoço. Mas, antes que pudesse mordê-lo, Flagelo se contorceu, afastando-se com a velocidade de uma cobra. Os dentes dos cães sobre suas garras brilharam quando ele os passou sobre o ombro de Estrela de Fogo.

Uma dor terrível atravessou o corpo de Estrela de Fogo. Ele se forçou a não recuar e saltou para a frente novamente, fazendo Flagelo voar de volta contra a Pedra do Conselho. Por algum tempo o gato preto ficou atordoado, e Estrela de Fogo conseguiu morder sua pata dianteira. Uma dor que parecia fogo o atravessou, queimando de novo com outro golpe das garras do líder do Clã do Sangue. Com o choque da dor, Estrela de Fogo perdeu o controle sobre Flagelo.

O líder do Clã do Sangue recuou, a pata levantada para o golpe mortal. Estrela de Fogo arranhou, tentando fugir, mas não foi rápido o suficiente. A agonia explodiu em sua cabeça quando as garras reforçadas o derrubaram. Seus olhos pareciam chamas, que desapareceram, deixando apenas a escuridão. A maré suave e negra começava a engoli-lo; ele fez um último esforço para se levantar, mas suas patas não aguentaram, e ele caiu para trás no vazio.

# CAPÍTULO 29

Estrela de Fogo abriu os olhos. Estava deitado na grama de Quatro Árvores. O luar banhava tudo à sua volta, e as folhas acima de sua cabeça farfalhavam. Por alguns instantes ele relaxou, deleitando-se com o ar quente da estação do renovo.

Então se lembrou de Quatro Árvores como da última vez, os ramos negros e secos da estação sem folhas, a clareira repleta de guerreiros que urravam.

De repente ele se sentou. Não estava sozinho. Os guerreiros do Clã das Estrelas formavam fileiras na clareira, iluminando-a com o brilho de suas pelagens e de seus olhos. Na linha de frente, Estrela de Fogo viu os gatos que lhe tinham dado suas nove vidas: Estrela Azul, Presa Amarela e Folha Manchada, Coração de Leão... e um recém-chegado, Nevasca, sua força juvenil restaurada, a luz das estrelas brilhando sobre o pelo espesso.

– Bem-vindo, Estrela de Fogo – miou o guerreiro branco.

Estrela de Fogo se levantou. – Por que... por que vocês me trouxeram aqui? – perguntou. – Eu deveria estar lá, lutando para salvar meu clã.

Foi Estrela Azul que respondeu: – Olhe, Estrela de Fogo.

Ele viu que havia um espaço ao lado dela. A princípio, pensou que estava vazio, mas de repente percebeu que estava ocupado por um tênue contorno de um gato cor de fogo. Seus olhos verdes brilhavam tão palidamente que mal refletiam a luz das estrelas que enchia o vale.

– Você perdeu sua primeira vida – Estrela Azul miou suavemente.

Um arrepio percorreu o líder do Clã do Trovão. Então, morrer era assim. Ele olhou com uma mistura de curiosidade e medo para a cópia esmaecida de si mesmo no meio da clareira, e quando seu olhar fixou o gato fantasma ele se viu, de repente, curvado e sangrando, o pelo esfarrapado e a luz do desespero ardendo em seus olhos.

Virou a cabeça para o lado para interromper aquela visão. Não havia tempo para isso. Com certeza, a importância de se ter nove vidas era poder continuar?

– Mandem-me de volta – ele implorou. – Se perdermos a batalha, o Clã do Sangue vai governar a floresta!

Estrela Azul se adiantou. – Paciência. Seu corpo precisa de um tempo para se recuperar. Você vai voltar em breve.

– Mas talvez não dê mais tempo! Estrela Azul, por que vocês estão deixando isso acontecer? Será que o Clã das Estrelas não nos ajudará, nem mesmo agora?

A antiga líder não respondeu diretamente. Na verdade, ela se sentou, os olhos azuis brilhando com sabedoria.

– Nenhum gato teria feito pelo Clã do Trovão mais do que você fez – ela miou. – Mesmo não tendo nascido na floresta, você tem o coração de um verdadeiro gato de clã... mais do que Estrela Tigrada ou Risca de Carvão, pois embora eles o insultassem por ser gatinho de gente, ambos acabaram traindo seu clã de nascimento por ambição.

As patas de Estrela de Fogo arranhavam a grama com impaciência. Qual a finalidade daqueles elogios gratuitos? Afastar seu pensamento do que estava acontecendo naquela outra clareira, onde gatos leais estavam lutando e morrendo.

– Estrela Azul...

A gata levantou a cauda para silenciá-lo. – Talvez a sua briga com Estrela Tigrada tenha lhe dado força – ela continuou. – O tempo todo, você fez o que achava certo, mesmo quando seus companheiros de clã discordavam. Você sofreu solidão e incerteza, e foi isso que fez de você o que é... um líder talentoso e inteligente, com a coragem de guiar o seu clã em sua hora mais sombria.

– Mas eu *não* os estou guiando! – Estrela de Fogo sibilou. – E não posso salvá-los... não sou forte o suficiente. Nós vamos perder a batalha. Estrela Azul, essa *não* pode ser a vontade do Clã das Estrelas! Sempre acreditamos que nossos ancestrais guerreiros queriam que houvesse quatro clãs na floresta. Será que estávamos tão errados?

Houve uma onda de movimento na linha de frente dos guerreiros das estrelas. Estrela Azul ficou de pé enquanto se juntava aos outros oito gatos que tinham dado a Estrela de Fogo uma vida na cerimônia ao lado da Pedra da Lua. Os nove cercaram o jovem líder, que ficou desafiadoramente no centro da clareira.

Uma voz falou. Não era Estrela Azul naquele momento, mas um eco vibrando dentro da cabeça de Estrela de Fogo, como se os nove gatos falassem ao mesmo tempo. – Estrela de Fogo, você está errado. Nunca houve quatro clãs na floresta.

Enquanto Estrela de Fogo olhava fixo, rígido com o choque, a voz continuou: – Houve sempre *cinco*.

Estrela de Fogo sentiu nove pares de olhos, acesos com sabedoria, pousarem sobre ele. – Lute bravamente, Estrela de Fogo. Você pode voltar para a batalha agora, e os espíritos do Clã das Estrelas irão com você.

As formas dos guerreiros do Clã das Estrelas pareceram se dissolver em luz. Estrela de Fogo foi inundado pela força que emanavam, como a água que encharca o solo sedento, e o líder conheceu a coragem que vinha de sua fé restaurada.

Ele abriu os olhos. Os sons da batalha chegaram até ele, que se ergueu nas patas. Bem à sua frente Cauda de Nuvem lutava com Flagelo. O jovem guerreiro branco estava no chão, o sangue correndo solto de suas feridas, enquanto Flagelo o sacudia pela nuca e riscava as laterais de seu corpo com as garras. Mas Cauda de Nuvem cravara os dentes com vontade na perna de Flagelo, que, mesmo terrivelmente ferido, não o largou.

– Flagelo! – Estrela de Fogo miou. – Venha me enfrentar!

O gato pequeno e preto se virou, soltando Cauda de Nuvem no choque. – Como... Eu *matei* você.

– Sim – o gato de pelagem vermelha cuspiu de volta. – Mas eu sou um líder com nove vidas e luto ao lado do Clã das Estrelas. Você pode dizer o mesmo?

Pela primeira vez, ele vislumbrou um lampejo de incerteza nos olhos frios de Flagelo e, finalmente, entendeu o que Cevada lhe dissera. Não crer no Clã das Estrelas era a maior fraqueza do líder do Clã do Sangue. Sem crença, sem as leis e os costumes dos clãs da floresta, Flagelo não tinha as nove vidas de um verdadeiro líder. Quando morresse, seria para sempre.

A incerteza do líder do Clã do Sangue não durou mais que um tique-taque de coração. Acertou um golpe final em Cauda de Nuvem, pegando o guerreiro enfraquecido e o atirando contra a Pedra do Conselho.

Estrela de Fogo lançou-se contra o inimigo. E a cada golpe tinha consciência dos guerreiros do Clã das Estrelas lutando a seu lado, no mesmo ritmo. A força de ouro de Coração de Leão; o corpo esbelto e musculoso de Vento Veloz; o pelo escuro de Rabo Vermelho, a cauda espessa ao vento, logo atrás; Presa Amarela com suas garras estendidas; Folha Manchada, rápida e determinada; Estrela Azul com toda a sua força e habilidade restauradas na batalha.

Estrela de Fogo parecia cobrir o solo com patas aladas. Suas garras esquadrinharam o lado de Flagelo e ele se esquivou de um golpe na cabeça igual ao que tinha lhe tirado a primeira vida.

Mas Flagelo era rápido. Atirou-se entre as patas estendidas de Estrela de Fogo e apontou para sua barriga, tentando rasgá-lo, como fizera com Estrela Tigrada.

Estrela de Fogo quase não recuou a tempo. Agora estava na defensiva, tentando evitar as garras do inimigo, mas perto dele o bastante para conseguir golpeá-lo. Conseguiu agarrar o líder Clã do Sangue perto da base da cauda, e eles rolaram sobre a grama, num embolado de dentes e garra. Quando se separaram, o líder vermelho sabia que tinha que terminar a luta depressa, antes que perdesse as forças de novo.

Quando o velho truque voltou à sua lembrança, quase não acreditava que pudesse funcionar contra um lutador como Flagelo. Mas não conseguia pensar em mais nada. Enfiou as patas dianteiras na turfa manchada de sangue e se agachou na frente do inimigo como se estivesse se rendendo, cada músculo tenso em prontidão.

Flagelo soltou um uivo de triunfo e pulou na direção do jovem líder. No mesmo tique-taque de coração, Estrela de Fogo lançou-se para cima, batendo na barriga do inimigo, derrubando-o no chão. Suas garras cortaram o pelo de Flagelo e seus dentes se cravaram na garganta do gato preto, até ele sentir um jorro de sangue quente. Estrela de Fogo percebia as garras de Flagelo golpeando seus ombros com vontade, mas ele continuou, arranhando a barriga do inimigo com as patas traseiras até os golpes do gato preto ficarem mais fracos.

Estrela de Fogo balançou a cabeça, sacudindo as gotas grossas de sangue dos olhos. Soltou a garganta de Flagelo e recuou, levantando a pata para o golpe mortal. Não foi necessário. Os olhos do inimigo estavam fixos nele, poços escuros de ódio, e seu corpo estremeceu convulsivamente. Ainda tentou rosnar em desafio, mas o único som era o sangue borbulhando na garganta rasgada. Seus membros crispados ficaram imóveis e seus olhos olhavam sem ver o céu.

Arfando, com a respiração entrecortada, Estrela de Fogo olhou para o inimigo morto. Quem poderia dizer para onde iria seu espírito? Certamente não para as fileiras do Clã das Estrelas.

Um gato magro preto e branco do Clã do Sangue lutava com Estrela Alta a um par de caudas de distância. Quando viu o corpo sem vida de Flagelo, o guerreiro do Clã do Sangue congelou, atordoado, e mal pareceu notar quando Estrela Alta passou as garras na lateral da sua cabeça. – Flagelo! – ele engasgou. – Não... não!

Ele recuou, e então se virou e fugiu, tropeçando em outro guerreiro do Clã do Sangue em sua corrida na direção dos arbustos. O segundo guerreiro cuspiu furiosamente e se lançou sobre Estrela de Fogo, mas antes que pudesse atacar também viu o corpo de seu líder morto.

Ele soltou um terrível lamento. – Flagelo! Flagelo está morto!

Como o grito que subiu foi maior do que os gritos da luta, Estrela de Fogo viu os guerreiros do Clã do Sangue hesitarem e pararem de lutar. Quando perceberam que tinham perdido seu líder, deram meia-volta e fugiram. Aos olhos atordoados de Estrela de Fogo, parecia que os gatos do Lugar dos Duas-Pernas tinham encolhido. Eles já não eram guerreiros temíveis, mas gatos comuns, que não tinham lugar na floresta: mais lentos do que o Clã do Vento, mais frágeis do que o Clã do Rio, mais magros do que o Clã das Sombras. A ameaça já não existia, e com um grito de triunfo os gatos da floresta subiram a encosta atrás deles e os expulsaram do vale.

Entorpecido à exaustão, Estrela de Fogo mal tinha forças para entender que seus gatos – o Clã do Leão – tinham vencido. A floresta voltava a pertencer ao Clã das Estrelas.

# CAPÍTULO 30

A clareira ficou em silêncio. O sangue brilhava sobre a grama, e a fria luz do sol passava entre as árvores. Cauda de Nuvem fez um esforço para ficar de pé e cambaleou até Estrela de Fogo, olhando para o corpo negro e inerte de Flagelo.

– Você conseguiu, Estrela de Fogo – ele arfou. – Você salvou a floresta.

O líder deu uma lambida no sobrinho. – Nós todos conseguimos – ele miou. Pensou no trabalho que ele lhe dera ao chegar à floresta. Naquela época, Estrela de Fogo jamais teria imaginado ter tanto orgulho do jovem rebelde. – Vá encontrar Manto de Cinza e peça alguma coisa para melhorar essas feridas.

Cauda de Nuvem acenou que sim e se dirigiu, mancando, para o outro lado da clareira.

Olhando em volta, Estrela de Fogo viu que os guerreiros dos quatro clãs estavam em torno de seus curandeiros na beirada da clareira. Um tornou-se quatro de novo, o Clã do Leão não existia mais.

A princípio ele não conseguiu ver Tempestade de Areia, e se apavorou. Não suportaria perdê-la. Foi quando a avistou, tropeçando de cansaço, do outro lado da clareira. O pelo da lateral do corpo estava duro, com sangue seco, mas seus ferimentos não eram graves.

– Obrigado, Clã das Estrelas! – ele suspirou.

Cruzou a clareira em dois pulos, e Tempestade de Areia virou a cabeça e o viu, os olhos verdes cheios de alívio. – Nós conseguimos – murmurou. – Expulsamos o Clã do Sangue.

Estrela de Fogo se sentiu tonto de repente, como se Quatro Árvores estivesse girando em torno dele.

– Fique firme – pediu Tempestade de Areia, apoiando-o com o ombro. – Você perdeu muito sangue. Vamos ver Manto de Cinza.

O jovem líder cambaleou pelo restante do caminho, sorvendo o perfume de Tempestade de Areia, confortado pela suavidade de seu pelo. Quando alcançaram a toca de Manto de Cinza, ele caiu no chão, imaginando que estava prestes a perder outra vida. Então percebeu que ainda ouvia os sons ao seu redor, e a dor causada pelos arranhões latejava; não esmoreceu quando Pata de Avenca começou a pressionar teias de aranha sobre o mais grave de seus ferimentos.

– Ele está bem? – Era a voz de Listra Cinzenta. – Ei, vamos lá, Estrela de Fogo, você não pode desistir agora!

– Não estou desistindo. Estou cansado, só isso. – Ele piscou para o guerreiro cinza. – Não se preocupe, ainda vai demorar para você se tornar líder.

– Estrela de Fogo. – Tempestade de Areia tocou gentilmente seu ombro. – Há mais felinos chegando.

O gato avermelhado se levantou e viu que um grupo do Clã do Rio, encabeçado por Estrela de Leopardo, caminhava em sua direção. A líder do Clã do Rio abaixou a cabeça para Estrela de Fogo. Marcas de garras cobriam seu pelo, mas seus olhos estavam claros e a cauda ereta.

– Muito bem, Estrela de Fogo – ela miou. – Soube que você matou Flagelo.

– Todos lutaram bem – ele retrucou. – Não teríamos vencido se os clãs não tivessem se unido.

– É verdade – Estrela de Leopardo admitiu. – Mas agora temos de nos separar novamente. Vou levar meu clã para casa. Temos que cuidar de nossos feridos e chorar por nossos mortos.

– E o Clã das Sombras? – Estrela de Fogo perguntou.

– Deve voltar para casa – a líder respondeu com firmeza. – Tenho um novo representante e guerreiros suficientes para defender nosso território se o Clã das Sombras não respeitar nossas fronteiras.

– Quem é o novo representante? – Estrela de Fogo perguntou, curioso.

– Pé de Bruma – miou a líder do Clã do Rio, com um brilho nos olhos.

Enquanto Estrela de Fogo olhava com espanto, Pé de Bruma saiu do meio dos gatos do Clã do Trovão, seguida por Pata de Pluma e Pata de Tempestade. – Vou com Estrela de Leopardo – ela explicou, encarando Estrela de Fogo com o mesmo olhar azul cor de gelo da mãe. – Sempre serei grata pelo que você fez, mas, no meu coração, sou do Clã do Rio.

Estrela de Fogo concordou. Jamais tinha esperado que Pé de Bruma deixasse totalmente de lado sua lealdade para com seu clã de nascimento. – Mas... como representante? – ele miou. – Depois do que aconteceu com Pelo de Pedra?

Havia uma tristeza profunda nos olhos de Pé de Bruma, mas ela foi determinada, não vacilou. – Estrela de Leopardo me convidou pouco antes de a batalha começar – explicou. – Eu disse que ia pensar, e agora sei que tenho de fazer isso por Pelo de Pedra, e para o bem do clã.

Estrela de Fogo abaixou a cabeça, respeitando a difícil decisão que ela tomara. – Então, que o Clã das Estrelas esteja com você. E que você seja sempre uma amiga para o Clã do Trovão.

Os dois jovens ao lado de Pé de Bruma olharam hesitantes de Estrela de Fogo para Estrela de Leopardo. – Nós também vamos. – Pata de Tempestade miou. – O Clã do Rio perdeu muitos guerreiros. Eles precisam de nós.

Pata de Pluma caminhou até Listra Cinzenta e eles trocaram toques de nariz. – Você vai vir nos visitar, não vai?

– Tente me impedir! – A voz de Listra Cinzenta estava abafada e seus olhos cheios de dor por causa da herança meio-clã de seus filhotes. – Sejam os melhores guerreiros que puderem, e me façam sentir orgulho de vocês.

– Vocês têm um exemplo a seguir – Estrela de Fogo acrescentou. – Seu pai é o representante do Clã do Trovão agora.

Os dois aprendizes se aproximaram do pai e entrelaçaram suas caudas com a dele. Estrela de Leopardo deu-lhes um momento para ficarem juntos, antes de fazer-lhes um sinal, e os jovens se foram atrás da líder. Os gatos do Clã do Rio desapareceram entre os arbustos e subiram a encosta em direção ao seu território.

Estrela de Fogo olhou os gatos do Clã das Sombras não muito longe, e percebeu Pata de Amora Doce entre eles, conversando com a irmã. Estrela de Fogo foi, mancando, até eles; Pé Preto veio ao seu encontro.

– Estrela de Fogo. – O representante do Clã das Sombras estreitou os olhos. – Então, ganhamos a batalha, afinal.

– Sim, ganhamos – Estrela de Fogo concordou, acrescentando: – O que você vai fazer agora, Pé Preto?

– Levar meu clã para casa e me preparar para uma viagem a Pedras Altas. Sou o líder agora. Temos muito a fazer para nos recuperar, mas a vida na floresta vai continuar como sempre.

– Então eu o verei na próxima Assembleia. E, Pé Preto, você faria bem em aprender com os erros dos seus antecessores. Eu vi o que você fez com Pelo de Pedra na Montanha Sinistra.

Uma sombra cruzou os olhos de Pé Preto, e ele não respondeu.

Estrela de Fogo fez, com a cauda, um sinal para Pata de Amora Doce, que pressionou o focinho brevemente contra o corpo de Pata de Açafrão e deslizou entre os gatos do Clã das Sombras até o lado de seu mentor. Pé Preto reuniu seus gatos e os conduziu para fora da clareira. Nariz Molhado, o curandeiro, ia na retaguarda e lançou um último olhar para Estrela de Fogo ao partir. O gato de pelo rubro esperava que ele tivesse melhor sorte com o novo líder, depois dos problemas com Manto da Noite e Estrela Tigrada.

Estrela de Fogo virou-se para seu clã e ficou cara a cara com Cevada e Pata Negra.

– Eu não confiaria em Pé Preto – murmurou Pata Negra, observando o último guerreiro do Clã das Sombras desaparecer no meio dos arbustos. – Ele é um encrenqueiro, conheço um quando vejo.

– Eu sei – Estrela de Fogo respondeu. – Não se preocupe. O Clã do Trovão estará preparado se ele começar alguma coisa.

– Pelo menos com Flagelo morto, os gatos do Lugar dos Duas-Pernas terão a chance de viver em paz – Cevada comentou com sentimento. – Eles podem ter uma vida melhor agora.

– Você não vai voltar para o Lugar dos Duas-Pernas, vai? – Estrela de Fogo perguntou.

– De jeito nenhum! – A cauda de Cevada ficou ereta. – Vamos direto para casa.

– Mas foi bom lutar com o Clã do Trovão novamente – acrescentou Pata Negra.

– O Clã do Trovão será sempre grato a vocês – Estrela de Fogo lhes disse afetuosamente. – Vocês são livres para entrar em nosso território a qualquer hora.

– E você deve vir nos visitar na fazenda sempre que fizer uma viagem para Pedras Altas – Cevada miou enquanto se afastavam. – Sempre podemos caçar uns camundongos.

Com a partida do Clã do Rio e do Clã das Sombras, Estrela de Fogo queria se encontrar com o Clã do Vento antes de reunir seus gatos e voltar ao acampamento. Havia um pequeno grupo de guerreiros do Clã do Vento em torno de Casca de Árvore, o curandeiro deles, mas bem menos do que esperava. Estrela Alta não estava. Um arrepio de medo percorreu o seu pelo avermelhado.

Então viu Estrela Alta saindo dos arbustos do outro lado da clareira. Garra de Lama, Flor da Manhã e dois aprendizes estavam com ele. Os cinco gatos estavam ofegantes, como se tivessem corrido. Estrela de Fogo foi até eles aos pulos, esperando ver gatos inimigos invadirem a clareira em sua perseguição.

– O que está acontecendo? – perguntou. – O Clã do Sangue está perseguindo vocês?

Estrela Alta soltou um ronronar satisfeito. – Não, Estrela de Fogo. *Nós os* perseguimos. Fomos atrás deles até o Caminho do Trovão. Eles não vão voltar aqui tão cedo.

– Ótimo – Estrela de Fogo miou com profunda simpatia.

Viu um brilho semelhante nos olhos de Flor da Manhã e percebeu que finalmente ela se sentia vingada pela morte de Pata de Tojo.

Respirando fundo, o gato de pelo rubro abaixou a cabeça para Estrela Alta e miou: – Não precisamos mais do Clã do Leão. Há quatro clãs na floresta novamente.

Ele viu que era compreendido pelo líder mais velho. Já não eram aliados, mas rivais, e só poderiam se encontrar amigavelmente nas Assembleias.

– Devemos a vocês nossa liberdade – miou o líder do Clã do Vento. Ele abaixou a cabeça e se dirigiu para o restante de seus guerreiros do outro lado da clareira.

Sozinho pela primeira vez, Estrela de Fogo foi até o topo da Pedra do Conselho. O fedor nauseante de sangue subia em volta dele, mas dali podia olhar a floresta e ousar acreditar que em breve a batalha não seria mais do que uma lembrança distante.

Imaginou todos os espíritos do Clã das Estrelas ao seu redor, compartilhando a liderança do clã. Eles estariam ao seu lado em todos os momentos até que ele perdesse sua última vida e fosse se juntar a eles.

– Obrigado, Clã das Estrelas – murmurou. – Obrigado por ficar conosco, o quinto clã da floresta. Como pude pensar que enfrentaria essa batalha sozinho?

De repente, percebeu um cheiro familiar e sentiu o toque suave do pelo de Folha Manchada, sua respiração quente perto do ouvido. – Você nunca está sozinho, Estrela de Fogo. O seu clã sobreviverá, e eu vou cuidar de você para sempre.

Por um momento, ele voltou a sentir a dor da perda, como se a amada curandeira não tivesse morrido há muitas luas, mas naquela batalha. Então suas orelhas se empinaram ao som de garras na rocha e, à medida que o odor de Folha Manchada desaparecia, ele viu Listra Cinzenta e Tempestade de Areia se aproximarem, seguidos por Pata de Amora Doce.

Tempestade de Areia pressionou seu corpo contra o de Estrela de Fogo. – Estrela Azul estava certa. O fogo salvou o clã.

– E agora há quatro clãs novamente – Listra Cinzenta acrescentou. – Exatamente como deve ser.

*Não, há cinco*, Estrela de Fogo pensou. Ele olhou para a clareira e as árvores que se estendiam até onde conseguia enxergar, e seus sentidos encheram-se com os sons e aromas da floresta, o seu lar. Mil sussurros secretos lhe diziam que a estação do renovo se agitava dentro da terra fria, fazendo crescer novas folhagens verdes e despertando as presas de seu longo sono da estação sem folhas.

O sol surgiu sobre as árvores, inundando a clareira com luz e calor, e pareceu a Estrela de Fogo que aquele era o mais brilhante amanhecer.